虐的快感

傅振川　著

目次　━━━━━━━━━━◆

 第一章

病從口入、禍由口出。事後總結，我爸吃虧就吃在愛吹牛逼上——就在他鼓起腮幫子對著牛逼猛吹之時，早被有心人暗中瞄住；之所以過了那麼多年屁事兒沒有，經過二十八年才引火燒身，也只能說明潛伏期長了點兒，但終歸出事卻是命中註定的。

在大廟衚衕若提我爸程世廣的大號，也許沒幾人知道，可要提起綽號「美國兵」，不但周圍衚衕，即使整個京城三輪聯社怕也是赫赫有名——父親身高兩米，一身蠻力更是大得驚人。

京城冬天自來水水管怕凍，大雜院整日回水。全院集中打水時，先跳進水錶井底，將井下閥門打開，各戶就圍著院裡水龍頭，排隊用水桶往自家水缸打水。那天我家水桶壞了，我媽只好用飯鍋一趟趟往家端。這就把我那沒耐性的父親給端煩了，他橫起一條胳膊將我媽攔住，然後走到我家水缸前，伸出兩隻蒲扇樣大手，摳住缸底抱起水缸就走出我家屋門。

院裡的騷子爸最先看到，他先是一愣，接著明白過來，驚得就像踩住雞脖子，扯開嗓門兒大叫：「不得了！快閃開、快閃開，美國兵要用水缸往屋裏打水啦！」

一院人慌忙閃開，圍著水龍頭騰出一塊兒空地。我爸就像羊群

裡的駱駝，彎腰把水缸放在龍頭下。

　　這水缸，半人多高，一抱多粗，缸沿兒兩寸厚，缸身掛滿綠釉子，不盛水看著都沉重。可我那脾氣暴躁的父親，居然就想用它直接往屋裡打水。

　　龍頭裡的水「嘩嘩」往水缸裡放。距離缸沿兒一尺時，同院住的騷子媽好心勸：「曉東爸，差不多就行啦！」

　　我爸居高臨下瞥了一眼騷子媽，連鼻孔呼出的氣都露出不屑：「哼，不就一缸水嘛，這他媽算什麼呀！」

　　水柱在水面砸出氣泡和白沫兒，距離缸沿兒半尺時，騷子媽再勸：「曉東爸，行啦，回頭別努著！」

　　我爸就更來勁：「不算什麼，這他媽剛哪兒到哪兒啊！」

　　直到距缸沿兒差一寸，父親才瀟灑一掄長長的胳膊，用兩根手指捏住龍頭擰緊。雙手解扣握棉襖對襟向後一扒，肩往前一拱，脫下棉襖隨手扔給我媽。然後只穿汗褂兒矬下身子，雙手抱住水缸。全院人就都凝神屏氣，再不敢喘息。

　　隨著「嘿」地一聲喊，水缸面上的水「嘩啦」一聲蕩出一大片，但水缸卻被我爸穩穩抱起。接著他就叉開兩條長長的大腿，像頭蠢笨的巨獸，慢慢向我家屋門口挪去。

　　平日我爸進出我家屋門，都要大幅度彎腰才能通過。這會兒見他走到屋門前，我正為他犯愁，可他卻自有辦法，側過身慢慢蹲下，一點一點就蹭進了屋門。

　　院裡人的眼睛追著看，等我爸穩穩將水缸放回屋裡原來的位

置，眾鄰居這才爆出一片叫好聲。

我爸就得意得不行，拍拍手上的土，神態和語氣就更加不屑：「喊，這他媽算什麼呀！想當初日本人在那會兒，我不也幫丫掀起過臥車嗎！」

父親幫日本人掀臥車的事，他在院裡已講過八百回。那是日本人打進北平的第二年，有天他拉著洋車來到前門牌樓，遠遠就見一群人圍觀。近前扒開眾人一看，原來是一輛黑色臥車「臥」那了——那時沒柏油路，是石子路。一場透雨將石子下的土層泡軟，臥車左前輪陷下去，前軸挨了地。日本兵司機一給油，車輪就在泥窩裡如同砂輪一樣空打轉。司機和倆警衛兵下車，從城牆下搬城磚，想墊在車轍裡把車開出來，可千斤頂在稀泥裡沒法支，就只能圍著臥車轉腰子……

看熱鬧的中國人身著那時常穿的中式褲褂，半張著中國人看熱鬧時特有的嘴型，不說話，只是看，看稀奇。可我爸卻越瞧越來氣——他瞧不起日本人，用他的話說，「日本兵都是小逼個兒，站直了身子比我襠上的『燈兒』也高不到哪兒去」。瞧到後來他終於沒忍住，走到臥車一側，背貼車廂，身子一哈，兩隻蒲扇樣大手一摳底盤，「嘿」地一聲就把臥車側著掀了起來。仨「小逼個兒」日本兵一看，都被嚇傻了。可我爸的氣兒卻更壯了，仗著幫了日本人的忙瞪起眼珠子就罵：「還他媽逼都愣著幹嘛？還他媽不給老子麻利往轍裡墊磚頭！」

趴窩的車終於開出來。可剛一啟動，馬上又停下了。車門開

啟，下來一穿黑色長筒靴的老鬼子——這下就輪到我爸犯愣了：車子趴窩都不下車，那得是多大的官？！多大的派頭啊？！

老鬼子官鬍子刮得鐵青，惟有上唇鼻下留有一小點兒。老東西先是像看塔一樣上下打量我爸，伸手向上夠著擂了父親肩頭一拳，笑嘻嘻地說了聲「呦稀」，然後就掏出兩塊現大洋，「啪」地一聲拍在我爸手心裡……

我爸每回講這段，都得意得不行。可他沒留意，那天「水上漂」也在場，這就為他以後倒楣埋下禍根，甚至連累我和我媽也跟著倒了八輩子的血楣。

水上漂也住大廟衚衕，與我家相隔幾個街門。水上漂一張狐狸似的臉很白淨，皮膚光滑且細膩，兩隻勾魂攝魄的媚眼卻是又黑又亮。風擺柳絲般的身材凸凹有致，豐滿得恰到好處。最讓人過目不忘的還是她那對挺拔的奶子，夏天總是在白背心後活潑地凸起，只要身子稍稍一動，活蹦亂跳的奶子就給人一種要蹦出來的感覺。走路時蜻蜓點水般挪動兩隻又白又細嫩的蓮藕腳，豐滿的腰身忽悠悠地顫，遠遠看去，就像水面漂來一條小船。所以人送外號：水上漂。

水上漂做姑娘時由河北鄉下嫁到城裡，初來京城日子對於她自然是全新的：灰磚灰瓦的衚衕取代了見慣的農舍，重重疊疊的建築遮擋住一眼望不到邊的田野，城裡服飾和京腔京韻讓人耳目一新。但她很快就發現，城裡日復一日的生活其實與農家並無二樣，只不過由鄉村變為城市而已。

　　就像先前許多村姑嫁到城裡一樣，生活也早已為水上漂畫出將要運行的軌跡：男主外、女主內，一輩子在家做「屋裡的」。但人作為一種動物，不管自身有無意識，卻總是希求變化，骨子裡總要常變常新，尤其對年紀不大，平日又愛張羅的水上漂就更是如此。

　　水上漂最早發現生活有新意應該是街道開會，由此覺出上面派下來的幹部與以前接觸過的衚衕街坊有諸多不同：衣著建設服，胸兜兒插鋼筆，嘴吐新名詞。更重要的是自此明白「組織」二字，明白人群原來分上下、有等級，且有內部與外部之分。兩相比較，自身就有落差感，就有讓人想往上努一努的衝動。

　　自此，水上漂開始積極要求進步，想方設法靠攏「組織」，每日前跑後顛通知各家女人去開會，響應號召將女人們組織起來。

　　春種秋實，水上漂很快當上大廟衚衕居委會主任。可沒過多久她就發現，原來她這個居委會主任還不是拿工資的正式幹部，而要想成為拿薪水的正式幹部，就要尋找機會為「組織」做出更大貢獻……

　　機會說來就來。

　　就像從莊稼地一夜長出莊稼，大街路面上也一夜「長」出許多人。這些人全都綠衣綠帽，腰紮武裝帶，左臂戴一拃寬紅箍兒。紅箍兒上還沒有「紅衛兵」仨字──最初幾天還來不及往上印字。

　　明明不是兵，男的卻叫「男兵」，女的叫「女兵」。不管男兵女兵，全都氣勢洶洶像是吃了豹子膽。一些男兵爬上街兩側商戶門臉兒，用斧子砍鏤空木雕和招牌，說是「四舊」。另一些男兵冷眼

站街上，見穿尖頭兒皮鞋或高跟兒鞋的就怒喝，扒下鞋就用菜刀剁去鞋尖兒或高跟兒。女兵則拿把剪子專剪過路女人蓬鬆的燙髮，原本漂亮的燙髮轉眼就變成爛雞窩。

學校已停課，我和院裡的騷子整日往外跑，追著看熱鬧。

街上綠衣綠帽越來越多，開始潮水暴漲一樣湧入各條衚衕。抄家，把被抄的人家翻個底兒朝天。十幾個「兵」圍著一人打，用武裝皮帶鐵頭兒、鐵鍬、頂門杠照死裡打。

到處都亂哄哄的，傳言四起。院裡大人就很害怕，晚上下班回來低聲議論，相互述說各自見聞：哪兒哪兒有人跳樓，誰誰上吊，某某喝了敵敵畏。有些地方聽來很遙遠，但感覺就在這座城市；有些則近在眼前，就在大廟衚衕，不但知名知姓，而且能夠想起死者的長相。

這天中午，我爸我媽和我正吃飯，忽然就聽院裡傳來雜逻腳步聲，緊跟著就聽見水上漂似乎是對一同來的人說：「就這屋，姓程，叫程世廣！」

我正不知怎麼回事，扭臉看門口。「呼啦啦」，十幾個紅衛兵就已闖進屋，為首的一個竟是水上漂的兒子：「麻稈兒」！

麻稈兒是一一七中學的學生，因為個子細高，人又長得精瘦，所以得此外號。

見水上漂帶紅衛兵沖進我家，我沒感到問題嚴重，更沒想到大禍臨頭，因為那時我還是個屁大的孩子。屁大的孩子所能想到的事兒，也只能是他眼裡的那點兒屁事兒——當時我的第一反應是來

氣，因為水上漂家養的貓前不久剛剛偷吃過我家的雛雞。

那是開春時發生的事。

家裡新買的雛雞，只過了一晚，夜裡就一下丟了好幾隻。毛茸茸的小雞養在木箱裡，放在房簷下。夜裡似乎聽到院裡有響動，早晨檢查木箱，發現一指寬的通風窄縫已被拱開半拃寬。第一個被懷疑的是我家養的那隻狸花貓，氣得我媽一把抓過它來，摁在箱口處照著腦門「啪啪」就是幾巴掌。

可我發現被拱開縫隙兩側的木板上，殘留的卻是幾根黑色的貓毛。

我住的大雜院，位於前門樓東南那一大片平房裡。這地區房屋老舊，因此老鼠多，養貓的人家也就多。夜裡為給自家養的貓進出留通道，屋門的下方用鋸條鋸出一方洞。到了夜間和白天清靜時，其他人家的貓也進屋，黑貓倒是見過幾隻，但具體是哪隻偷的雞不能確定。

第二天夜裡睡覺，我惦記著院裡的雞籠，始終睡得迷迷糊糊。也不知是深夜幾點，忽然就聽屋外木箱有響動。我一下驚醒過來，翻身悄悄下床，扒在窗上一看，朦朧就見一團黑影趴在木箱上，似乎正用爪子扒木板上的縫隙。

我輕輕推開屋門，儘管很小心，可那團黑影還是覺察到了，「噌」地一下就躥上樹臺，但並不立即逃竄，而是趴在院裡那棵槐樹樹臺邊沿，很警覺地注視著我……

這時我看清了，確實是一隻黑顏色的貓，周身無一根雜毛，純

黑色，毛賊亮，亮得就像身上抹了一層油。可是，它的四蹄卻是雪一樣的白，白得分明，尤其是與它那一身烏黑油亮的黑對比起來，真就像是四蹄踏在白雪上。

我一下認出來：是水上漂家的「四蹄踏雪」！

按衚衕規矩，自家養的貓叼走鄰居家的雞，養貓人家該表示過意不去，真的假的也該拿出錢做做賠償的樣子。可這會兒，水上漂和麻稈兒非但沒有歉意，反倒氣勢洶洶尋釁上門——我的反應只能是來氣。

「美國兵，你給我聽著，我現在代表大廟衚衕紅衛兵宣布你為：裏通外國的日本特務！」麻稈兒用手裏握著的武裝皮帶朝我爸戳戳點點，猛然喊道。

我和騷子看紅衛兵抄家時，見過抄家前先要厲聲宣布被抄者的罪名。可聽到麻稈兒的話，我還是被氣壞了！因為大雜院有大雜院的規矩，孩子與大人說話不能沒大沒小，更不能叫長輩的外號。可這小子卻像吃了豹子膽，街里街坊竟敢突然翻臉罵我爸，竟敢跑到我家來撒野！「騰」地一下，我就火冒三丈，覺著周身的血都在往上湧，接著就瘋了一樣朝他撲去。可胳膊卻被人拽住，回頭一看是我媽。我就尥著蹶子更急，拚命想掙脫，可我媽卻越拽越緊。

我被氣得眼珠子發漲，腦袋「嗡嗡」直響。我覺著我爸肯定會暴跳如雷，不會放過麻稈兒……

聽街坊說，我爸從年輕起就渾不論，打架更是不要命，甚至他的媳婦、也就是我媽都是他當年打架打到手的——那時我姥爺開

洋車行，我爸打十六歲起從我姥爺那兒賃車拉活兒。姥爺守著七八輛車本分經營，可有次卻得罪了天橋的地痞黑三兒。黑三兒發誓要報復，有天就領著一夥人在半道截住正要回家的姥爺。黑三兒「嘿嘿」笑著說：「怎麼著，洋車行掌櫃的沒想到也會有今天吧？！」我姥爺當時嚇得不輕，哆嗦著一點點往後退。事也湊巧，正在這時，我爸拉著洋車打這兒經過。姥爺平日為人忠厚，尤其待我爸不薄。我爸一看東家有難，當時就用兩米高的身子將我姥爺護在身後，對那夥兒人說：「你們要打我東家，就得先把我撂趴下，不然就別想動他一根汗毛！」四、五個人一起上，當時父親就急了眼，雙手倒握洋車車把，就像過年小孩兒掄風車那樣掄起洋車，一下就掄倒兩三個。那時的地痞流氓不像現在的黑社會，多少還講黑道的規矩，栽了就徹底認栽，不會沒結沒完，從此與我爸和姥爺井水不犯河水，誰也不再找誰的麻煩。

姥爺感激我爸危難相救，又見他本分仗義肯吃苦，遂把女兒嫁給我爸。我媽這人心氣高，最初不樂意，可女人感情不同男人，自從過了門，慢慢喜歡上這大個兒。每日洗衣做飯，伺候他吃、伺候他喝。逢有人驚呼：「呵，瞧這兒大個兒！」就嘴不對著心說：「騾子大馬大值錢，他個兒再高，國家也不多給一寸布票！」

我媽漸漸喜歡上我爸，還有一個重要原因，就是我爸是個真正的爺們兒，甭說自家人受欺負，就是外面的良家婦女無辜受辱，他也會挺身而出。

我爸在衚衕茅房門前打流氓那事兒就發生在不久前。

　　事情起因是有齣齣女人接二連三地議論，說是隔牆男廁有流氓，老是拿根綁著小鏡子的竹棍從便坑通道伸到女廁所，利用鏡子反射偷窺。有天晚上我家正吃飯，外面忽然就吵嚷起來。我隨我爸跑出去一看，原來是幾個街坊逮住了那個流氓。可他卻仗著身高體壯有把子蠻力，與三四個老爺們兒對打居然還佔了上風，到最後乾脆就拿把攮子不知天高地厚地叫囂：「哪個不怕死的敢上來？！」當時我都沒看清我爸是怎麼沖上去的，只覺得那流氓身子側面突然倒下一座山來，接著就朦朧感到一隻蒲扇大的巴掌劈頭蓋臉扇下去，緊跟著就見那人一下趴在了地上……

　　因為有先前的經驗，所以這會兒我認定我爸肯定會暴跳如雷，絕不會放過麻稈兒，一準上來先是猛撲過去，緊跟著就像當年掄起洋車對付那幫地痞流氓一樣，也會掄起兩條長長的胳膊，用蒲扇一樣的大手把這些烏龜王八蛋全都大耳刮子扇出屋去。

　　可我萬萬沒有想到的是，我爸竟被嚇蒙了。他先是吃驚，後是發愣，接著才慌亂地分辨道：「我、我怎麼成日本特務了？我什麼時候成日本特務了？！」

　　水上漂扭著腰身沖上來，翹著蘭花指戳點著我爸喊：「美國兵，你還敢說你不是日本特務，你幫沒幫過日本人抬汽車？你說，你到底幫沒幫過日本人抬汽車？」

　　我又要朝這娘兒們撲過去，可我媽卻乾脆把我死死抱住，身子根本動彈不得。

　　「啪」的一聲，麻稈兒先下手了，武裝皮帶鐵頭兒狠狠抽在我

爸腦袋上。我爸剃光的光頭上立即刺眼地湧出鮮紅的血，很快就有幾條蚯蚓一樣的血流順著太陽穴爬到臉頰上……

「騰」地一下，我就覺著我周身的血瞬間變成燃燒的汽油，力量不知增大多少倍，人就像掙脫繩子的惡狗，「嗖」地一下猛撲出去，張開嘴狠狠就咬住了麻稈兒的手指。

我平日與衚衕孩子打架，早已遠近出名，一點兒不吹牛地講，四五個孩子根本不是我的對手。這要歸功於我的脾氣異常暴躁，歸功於脾氣暴躁的人血管裡流動的不是血液，而是瞬間可以爆燃的汽油。用火柴點過汽油的人都知道，點汽油不像劃火柴點白紙，不像白紙那樣溫柔地燃燒，而是可以讓空氣驟然膨脹地爆燃。說得通俗點兒，也就是火上來氣頂腦門子，周身的血猛地往上湧，瞬間可以爆發驚人的力量，讓你勇氣倍增，根本不把對手放在眼裡，只知發瘋一樣猛打猛衝，感覺身上總有使不完的勁兒。而且敢下黑手，不管抄起什麼傢伙，都敢照死裡打。即使遇到比我高出一頭的孩子，我也會讓對方領教我一嘴狗牙的厲害：專門彎腰低頭咬他們的褲襠。而且，只要被咬住，我就會像王八咬人那樣再也不撒嘴，這時你儘可拚命打我的頭，玩命扇我的嘴，甚至可以用菜刀就像剁下王八腦袋一樣剁下我的頭，但卻別指望我再撒嘴。

麻稈兒「嗷」地一聲嚎，第一個本能反應是往回抽手。許是被我咬得太狠、太疼，他往回抽手的力量也就格外大，甚至竟然將我拽出一個趔趄，使我的身子追隨著他向前撲出兩三步才站穩。可我卻依舊沒撒嘴。

「哎呦……曉東……你丫到底撒不撒嘴？」麻稈兒疼得一邊嚎叫、一邊拚命地喊。

我不但不撒嘴，反而渾身哆嗦著，發著狠地更加用力咬下去。

「程曉東，你這個狗崽子，你這是階級報復！」水上漂撲上來，用手「啪啪」打我的頭。

我說過，我不怕打，別說水上漂用巴掌打我，你這會兒就是用鐵板拍我的腦袋，也甭打算我這輩子會撒嘴。

我咬住的是麻稈兒左手小指和無名指。我能夠感覺到，手指上下的肉已被我咬脫，牙齒已經直接咬在骨頭上。麻稈兒疼得不行，一邊「哎呦」「哎呦」嚎叫，一邊抽身與我拉開距離，然後就揮拳迎面朝我猛擊。「咚」的一聲，拳頭狠狠打在我的鼻子上，頓時讓我眼前金星亂舞。血從兩隻鼻孔躥出來，熱乎乎地泛著腥氣。說老實話，與那巨大的酸的感覺比較起來，我沒覺得這一拳有多疼，但那比山西老陳醋還要酸的感覺卻充滿整個鼻腔，不是我能忍受的。我不由得撒開嘴，剛想再次撲向麻稈兒，可好幾個紅衛兵已掄起皮帶，劈頭蓋臉朝我打來。我媽哭喊著撲過來，用身子死死將我護住。與此同時，更多人的皮帶則掄向我爸，再加上鐵鍬、頂門杠，不多時就把他打癱在地……

開始抄家，要找什麼向日本發報的電臺。我心裡覺得又可氣又好笑：我爸沒上過一天學，他認識的字就像我家飯鍋裡的窩頭，滿打滿算也超不過一籠屜。可這些人卻懷疑屋裡藏有電臺。

家裡徹底被翻亂，所有的飯碗都被打碎。暖瓶歪倒，水流出，

水銀碎片在亮亮地閃。僅有的一隻木箱裡的衣服被扔出，甚至被褥也被掀翻在地，上面還踏著亂七八糟的黑腳印。

麻稈兒翻出兩酒瓶汽油，那是我爸拆車軸清洗滾珠用的。他拎著瓶來到當院，開始往三輪車的平板兒和三個軲轆上澆，空氣中立時充滿汽油味兒……

我媽倆胳膊箍著我，淚水滴在我頭上，身子一抽一抽地哭。我爸趴在地上，像和尚一樣的光頭已成血葫蘆。被太陽曬成醬紫色的脊樑有很多血，條條縷縷像是長蚯蚓的血上還有重疊的腳印。他的身子開始活動，掙紮著想坐起來。我媽伸出一隻手去拉……突然，我爸吸了吸鼻子，朝屋門外看了一眼，立時就像換了一個人，艱難地晃晃悠悠站起，踉蹌著就往屋外奔，邊奔邊喊：「別、別，你們可千萬別燒我的車啊！你們可千萬別燒我的車啊！」

我爸一生愛車如命，與車結下不解之緣：早年拉洋車，「公私合營」後改蹬三輪車，年輕時幫日本人抬汽車，與人聊天愛說車，平日只要有空還要蹲在院裡沒結沒完拾掇他的車。給軸膏油，每天擦車，用砂紙打磨車把、車架子和三個軲轆上的瓦圈，打得就像電鍍一樣亮。相比拉洋車錢雖掙得少，可還是撙出錢，添置飯碗大小的銅鈴鐺，擦得鋥亮，泛著銅光，安在車把上。布店扯來大紅絨布，讓我媽縫座子套、把套，套上還綴著耀眼的黃穗子。

每次把車拾掇完，我爸一高興就帶著我和院裡的騷子、建慧去兜風。出衚衕口奔前門樓，右拐沿護城河至花市，由花市再右拐磁器口沿東珠市口回家，圍著我們住的那一大片平房整整兜上一大圈

兒。我爸撒著歡兒蹬車如飛，道旁樹木、行人一閃而過，帶起的風聲在耳邊「呼呼」直響。我們幾個孩子感受著車的速度，一路興奮地大喊大叫，真切體驗出飛馳與步行的區別，最早享受到飆車的樂趣……

這會兒，我爸見麻稈兒要燒車，只能不顧一切哀求阻攔，掙紮站起跟蹌著往屋外奔，邊奔邊像待宰羔羊哭求屠夫那樣喊：「別、別，你們可千萬別燒我的車啊！你們可千萬別燒我的車啊！」

汽油被點燃，爆燃發出「砰」地一聲響，三輪兒的三個轱轆和平板兒全部被火包裹起來。

這時，奇怪的事情發生了，我親眼看到：熊熊燃燒的三輪兒就停在院當中，沒有人推，也沒有人拉，但車卻在沒有外力作用下，自身竟會沿車輪方向作前後移動——直到多年以後我才明白，燃燒蒸騰起的巨大熱蒸氣，不但可以催生向上的力量，而且可以讓物體左右微微擺動。

「我的車！我的車！我的車啊！」

身高兩米的父親站在當院，眼睜睜看著三輪兒被燒毀，心疼地哭喊著，吼叫著，那樣子竟像個心愛玩具被毀的孩子……

天色暗下來，水上漂、麻稈兒和十多個紅衛兵終於走了。

母親坐在床邊低頭在哭，父親仰躺在床上兩眼獸獸地望著頂棚。以往遇到大雜院兩口子吵架或出了其他事，鄰居都會主動上門勸解和安慰，可運動來了以後，卻怕沾嫌疑連累自己，此時竟無一

戶上門安慰。

月光下的三輪車，三個輪胎和上面的平板兒已被燒掉，只剩一副黑糊糊的車架趴在那裡。空氣中彌漫著淡淡的汽油味兒和輪胎被燒焦的膠皮味兒。我獃獃地站在當院，長時間地發愣，感到陣陣屈辱。鼻子酸痛難忍，鼻腔裡好像有個心臟在「嘣嘣」地跳。白天發生的一幕幕，總像過電影那樣在眼前晃動……

「喵──」，是我家養的那隻狸花貓在叫。它走到我腿邊，用支棱起的硬硬的尾巴摩擦我的腿。

這隻狸花貓，是我從小養大的，剛抱來時只有一節藕大小。家裡窮，買不起貓魚兒，我就從垃圾站撿魚頭，回家剁碎拌窩頭餵它。這會兒許是餓了，反覆用硬硬的尾巴來回摩擦我的腿……

我低頭看了它一眼，就又想起四蹄踏雪，想起水上漂，想起麻稈兒……我覺著周身的血又在往上湧，兩眼發漲，呼吸急促。我在心裡咬著牙，暗暗發起毒誓：四蹄踏雪，我操你主人的小腳姥姥！小爺兒我非要把你弄死不可！弄死後，還要像嬸嬸兩戶人家打架那樣，把屍首扔到你家屋門口，就像蕭淑妃「妨」武則天那樣妨死水上漂、妨死麻稈兒，妨死你全家！

我發誓：小爺兒我說到做到，一定要弄死四蹄踏雪！

第二章

水上漂愛養貓在整條衕衕出了名，那隻四蹄踏雪更是大名鼎鼎。據說，貓是在動物園工作的一位親戚送的，屬名貴品種，很稀有。為了四蹄踏雪，她寧肯自己省吃儉用，也要每天買貓魚兒，讓貓吃得滾圓油亮。有好幾戶街坊盼著下貓崽兒，也想養一隻，可下了好幾窩，卻沒一隻身黑爪兒白的，而水上漂也捨不得送人，將它們全都養起來。所以，水上漂閒坐街門口時，鄰居常見一群貓圍著她轉。但她最喜歡的還是四蹄踏雪，常把它抱在懷裡，一邊與過路的街坊打招呼，一邊用手胡嚕四蹄踏雪那身黑緞子一樣的毛。

有次，四蹄踏雪一走好幾天，始終沒回家。可把水上漂給急壞了，整天在衕衕裡來回「漂」，顛著兩隻白藕腳從衕衕一頭走到另一頭，沿路對著兩側房頂喊：「雪雪，你在哪兒啊？你快回來吧，你可把媽給急死啦！」後來四蹄踏雪回家，她猛然見到，一下就摟到懷裡，心肝寶貝一通叫，喜極而泣還哭了一鼻子。

衕衕裡養貓人家多，有關貓的說法也多。

同院住的騷子奶奶說：「貓有九個魂兒」。我不懂「魂兒」是什麼，問，騷子奶奶就讓我趴在貓身上聽。我趴在我家那隻狸花貓身上一聽，才知貓的心跳不像人那樣「咚咚」間歇地響，而像老天

打雷那樣「呼隆隆」連續不斷地轟鳴。騷子奶奶說：「那就是貓的魂兒」。

大夥兒都認同的說法是：死貓可以「妨」人。依據是蕭淑妃被利斧剁去雙手雙腳，臨死對武則天說，死後鬼魂要變成一隻貓，淒厲嚎叫向她討還冤屈。所以衚衕裡兩戶人家結了化解不開的仇，一方就要設法弄死另一方家的貓，扔在貓主人的家門口，迷信貓有九個魂兒，能妨死九條命，也就等於能妨死貓主人的全家。

我對這種說法將信將疑。但弄死四蹄踏雪，確實可以讓水上漂心疼得剜心剜肉，急得可以讓她發瘋。

可準備動手時才發現，怎樣把它抓到手卻很難。上房去抓，貓比人靈活，速度也快，很難抓住。看來只能誘捕，開春時雛雞不是吸引過它嗎？！它不是曾經趴在木箱上用爪兒去扒木板的縫隙嗎？！

我首先想到的是：用篩沙子的篩子扣它！觸發這一想法，則是以前經常在樹臺上支起籮篩扣麻雀。

我家住的院里西頭有座半人多高、小半個院子大小的樹臺。有樹臺是因為那棵老槐樹的樹腰實在太粗，需三個成人手拉手才能合抱過來。我和院裡的孩子，閒得蛋疼時就爬上樹臺，用根短木棍兒將籮篩傾斜支起，籮篩下撒窩頭渣兒，木棍兒上拴細繩兒，然後跳下樹臺，躲進屋裡手握繩子扣麻雀。樹臺上有一隻修房篩沙子的篩子，大小比單人床略短，橫向比單人床要寬。如果用木棍兒傾斜支起，在篩子下放幾隻捆綁的鳥，人躲在屋裡手握繩子，不是同樣可

以扣到貓嗎！

說幹就幹。白天，先把樹臺上的枯枝敗葉清理乾淨，用籬篩扣了四五隻鳥。晚上，等父母在裡屋睡下，我就悄悄出屋，爬上樹臺，將篩子支好。用線繩兒將幾隻鳥的鳥爪兒綁在一起，在篩子下釘個釘子固定在地上，使它們既能撲扇翅膀起到引誘貓的作用，又不會逃出篩子外。然後將繩子從門下貓洞順進屋，藏在屋內開始焦急地等待。

等待，其實是從我想到用篩子扣貓那一刻開始的：支起籬篩，盼著鳥兒飛落樹臺；鳥兒終於落下，在樹臺上蹦蹦跳跳，又著急等待它們進入籬篩；逮到鳥後，開始盼日頭儘快落下，盼黑夜儘快到來，盼父母早早上床睡覺。現在，篩子支好，又心急火燎盼著四蹄踏雪儘快現身，立即撲向篩子下的鳥，而我則一拽繩子，將它扣在篩下。然後迅猛沖出屋，躍上樹臺，手握尖尖的火通條，隔著篩眼兒狠狠刺向它肥美的肉身……

夜色很暗，白天院裡清晰可見的一切，此時已影影綽綽。向上望去，淺色的夜空為暗色的房頂剪出有如投影般的輪廓。我一會兒盯著篩子，一會兒盯著樹臺，一會兒又望向緊挨樹臺的房頂。

忽然，房頂現出一團黑影。

我一驚，定睛細看：是四蹄踏雪！沒錯，黝黑的身子，雪白的爪兒，驕傲的尾巴高高翹起，直指夜空！

四周靜悄悄的，貓的四爪兒在房頂上無聲地走動。忽然，它的腳步停下了，眼睛盯向樹臺上的篩子，盯住篩子下撲扇著翅膀的

鳥。「咚咚咚……」我的心臟劇烈跳動起來，嗓眼兒發乾，震得胸腔都微微發顫。我在心裡飛快地想：它為什麼停下來？是因為篩子擺放的位置與以往不同，警覺起來，還是在察看周圍有無危險？我兩眼盯著緊挨樹臺的房頂，盼著它趕緊由房上跳下樹臺……

這樹臺外沿，由老式灰磚砌就。自週邊至另一端緊挨著的別院的後簷牆，一點點傾斜坡上去。靠後簷牆的最高處，有一雞窩大小的佛龕。佛龕小門掛塊兒紅布，常年雨打日曬，紅布看上去早已斑駁破舊。據同院騷子奶奶講，佛龕是為百年老樹而建——老樹橫七豎八的枝幹伸向各家房頂，粗壯的枝幹有些已老朽，被蟲蛀蝕得像馬蜂窩，遇狂風暴雨院裡人就擔驚受怕。我出生剛滿月時，有次颱風一根水桶粗的大杈就被風吹斷落到我家房頂上，將屋子砸塌半間，嚇得我媽趕緊雙膝雙肘架在床上，將我死死護在身下。

樹臺常年積滿落葉。冬天最冷時節，貓在上面發情鬧春，十多隻貓在樹臺上撕咬滾打，發出一聲更比一聲淒厲的嚎叫。院裡女人很怕這撕心裂肺的慘叫，我媽就很害怕，每次都用被子將頭蒙住。可我不怕，每次遇到它們在樹臺撕咬滾打，我就半夜從床上爬起，抄起塊兒磚頭狠狠砸去，嚇得它們一鬨而散，可沒過多久，它們又聚攏樹臺繼續鬼哭狼嚎。

佛龕在土坡最高處，距後房簷只有一米高。以往貓進院都是先跳到佛龕，然後才跳到樹臺。抄家那天，紅衛兵說是「四舊」，將佛龕搗毀，露出的椽子橫七豎八支棱著。四蹄踏雪是不是因為這個才不敢往下跳？！

「嗖」地一下，它終於跳下來了，落到佛龕上，又由佛龕跳到樹臺上，快速挪動四爪兒，來到篩子前。然後，它略一遲疑，便迅速撲向篩子下的鳥。

我大口喘著粗氣，感覺握著繩子的手在顫抖，心臟就要蹦出胸腔外。我猛地向後一拽繩子，人就迅猛沖出屋，「噌」地一下躥上樹臺。

四蹄踏雪被罩住，一下急了眼，它先是在篩子下左沖右突，爪子撓地發出「吱吱」的聲響，跟著就將篩子頂起，在我躥上樹臺還沒跑到篩子前，身子就已沖出來，三躥兩躥上了房，轉眼就不見了。

我的心「咚咚」直跳，望著四蹄踏雪逃去的方向，極度的懊喪、後悔。我怎麼就那麼笨呢？！我哪怕再快半步，就能踩住篩子，就能用手裡的火通條，將四蹄踏雪牢牢釘在篩子下！多好的機會呀，剛剛它就近在眼前，似乎觸手可及，可我卻沒能抓住——我明明知道它留給我的時間根本來不及，可還是苛刻責怪自己，懊悔近在眼前的機會讓它溜走。但我不灰心，更不失望，我堅信我能將它逮到手，肯定能把貓的屍首扔在水上漂的家門下！

我回過頭望著篩子，開始尋找失敗的原因：篩子的四框，都是成人胳膊那麼粗的木方。原來貓被逼急眼，竟能爆發出那麼大的力量！

篩子的四框太輕，應該增加重量。我重新將篩子支好，沿篩網與木框邊沿壓了一圈兒老式灰磚。又由事先沒有想到的意外，舉一反三想到篩子的重量已很重，擔心原來的細繩兒被拉斷，重新換了一條粗繩子。做完這一切，我又回到屋裡，開始等待四蹄踏雪的再

次出現。可是，經過剛才的驚嚇，它還會再來嗎？我心裡沒底，但仍期待著。

沒過多久，夜空背景下的房頂上，又悄然現出一團黑影。開始我以為是四蹄踏雪，一驚，可再仔細一看，原來是隻黃顏色的貓。

貓的再次出現，比我想像來得要早，原因要歸結大雜院老鼠多得出奇，養貓的人家也就多。白天，老鼠在紙頂棚上來回奔跑；晚上天剛黑，就在屋裡四處亂竄。大雜院由於房山挨房山、後簷牆挨著後簷牆，一大片平房緊緊相連，鼠也就到處都去，即使住家不在同一院落，甚至相隔很遠，鼠道也都相通。因此，一戶人家養貓，鼠就被趕到它處，老鼠相對集中，不養貓的人家就很吃虧，被鼠煩得不行，被逼迫也要養，養貓的人家也就越來越多。

這隻黃貓發現篩子下的鳥，反應和動作與四蹄踏雪相同，都是略一遲疑，跟著便迅速撲向麻雀。但我的緊張程度已大不如前，一拽繩子，篩子拍下，「咕咚」一下發出很大的響聲，就像一個人從房頂跳到樹臺上。我擔心父母和院裡的鄰居被吵醒，遲疑了一會兒，見沒有反應，這才悄悄爬上樹臺。貓確實被拍到，但我並沒急著動手，而是觀察它的反應。篩子被四周的青磚沉重地壓著，貓的身子已被網篩壓成一個扁兒，身上的毛如亂草一樣齜出，被一個個方形的網眼兒壓出眾多的方格，但它始終不叫，而是奮力弓起後背，將金屬篩網微微頂起，拚命在地上撓著爪子，在篩子下面玩命地拱動。

看到篩子不會被掀起，貓被扣到確實逃不出去，我才雙手將重

重的篩子抬起，悄悄地將它放了……

　　三輪車被燒毀，父親多年養成的作息規律被打亂。以往，他每天總是一早出車，晚上收車。車已成為他的腿、成為他的衣食、成為他的寄託，人與車已融為一體，甚至已成為他的命。可現在他卻不能出車了，這就有如他蹬著三輪兒沿著筆直的大道疾馳如飛，突然遇障猛拐，車子瞬間失去平衡一樣，在他與車朝夕相伴的日子裡，也猛然出現拐點，猛然失去了平衡。

　　現在，劃入被「揪出」的行列，他每天早起必須去街道「革委會」報到，或掃街、或挨鬥挨打、或如大蝦樣彎腰撅在污水井裡。

　　大廟衚衕由東到西，所有的污水井蓋全部被掀開，「地富反壞右」都站在井裡，頭朝下、屁眼兒朝天彎腰撅著。有時從早起撅到中午，水上漂、麻稈兒一夥兒才准許回家吃飯；有時趕上看押的人不高興，乾脆一撅就是一天。經常有人實在支撐不住，就一頭昏倒在井底。

　　污水井是圓形的，深約一米二三，紅磚砌就，下面大，越往上越小，地面上是一圓形鑄鐵井口。我爸身高兩米，最初實在撅不下去，不過他自有辦法，就像那天他抱著水缸進家門，開始我也為他犯愁，後來才見他先坐在井口邊沿，盡力彎腰，勉強把頭別進井口，然後才一撅屁股整體跌落井底。由於他身材高，後腰總比別人多露一截兒，所以我每次去衚衕，都能輕易認出我爸撅在哪個井口。

晚上回到家裡，他四腳八叉趴在床上，我媽給他揉腰、熱敷，可他的心思卻不在疼痛的腰上。父親有時來到院裡，站在已被燒成黑糊糊的車架前，久久地發獃，長時間地犯愣。即使坐在屋裡，也是隔窗望著院裡車架的位置，似乎在回憶與這車的過往經歷。他不再笑，話越來越少，有時一天竟無一句話。

他開始擺弄那盤被他纏繞得整整齊齊的繩子。

三輪車主要是拉貨，藥廠和鞋廠有拉不完的紙盒子。眾多紙盒疊摞碼放在三輪兒上，比車廂寬、比我爸還要高出一大截兒。三輪兒車夫捆綁這些貨物有一絕，行話叫「煞車」。先把繩頭兒掛在車下的鐵鉤上，將一盤繩子由車廂一側躍過高高的貨物扔到另一側，上下反覆捆完然後橫攔，綰一看似簡單、實則很難掌握的活扣兒──如此就避免將長長的繩子在扣兒裡一次次地抻進拽出。卸車時更方便，只需將解開的繩索一抖，所有的活扣兒便依次自行解開，確實省時省力。

捆綁貨物的繩子很長，有時因磨損弄斷了，需要把兩根繩子連接起來，但這種連接不是綰一疙瘩很大、很難看的「老婆扣」，而是很講技術的「茬繩接頭兒」──就是把兩個繩頭兒三股的子繩先弄鬆散，然後將兩端三股的繩辮兒相互編織在一起。茬出的繩接頭兒比其他繩段粗一些，但編出的繩辮兒卻美觀、勻稱和牢固。

這兩天，我爸就在「茬繩圈兒」，茬出的繩圈兒有茶盤大小。這種繩圈兒我見過。有次父親帶我蹬車兜風，來到大紅門──那時一出永定門，就是一片莊稼地。路旁有馬掌鋪，我們就停下車，看

怎樣為馬匹釘馬掌。釘馬掌的師傅手握馬蹄，將馬腿膝蓋彎曲，然後就用繩圈兒套住彎曲的腿，馬的腿就再也不能伸展，只能老老實實彎曲等著為它釘馬掌。

我媽知道我爸心疼他的車，開始勸他。可我爸卻不以為然，反倒勸我媽，讓我媽帶我出去散散心，還掏出兩塊錢，說：「孩子這麼大了，老吵吵要逛動物園，一直也沒帶他去。今兒你就帶孩子去散散心吧！」

我那時還是個小屁孩兒，少不更事，聽了很高興，還一個勁兒催促，然後就和我媽奔5路無軌電車站。

我爸心疼他的車，其實與他心眼兒窄，遇事想不開有關。

父親四十歲得了我。按說，中年得子是一喜。即便不喜，得了也就是得了，養大便是。可他卻是驢大的身材，針鼻兒大的心眼兒——據說，我媽剛生我那會兒他起了疑心，整天疑神疑鬼，抱著腦瓜子盡瞎琢磨：二十歲剛結婚那會兒怎麼沒有？二十年以後怎麼突然就有了？三琢磨、兩琢磨就鑽進牛角尖兒，扭過頭又對著我的臉相開面：鼻子眼睛，像我嗎？嘴唇臉盤，又像又不像？！直到我的兩把小刀眉越長越粗、越長越黑，直逼他那兩把大刀眉，他才咧著大嘴岔子哈哈大笑：「真是他媽什麼爹養什麼兒啊！」

我爸胡亂猜疑，其實也不都怪他，原因是我媽長得確實漂亮，兩隻眼睛像杏核兒，分到兩邊再微微上翹，這種眼睛俗稱「笑眼兒」，即使生氣看著也像笑。我最早知道有「丹鳳眼」這詞兒，就是從我媽那雙眼睛上讀懂的。

　　按說，男人拼力勞累養家，女人賢慧漂亮，為感情一大保證。可他們的婚姻，卻曾因我爸心胸不夠開闊、遇事掰不開鑷子而險些分道揚鑣。

　　那時我奶奶還活著。奶奶見我爸對我媽好，不免心生妒忌，整日撅嘴謗腮。我媽開始還忍著，後來實在忍不住，也難免吹吹枕邊風。衚衕俗語：會做兒子的兩頭瞞，不會做兒子的兩頭傳。我爸恰恰是不開竅的後者，將本該封殺的兩方信息做了有效傳播。結果婆媳水火不容，甚至有我無他。而我爸又是孝子，每次吵架都站在我奶奶一邊。鬧到後來婆媳勢不兩立，雙方再不能同在一個屋簷下生活，我媽就想到離婚。好在月老不光只牽紅線，他哥閻王爺還管生老病死，及時讓我奶奶一命歸西。從此我爸我媽才捐棄前嫌，重歸舊好。

　　坐5路無軌電車動物園下車，我的心情立時灰暗起來：園門緊閉，哪兒哪兒都在忙於運動，動物園已不再接待遊人遊覽。

　　悶悶地回家，家門竟也被裡面插銷別上，而且還掛上門簾窗簾。拍打屋門，開始是聲音不高地叫，可我爸卻始終不應。聲音一點點加大，喊起來；拍門也拍得手疼，可我爸卻依然不應。忽地一下，就覺出異樣，感覺不對。我爬上窗檯，捅開窗紙，往裡一看：我爸並沒睡覺，而是站著。奇怪的是，他的雙膝蜷著，懸空，並沒著地。再一看，他的雙腳腳後跟兒緊貼屁股蛋兒，腳腕和大腿根部，居然像馬腿釘馬掌那樣被繩圈兒緊緊箍著。而他的脖子上，竟然被一根繩子懸著……

「嗡」的一聲，我就覺著我的腦袋不知大了多少倍，人整個愣了、傻了，眼前恍惚起來。愣怔了好一會兒，我才慌慌地跳下窗檯，抄起火通條打碎門玻璃，伸手從裡面拉開插銷，打開門。這時才猛然大哭起來，邊哭邊沖我媽大喊：「媽，您瞧我爸啊……」

我媽探頭只看了一眼，還來不及發出哭聲，就身子一軟，昏倒在地。我大哭著撲向我媽，將她扶起，攬在懷裡，拚命地哭著大叫：「媽，您醒醒！您醒醒啊！」

衚衕裡亂起來，院子擁進很多人，紛紛走到屋門口，慌裡慌張朝裡看一眼，就嚇得趕緊往後退。能夠感到街門口也聚滿了人，低一聲、高一聲在議論：

「誰、誰，誰上吊啦？」

「美國兵！」

「他家房子矮，他站直了都能夠著房頂。怎麼就能吊死？」

「他編了兩個繩圈兒，把腳脖子和大腿箍住。這樣身子就變短啦！」

「哦，他可真能想招啊！那他是怎麼吊上去的？」

「甭問，肯定是先把一條腿箍住，沒箍住的腳踩上凳子，用手握住垂下的繩子，等把脖子伸進繩套兒，再箍另一條腿。然後用膝蓋把凳子踹翻的！」

我哭喊著跪在地上攬著我媽，腦子裡飛快地想：我爸身邊還真有隻被踹翻的凳子！

「都走都走！有什麼好看的，他這是畏罪自殺！自絕於人民，

自絕於黨⋯⋯」是水上漂的聲音。

「騰」地一下，我就覺著我周身的血在往上湧，兩眼發漲，呼吸驟然變得急促。可我現在不能離開。我抱著我媽在一遍遍地哭喊：「媽，您醒醒！醒醒啊！」

我媽終於醒過來，先是兩眼發直，繼而伸著脖子艱難喘息，接著才大哭出來，邊哭邊披頭散髮向屋裡奔去⋯⋯

以往，院裡鄰居關係一直很好，不管誰家出事，街坊都會上門安慰勸解。可自從我家被抄，鄰居怕沾嫌疑受連累，就都不敢接近。這會兒，騷子媽終於來了，摟著我媽，邊勸邊陪著默默抹眼淚。

我迷迷糊糊走出屋，瘋了一樣向街門口沖去。可四下一望，水上漂已經不見了，只有兩個「小腳偵緝隊」站在街門口阻攔亂哄哄看熱鬧的街坊。

這「小腳偵緝隊」，是衚衕人對「街道積極分子」的稱呼。原因是其中許多女人纏足，邁著粽子一樣的小腳兒到居委會去開會，接受上面傳達的「精神」，再就是「下情上傳」，東家走、西家串地包打聽，向上面彙報下面的各種動向。運動一來，自然要積極參與，其中在出事人家街門口站崗放哨，便是一項任務。

事後聽說，原來那天不只我家出事，出事的還有另外兩家。水上漂在我家街門口安排下兩個小腳偵緝隊，就到別處去忙活了。

我覺得胸口發堵，異常憋悶，壓抑得喘不上氣。回到院裡，站在樹臺前，能夠朦朧感到鄰居都在看我，都在低聲「唧唧喳喳」

地議論。但我的神情恍恍惚惚，對身邊景物已是視而不見、聽而不聞……

房簷似乎有物在移動，跳到樹臺上，來到樹臺邊沿，距我近在咫尺。「喵」地一聲叫，是我家那隻狸花貓！

我說過，這隻狸花貓是我從小養大的，剛抱來時只有一節藕大小。家裡窮，買不起貓魚兒，我就從垃圾站撿魚頭，回家剁碎拌窩頭餵它。冬天，有時實在撿不到魚頭，它竟餓得「唧唧」吃起白菜，甚至吃起菜頭前面的根疙瘩。

「喵──」它望著我，許是餓了，又叫。

我把拇指和另外四指伸成「U」形磁鐵狀，從後脖頸插入它的脖子，然後將它拎起來。貓就老老實實垂下身子，一動不動，就那樣將兩側的下巴卡在我手上，時間竟長達兩三分鐘。慢慢地，它有些不情願，開始掙紮起來。可我卻猛然發力，一下就死死掐住它的脖子再也不鬆手。許是憋得喘不上氣，它開始拚命掙紮起來，用兩隻前爪兒瘋狂地撓我的手指，同時像人雙手握單杠、腿向上翻那樣翹起倆後爪兒，玩命地蹬踹我的手。前後爪兒鋒利的趾甲刺進我的手指，將手上的皮肉豁開，手指上是鑽心地疼。可我說過，我不怕打，不怕疼──我牙疼得要命時，因家裡窮就從不去醫院，而是從我爸修車工具箱找出鉗子，對著鏡子自己給自己拔牙。我對疼痛從小就有我自己的認識，區別於那些嬌生慣養孩子的認識：你越怕疼，它就越疼；你若咬牙挺住，玩了命地忍著，一點點壓制它，你最終就能戰勝它！最關鍵的是：要挺過僵持階段，因為雙方都在較

勁，都在頑強堅持，而勝利永遠屬於最後堅持到底的一方。

此時，我與我家這隻貓就在僵持階段。我心裡清楚地知道：也許你現在的蹬踹異常兇猛，可你卻不能持久，因為只要我堅持不撒手，你就沒辦法喘氣，你的蹬踹就會越來越弱，越來越無力。

它的蹬踹確實是越來越無力，以至最後撓到我手上的那幾下，竟軟弱得像是在給我撓癢癢。

我手上的貓撒了一泡尿，身體徹底癱軟，綿軟地垂在我手上。我仍掐著它，將手腕翻轉過來，檢查我的手。手上至少有幾十條血口子，手指已被血水染紅，上面還粘著一些貓毛。我一揚手，將貓的屍首甩向樹臺，回手把傷口含在嘴裡。當手接近嘴的那一刻，我彷彿又看到麻稈兒將我的鼻子打出血，又一次聞到那股熱乎乎的、泛著腥氣的血腥氣味兒。除此之外，我還聞到另一股氣味兒，以前從未聞到過的新鮮氣味兒：

——血水中有股腥甜的、可以讓我感到很舒服的特有氣味兒！

 第三章

穿白制服戴白色大簷帽腋夾黑色公文夾的「瘦張」巴頭探腦兒地來了。

這瘦張，五十啷當歲，長著兩道劍眉，兩隻眼睛向太陽穴方向斜立著。據說，他早年行伍出身，曾兩次赴朝。因作戰勇敢，官階晉升很快，一路做到師長。後因犯男女「作風錯誤」，轉業到地方，做了區公安分局的副局長。換了制服後因弄大一個肚子，降至派出所所長；下基層沒出一年，褲內鳥再次作亂，乾脆被貶到大廟派出所做了管片「片警」。

瘦張來我家，許是剛吃過午飯，一手拿根火柴棍兒剔牙，另一手夾著煙捲兒。我以為他進屋見吊著的我爸會一愣，至少會對腿上箍著的繩圈兒感到稀奇。可誰知，他只歪頭瞥了一眼，就不屑地說：「操，這美國兵，也真是的！雀兒逼大點兒的事兒，就罐子裡放屁——響（想）不開，非要房樑上懸繩子，你可至於嗎？！」說完，就彎腰扶起我爸上吊時踹倒的凳子，揮著公文夾揮了揮凳面上的土，然後就一屁股坐在我爸旁邊。

瘦張翹起二郎腿，儘量坐得舒服些，然後掏出紙筆放公文夾上，卻並不急於辦公，而是捏著火柴棍兒、伸到嘴裡使勁往裡夠著

剔牙。一邊剔、一邊還勾勾著那兩隻斜立著的眼睛，反覆在我媽臉上、身上溜來溜去。過了好一會兒，才「噗」的一聲，吐出一塊兒食物殘渣，對我媽說：「得，死的見了閻王，咱活著的還得活。我得造個冊、登個記。老程家的……」說到這兒，愣了一下，像是想起什麼似的又說：「哦，對對對，按現時的說法，咱得跟他劃清界限，以後不能再叫你老程家的。唉，你看看，我來這片兒都兩年了，還不知你姓啥，你可姓個啥呢？」

我媽身子早已哭軟，癱在騷子媽懷裡，見瘦張要登記，就艱難地說：「姓谷。」

「姓谷？嘿嘿，這可真巧了！以前我手下有個衛生員，就姓谷，也是丹鳳眼兒。嘿，那小臉蛋兒……」

瘦張說完，擰開鋼筆帽兒，拿筆往紙上記。鋼筆不出水，捏著筆甩甩，可一下沒拿住，筆被甩到地上。撿起來看看，筆尖兒沒摔壞，只沾上土，就扭身隨手在我爸褲腳上擦了擦，又開始往紙上寫。

瘦張記下我爸的姓名、年齡、工作單位，又對我媽說：「唉，谷妹子，不瞞你說，現而今，這火葬場燒死人可是忙不過來，一等就敢讓你溜溜等上一禮拜——跳樓的、跳河的、上吊的、喝敵敵畏的、用刮鬍子刀片兒割手腕的，再加上乒乒五四被紅衛兵揍死的，屍首根本就燒不過來。不過，你別擔心，火葬場有我以前手下的人，我給你打個電話，保證今兒就到，晚飯前肯定來車拉人！」

說完，他又在我媽臉上身上踅摸來、踅摸去，瞎踅摸了好一會兒，才抬起屁股走人。

瘦張沒說瞎話，他走後大約倆鐘頭，火葬場就來車了。抬死屍的人剛進院，就扯著嗓子使勁兒喊：

「程世廣！程世廣在哪屋啊？」

有同院鄰居引著，倆老頭兒就拎著一塊抬死屍的長木板，「乒乒乒乒」走進屋。

火葬場抬死屍的老頭兒，衚衕裡孩子議論起來總是神祕兮兮，說都是些老光棍兒，個兒頂個兒臉色都是黑的。臉色發黑一是喝酒喝的，再一個就是整天抬死屍被死人身上的毒氣熏的。

來我家這倆老頭兒，一高一矮，臉色確實發黑，但與衚衕孩子所說有不同，不光是黑，還泛紅，是那種黑裡透紅的黑。

高個兒老頭兒要了把菜刀，站在凳子上，用刀割上面的繩子；矮個兒站我爸身邊，用手護著。繩子被割斷，「咕咚」一聲，我爸雙膝著地。矮個兒老頭兒扶著順勢將我爸放倒。然後就一人在前抬肩，另一人在後摳住大腿上的繩圈兒，要把我爸抬到那塊長木板上。可倆人叫齊了號發力，卻沒能抬起來。其中矮個兒老頭兒還直嘀咕：「好大的個兒，得有三百斤，難怪抬不起來！」然後兩人聚到一起，合夥先抬我爸兩肩，等把上身挪上去，再走到我爸腿邊，一邊一人摳住大腿上的繩圈兒，將整個身體挪了上去。

個兒高的人躺著，感覺身長要比站著還顯長。父親平日睡的床，要比一般的床長出一尺。這會兒，他躺在木板上，由於腿上的繩圈兒沒解開，兩隻腳墊在屁股下，所以倆膝蓋向上斜著翹起，但仍能覺出他的身材很長。

　　倆老頭兒抬起木板往屋外走。我的鼻子發酸，猛然意識到我爸真的要走，再也不回來，眼淚就湧滿眼眶，又撲簌簌灑在地上，不由大哭起來。我媽猛地從騷子媽懷裡掙脫，瘋了一樣撲向我爸，邊哭邊撕心裂肺地喊：「大個兒、大個兒，你可不能這樣走啊！你可不能就這樣丟下我們娘兒倆一個人走啊！」

　　騷子媽拉著我媽，我媽拽著我爸，倆老頭兒抬著我爸撕撕拽拽勉強出屋。我媽已哭岔了聲，披頭散髮追到當院，十個手指摳進我爸大腿上的繩圈兒，死死攥住再也不肯撒手。院裡的女人都哭了，不光騷子媽，建慧媽和其他女人也上來勸，邊跟著哭、邊一根根掰我媽的手指頭。

　　倆老頭兒終於把我爸抬出了院。我追了出去，看到倆老頭兒打開車廂後面的鐵抽屜，把我爸放在上面，直到抽屜推進去，我爸腿上的繩子也沒解下，兩個膝蓋就那樣突兀地向斜上方翹著……

　　以後過了很多年，甚至直到現在，我的腦子裡還會出現我爸倆膝蓋「突兀地向斜上方翹著」的畫面。我也一直在後悔，後悔沒能為他解下腿上的繩子──一個人都「上路了」，怎麼還可以像馬匹釘馬掌那樣在腿上箍著「繩圈兒」呢？！我他媽甚至都不能原諒我當時的年少不懂事……

　　那一年我十三歲。

　　操，十三歲。

　　送走我爸，騷子媽每天都來我家，陪我媽說話，陪著落淚。

騷子媽個兒矮，腰身粗，遠看就像一口水缸，近看還像一口水缸。水缸當然沒腦袋，可要是給水缸缸蓋兒上安一腦袋，那就是活脫脫的騷子媽了。大雜院形容這種身材叫「豎裡不長、橫裡憋粗」；又一說「矬老婆高聲」，意思是指但凡這種體型底氣都足，嗓門兒都高，適合有音樂伴奏、人戳在麥克風前，用一手摁著胸脯拔高音兒。騷子媽沒經過聲樂訓練，隔三岔五就只能在院裡吼幾嗓子。

騷子和我在院裡一塊兒光屁股長大。這小子打小手「黏」，騷子媽也就經常手握笤帚疙瘩，聲音高八度地朝他吼：「把倆爪子伸出來，攤桌上！」騷子就小心翼翼把兩隻細長細長的小手平攤在桌邊上。笤帚疙瘩「啪啪」使勁在手上敲打，打完吼：「人長手是為幹活的，不是用來偷東西的。記住沒有？」

騷子疼得身子一抽一抽的，眼裡忍著淚，答：「記住啦！」

騷子媽「啪啪」再打，打完再吼：「衣裳可以穿爛，但不能讓人背後議論用手指頭戳爛。聽清了沒有？」

騷子疼得身子再抽，眼裡忍著淚再答：「聽清啦！」

院裡人說騷子品行不好，主要是隨了他爸。其實，騷子爸並不偷，而是嘴不好。

騷子爸小名叫「腚」。騷子奶奶與別院不熟悉的街坊閒聊就說：「我們這一大家子人啊，就都指著『腚』吃飯了」！我們這些孩子聽了就捂嘴偷樂：「嘿嘿，敢情他們一大家子人都用屁眼兒吃飯啊！」

　　騷子爸怕媳婦，但不怕騷子奶奶，每回聽到就呲嗒騷子奶奶：「去去去，沒事兒跟人家瞎嚼什麼舌頭呀！」

　　騷子爸是吃開口飯的，我十歲那年他還在天橋撂地攤兒說相聲——葷口相聲，除了相聲也說山東快書——葷口山東快書。天橋距我們住的珠市口，走著去只有屁大的工夫。所以，院裡孩子沒事兒就往天橋跑，看拉洋片的「大金牙」、撂跤的寶三、數來寶的曹麻子、賽活驢的關德俊。可只要聽了騷子爸的口活兒，回來嘴裡就往外噴膜的臭的。騷子媽聽見，就朝我們吼：「小兔崽子，甭學那老半彪子！往後誰都不許說，誰敢再說，看我不扯爛他的嘴！」騷子媽特厲害，院裡孩子都怕她，誰也不敢麥翅兒，以後當著她的面就誰都不敢再說了。

　　騷子爸在院裡更不能說，即使在天橋，也不是一上來就說，等說上一兩段淨口兒，周圍人吵著要聽葷的，騷子爸還要往外轟女人：「大媽大嬸大嫂大姐大妹子們都散散吧，省得髒了您的耳朵！」可有時，他也管不住自己。

　　有天，騷子爸蹲院地上，拿塊破布擦他那輛除了鈴不響、剩下哪兒都響的自行車。擦著擦著嘴裡就溜出山東快書：

　　叮了個當，叮了個當

　　蔥欠悠過（從前有個）好漢武二郎

　　他的個雞巴二丈長

　　圍著身上繞三圈兒

雞巴頭兒還耷拉在肩膀上

當了個當了個當了個當

…………

騷子爸山東快書說得美，可一抬頭，就見騷子媽雙手叉腰站在屋門口，正氣哼哼拿眼睖睖他。騷子爸當時就慌了，趕緊自己給自己找轍：「嘿嘿，你瞧，我這兒一個沒留神，不知它怎麼就打嘴裡溜出來了。」

騷子媽不說話，依然雙手叉腰，兩條腿就像京劇舞台上的武生邁臺步，一步步逼向騷子爸。騷子爸呢，就只能節節往後退，一直退到牆角再不能退，只好站住了。騷子媽就用一根手指戳點著騷子爸的腦門兒罵：「我可告訴你，這院里不光住著我這半大老娘兒們，還住著大姑娘小媳婦。你那屁眼子要是再敢往外噴糞，我就敢大耳瓜子扇你！」

騷子爸怕騷子媽，一聲都沒敢吭。

「文革」運動來勢兇猛，人人自危。最初，我家被抄，騷子媽也不敢接近。看到我爸上吊，我媽哭得死去活來，才不顧危險，始終照顧我媽。這會兒，知道我家斷了生活來源，就想讓我媽去街道生產組，和她一起去做活兒，掙錢養家。

街道生產組，做的是將碎塊兒皮毛用針線縫合在一起的活兒，俗話叫「繚皮子」。以前，是由在皮毛廠上班的衚衕街坊「皮毛李」，雇我爸三輪車將皮毛拉到衚衕，分發到各戶，由各家女人來

加工的。皮毛李在解放前做著很大的皮毛買賣，大柵欄都有他開的裘皮店，專賣闊太太穿戴的華貴毛皮大氅和手揣子；「公私合營」後，人就留在皮毛廠。運動一來，皮毛李本人作為「資本家」被紅衛兵活活打死，拋下的老婆孩子被遣返轟回鄉下老家。留下的五間南房，就被街道改造成生產組，將以前分散在各家做活兒的女人集中在一起。取名雖叫「大廟街道生產組」，可企業體制既不屬「國營」，也不屬「集體」，還是按件計酬，但水上漂卻有了用人權，用誰不用誰由她一人說了算。

騷子媽找到水上漂，這娘兒們一聽就煩了。騷子媽回來學著她的樣子說：「不行不行，咱生產組都是根正苗紅的革命姐妹，哪能收留一特務家屬」。騷子媽不甘心，又去找瘦張。據騷子媽回來學舌，瘦張當時一聽，就對水上漂的言論直撇嘴，駁斥道：「水上漂這麼說，純屬老頭兒褲襠裡拉胡琴──胡扯雞巴、亂扯蛋！別說程大個兒是個假美國兵，就是真的美國兵，在朝鮮戰場被我們打死，還賞他口白松木棺材下葬。特務家屬怎麼啦？特務家屬也得吃飯，也不能紮脖子。別聽水上漂咬著雞巴愣拽，這事我做主，明兒個就讓谷妹子去上班！我看誰敢攔著？！」

我媽上班頭一禮拜，被排夜班。

當晚，母親一走，我立時就覺屋子空了，感覺面積一下擴大好幾倍。這種感覺，父親被抬走的當天我有過，以後也斷斷續續出現。有時從外面回家，覺得父親就在屋裡，就坐在那把他常坐的椅

子上，可一愣神，才發現他不在，這時才明白他再也不會回來了。

　　說老實話，以前我一直為我爸的行當感到自卑，羞於向外人提起。他從十六歲起拉洋車整日在四九城顛兒顛兒地跑，一直拉到一九五六年「公私合營」，這才歸了三輪聯社。他拉洋車我沒見過，後來蹬上三輪兒，我才對他那一行有了直觀印象：無冬無夏剃一鋥光瓦亮的禿瓢兒，夏天光著被太陽塗成醬色的板兒脊樑，登雙灑鞋，穿條哆哩哆嗦人造棉黑色沒膝緬襠褲，攔腰紮一拃寬的板兒帶，板兒帶前面是一方豆腐大小的鋥亮銅板。穿戴打扮透著行業的粗俗和青皮特色。

　　俗語：車船店腳衙，無罪都該殺。意思是說這五種行當為三百六十行里最不招人待見的，其中的「車行」，泛指運營的所有車輛，三輪兒自然也在內。蹬三輪兒的車夫，街頭常見他們動不動就與人爭吵甚至拚命，臉紅脖子粗，太陽穴青筋暴突如小蛇，扯開嗓門兒罵髒話……

　　粗俗，沒有教養，更沒有文化。可這些都與他們生存不易，每日頂著星星走、披著月亮歸，一個汗珠子掉地摔八瓣兒、拚死拚活艱難掙錢養家有關。

　　我爸與這些車豁子唯一不同的是：他的車座子拔起半尺高，因為他腿長，車座不拔起足夠高，就像成人曲腿騎在兒童玩具車上。所以，幾乎所有見過他蹬車的人，都會有一種大馬拉小車的感覺。

　　按說，父親年輕時完全可以憑借身高的優勢找一碗適合他吃的飯，事實上他也確曾有過這樣的機會，只可惜他自己沒有把握住。

據我爸說，他二十歲時有天拉著洋車正滿大街找活兒，猛不丁就見一身高比他矮不到哪兒去的大個兒拿眼朝他上下直打量。這人下身穿條運動式藍秋褲，腳上一雙白球鞋，一路跟著他走，由天橋跟到前門才搭訕，問他「玩過球沒有」。當時我爸正為拉不上活兒著急，一聽這話就鼓起眼珠子開罵：「操，我他媽還有閒心玩球？玩球能玩出飯錢，能玩出一家老小的吃喝嗎？！」後來收車回到院里一學舌，同院的騷子爸就為他惋惜：「興許是個籃球教練！跟他走比你拉車強。唉，多好的機會呀，就讓你一句話，給攪黃啦！」

在我爸死以前，我對蹬三輪兒的沒什麼好印象。沒好印象主要是因為他們張嘴就罵，而且罵得很難聽。可是，自我爸死後，我對他罵過的粗話已不再那麼反感，非但不反感，現在回想起來竟覺得有些親切，甚至很懷念。

以往這會兒，正是家人圍桌吃晚飯的時候。桌上飯菜冒著大團熱氣，父親大聲說笑，就連我養的那隻蟈蟈，也在歡快地叫。可此時屋裡卻很冷清，靜得都能聽見我自己的心跳聲。心裡空落落的，感覺很孤單，覺得自己很可憐，也很委屈。眼前恍惚起來，霧濛濛有晶瑩樣東西在一亮一亮地閃。我的鼻子一酸，抬起胳膊狠狠擦了下眼眶裡的淚……

我覺著我一下失去了約束，以前總有人管著，管我吃、管我喝。在衚衕瘋玩瘋跑忘了回家，我媽就去衚衕找，見不到我身影，還要亮開嗓子喊我名字。那時總覺不自由，總盼著沒人管，可現在真的沒人管了，又懷念以前的日子，又對現在沒人管有些不習慣。

　　我想吃晚飯。其實我已經吃過了，一點也不餓，還是跟我媽一起吃的。可我就是想吃晚飯——想和我爸我媽圍在桌邊，聽我爸大聲說笑，看我媽忙著為我和我爸盛飯盛菜。可現在卻很冷清，屋裡就我一人，尤其聽到騷子家、建慧家的說笑聲，鍋碗瓢盆磕碰發出的歡快聲響，就覺更淒涼。不爭氣的眼淚又落下來，一個人守著空屋子真沒勁，我可幹點什麼好呢……

　　我走出屋，躥上樹臺，又支起那隻篩子。

　　院裡光線很暗，四周黑黝黝的，淺色的夜空為暗色的房頂剪出輪廓。等到院裡人全都睡下，四周完全靜下來，後房簷上一隻貓出現了，是隻白貓。我的心「咚咚」跳了起來，焦急盼望它趕緊跳下來，趕緊鑽到篩子下。

　　像四蹄踏雪和那隻黃貓一樣，發現篩子下撲扇翅膀的鳥，它也先是神情一振，然後就站在房頂上不動了。觀察了一小會兒，它才跳到佛龕，又由佛龕跳到樹臺上，然後迅速來到篩子前，略一停頓，就迅猛撲向篩子下的鳥。我壓抑著心跳，一拽繩子，篩子落下，發出「咕咚」一聲很大的聲響。我沖出屋，躍上樹臺。就見貓在篩子下奮力拱起後背，拚命在地上撓著爪子，企圖頂起篩子逃跑，但它卻始終不叫。我的腦子飛快地想：不叫，也許是它已經意識到危險，卻不敢叫——叫聲只會把人招來，不如靜悄悄地逃掉。可它並不知道，現在面對的人，卻是一個內心充滿了恨、充滿了怨，正在渴望發洩的小狼。

　　我雙手握著火通條，隔著核桃大的篩眼兒，穩准狠地刺進貓身

的腰部，由一側刺進，另一側刺出，甚至，我都能夠感覺到火通條的尖頭兒已深深紮進樹臺的土層裡。

「嗷──」它這時才開始拚命地嚎叫起來。可我手中的火通條，此時已是反覆地刺進、拔出，而且越刺越狠，越刺越歡，越刺越瘋狂。

「嗷──嗷──嗷──」它的嚎叫也越來越淒厲。我不想讓街坊聽到，想讓它立即住聲，手裡的火通條也就刺得更加兇狠。可它非但沒有住聲，反而嚎叫得更加淒慘，更加拚命，尤其在夜深人靜的夜裡，淒厲的慘叫聲是那樣的嘹亮，那樣的瘮人！

媽的，怎麼回事？火通條至少已刺了三十多下，每一次都是由一側刺進、另一側刺出，標準的透心涼。可它卻像根本沒受傷，不但嚎叫的聲音越來越大，而且在篩子下的掙紮也越來越有力：身子所到之處，竟然可以將鋼絲編成的篩網微微頂起。我急眼了，抄起一塊老式灰磚，立起來，手握一端，將另一端狠狠砸向它的腦袋。叫聲戛然而止，但我仍不放心，又狠狠砸了兩三下，直到將它的頭拍成一個扁片兒才住手。

我重新支好篩子，手拎死貓，正要跳下樹臺，這時就聽院裡有屋門被輕輕推開的聲響。我拿眼一掃，見騷子家的屋門被悄悄打開，騷子的身影閃了出來，然後就躡手躡腳奔向我。我朝他在唇上豎起食指，示意他別出聲兒，又用手指了指我家屋門，我倆就輕手輕腳進了我家。

騷子長得瘦小枯乾，人就像《十五貫》裡的婁阿鼠，尤其是那

對比綠豆大不了多少的小眼睛，更是像極了專門偷東西的耗子。

　　騷子見我手裡拎著的死貓，驚得瞪圓那對綠豆眼，壓低嗓音歎：「我操，腦瓜子都給拍成一扁片兒了，都能鑲鏡框裡當相片啦！」我說：「誰讓丫玩兒命嚎的？！用火通條捅了三十多下，怎麼也捅不死！」他又歎：「用火通條往肉裡捅，而且還是『活肉』，那他媽得多刺激啊！」騷子說完，看了看從門下貓洞順進來的繩子，又扒門玻璃向外看了看，低聲問：「什麼都看不見，怎麼逮啊？」我說：「關燈。關上燈，外面就能看清了！」我隨手把燈拉滅，院裡的景物立時就比剛才清楚多了。

　　我倆扒在門玻璃上，騷子兩眼緊盯樹臺上的篩子，一會兒看看我，一會兒又生怕漏掉，趕緊回過頭盯篩子，邊盯邊著急地問：「怎麼還不來呀？」我告訴他：「別老盯著樹臺，得盯樹臺上的後房簷；每次來貓，都是最先在後房簷上出現！」

　　我們正說著，後房簷上就出現一團黑影，與剛才那隻白貓明顯不同：剛才是全身雪白，即使天黑也能一眼認出是白貓；可這隻卻是黑糊糊的，是隻黑貓。我再仔細一看，心就「咚咚」跳了起來──白爪兒，四隻爪兒都是白的！小丫挺的，你他媽終於來了！我趕緊扒在騷子耳朵上惡狠狠地說：「是四蹄踏雪，千萬別出聲！驚跑了它，我要你的腦袋！」

　　騷子兩眼緊緊盯著後房簷上的四蹄踏雪，用力點了點頭。

　　騷子和我是同一年出生的，同一年入學，都上六年級，而且一直和我同班。最早，他也只是上房摘別院棗樹上的幾把棗，揪

倆石榴什麼的。後來街上一亂，就開始跟著衚衕裡的流氓「奔兒頭」一夥兒學著偷東西，雖還未發展到擠公共汽車偷錢包，但屁大點兒孩子竟也學會「趴櫃檯」。我頭一次聽說他趴櫃檯，覺得很吃驚，因為衚衕小鋪雖小，買東西的也總有好幾個人，再加上賣貨的一老頭兒和一老太太，你當著那麼多人的面偷東西，如何就能不被發現？直到我親眼看到他趴櫃檯，才知他早已摸清這裡的規律，知道什麼時候人少、什麼時候才可下手，而且，偷竊的手法已相當嫻熟。

那是一天中午，他讓我陪他去衚衕小鋪。這小鋪，原本是一老頭兒和一老太太開設的，後被「公私合營」，老兩口兒也就被留在店鋪內賣貨。既是兩口子，站櫃檯的時間也就自己掌握，忙時老兩口兒都站櫃檯，閒時就一人盯著。那天進去一看，買東西的只有我和騷子，賣貨的只有那個老太太。騷子裝做買東西，用手指著老太太身後貨架上的爆米花。老太太轉身去拿，騷子就一下趴在櫃檯上，伸出小手就去掏櫃檯後面的紙煙，一次竟偷了兩盒，迅速揣到懷裡。當時真把我嚇壞了，心「咚咚」直跳。可騷子卻像沒事人一樣，走出小鋪後撕開煙盒上的錫紙，抽出兩支，一根叼在嘴上，另一根遞給我。我媽平日對我管得緊，不許我跟不三不四的孩子一塊兒玩，所以那天的煙我沒敢抽，以後與騷子的接觸也少了。

騷子不錯眼珠盯著後房簷上的貓，雖與四蹄踏雪無冤無仇，可要把它逮到手的興趣卻很大。而我與他不同，更渴望復仇，因此也就更緊張，心臟幾乎跳出嗓子眼兒，「咚咚」震得胸腔發顫，呼吸

也越來越急促。

四蹄踏雪和上次一樣，觀察了一會兒，先跳到被紅衛兵搗毀的佛龕上，再跳到樹臺，然後趴在篩子邊沿，但就是不進去。之後，圍著篩子轉了半圈，就向坡上走，甚至還回過頭看了看篩子，接著就躥上佛龕再上房，悄聲無息地溜了。

「我操，丫怎麼不進去？是不是不愛吃鳥？」騷子惋惜得不行，問。

我把上次四蹄踏雪上過當，頂起篩子逃掉的事講了。可騷子卻不信貓有這樣好的記性，堅持認為鳥對四蹄踏雪的誘惑力不夠大。「你等著，我現在就去垃圾站撿魚頭，要撿就撿帶魚魚頭，那種魚頭魚腥味兒最大！」說完，他就輕輕推開屋門，踮起腳尖躡手躡腳走了出去。

等騷子回來，手上果然多了幾個嘴尖尖的帶魚魚頭，銀白色的粉末狀魚鱗上還沾著土。騷子蹲地上，用細長的小手把一隻隻魚頭擦乾淨，然後和我一起走出屋，爬上樹臺，將魚頭放在篩子下。

後房簷上很快又出現一隻貓，黑白花。它發現篩子下的鳥，很快跳到佛龕上。騷子近乎乞求地向我要繩子，想過一回拽繩子的癮。我見不是四蹄踏雪，就把繩子給了他。貓跳下來，走到近前，略一停頓，就鑽到篩子下。騷子興奮地一拽繩兒，篩子拍下。然後就抄起火通條，和我輕手輕腳沖出屋，躥上樹臺。

望著篩子下掙紮的貓，我壓低嗓音說：「你看，上次也這樣，都不叫，都想蔫不出溜逃出去！」

　　騷子早已等不及，雙手握著火通條狠狠向貓刺去，一下就給它來了個透心涼。貓拚命地嚎起來，騷子就刺得更歡，可貓的嚎叫聲音也越來越大。他就慌了，催促我，說：「快砸快砸，趕緊給丫拍死！」我握著灰磚，運足氣，狠狠向貓的腦袋砸去。只一下，就將它的頭骨拍碎，腦袋砸扁。

　　殺死這隻貓以後，我們又用同樣的方法連殺三隻。但每次躥上樹臺，都不再用火通條刺，而是直接用磚砸，一磚致死，不會發出叫聲。可是，四蹄踏雪卻再沒出現。

　　一直玩到後半夜，騷子才走，臨走對我說：「明兒我告訴建慧，那小子一肚子歪點子，他肯定能想出逮到四蹄踏雪的絕招！」

第四章

　　騷子帶建慧來家找我，一進門，就學著衚衕流氓「奔兒頭」那夥兒人的樣子掏出盒「大前門」，撕開商標一側錫紙，立著「啪啪」拍出幾根，先讓我，我擺擺手；又讓建慧，建慧接過來，坐在八仙桌旁的椅子上。騷子劃著火柴雙手捧著為他點煙，可建慧並不配合湊近，而是仰臉心安理得靠在椅背上。騷子只好再雙手往前捧，為建慧把煙點著。

　　這建慧，可說是大雜院土生土長孩子裡的另類。

　　自打小學二年級起，他就迷上磚頭厚的閒書，啥時見他啥時都抱著個書本，旁邊再放本字典。老話說：少不看水滸、老不讀三國。可他卻是由水泊梁山讀起，以後更是逮到什麼看什麼。吃飯看，蹲廁所看；白天看，晚上躺炕上還看。他媽怕他走火入魔，臨睡把燈關了，可他卻鑽被窩擰開手電筒。手電筒被搜走，他就剝蓖麻籽，穿鐵絲兒上點著了照亮。蓖麻籽被沒收，他乾脆就一根根劃火柴，斷斷續續地讀。最後把他媽惹急了，轟出屋，可他不知從哪兒又弄本書，坐衚衕路燈底下接茬兒還看。

　　讓人奇怪的是，建慧迷上閒書功課卻沒落下，成績反而是令人羨慕得出色。小學一畢業，直接就被保送到匯文中學。這就讓院裡

大人很吃一驚：匯文？以前的教會洋學堂，那也是咱大雜院孩子能讀的？！可更讓人吃驚的還在後面——這小子竟然把自己寫的文章登在了《少年文藝》上，而且還得了八塊錢的稿費。

「八塊？隨便劃拉倆字就得八塊！姥姥的，那可是一個人一月的吃喝啊！」騷子爸當時聽說這事兒，把眼睛都睜圓了。

建慧初中讀到三年級，街上亂起來，學校停課。其他同學紛紛戴上紅袖標，整日忙著抄家、鬥人、打人，再不就混入衚衕流氓團夥，與另外衚衕流氓打群架。可建慧卻不願參加任何組織，有時跟著我和騷子到外面看看熱鬧，有時整日不出屋，悶在家裡抱著個書本還看。

三看兩看，就戴上了眼鏡。說話也越來越文，一張嘴盡是書本上的詞兒。有時同是一件事，經他嘴一說，就能讓人明白以前不懂的道理。

有一年鬧貓，正好趕上大年三十，十多隻貓聚在樹臺上徹夜嚎叫，吵得大夥兒睡不著覺。第二天院裡人聚在樹臺下相互拜年，話題自然就聊到貓。有的說是公貓在叫，用叫聲吸引母貓來交配；有的說是母貓在叫，是母貓吸引公貓來交配。還有的對鬧貓時間感到納悶，以往都是陽曆十二月，為何今年遲至陰曆的臘月三十？圍繞公貓母貓究竟誰在叫和交配時間差異懸殊，大夥兒爭論不休。可建慧卻不慌不忙說出自己的看法：是母貓在叫，因為它是刺激性排卵，排卵與絕大多數脊椎類動物不同。換句話說，也就是叫春時還未排卵，叫聲引來公貓交配最初不是為受孕，而是為刺激排卵。叫

春是因為生殖陰道越來越緊、越來越癢，癢得實在忍不住才會「嗷嗷」嚎叫。決定何時鬧貓不在時間，而在天氣溫度，也就是一年中最冷的時候，因為貓的孕期是六十三天，春暖花開時生下幼崽更利於成活。

　　一院人聽得暈暈乎乎，可稍稍一回想，又馬上回憶起很多事實可以印證建慧的話。我媽就說：「可不是嘛，我家的狸花貓是母的，我就好幾回見它鬧貓時拚命地嚎！」騷子媽更是大呼小叫，一拍手說：「對對對，每年鬧貓不都是天最冷，把人凍得『嘚嘚』的它才玩兒命嚎？還有，前些日子，大夥兒不是都納悶今年冬天怎麼一直天不冷？這會兒過年忽然冷起來，它們不是才開始嚎！」

　　大人們眼睛一閃一閃地看著建慧，對他肚子裡的墨水很驚奇，可又不明白他這些學問都是打哪兒來的，紛紛問。可建慧沒覺著有什麼了不起，反而漫不經心地說：「這算什麼學問啊？！還不是從書本上看來的。要不古人就說『書中自有黃金屋』，又說『秀才不出門，便知天下事』啦！」

　　這會兒，騷子問建慧：「你說，貓的記性怎麼就那麼好？四蹄踏雪被篩子扣過一回，它再來，就只圍著篩子轉，再不肯進去！」

　　建慧聽了慢慢搖頭，搖了好一會兒，才用手指向上一推鼻樑上的眼鏡，說：「其實，貓的記憶力有限，它更多記住的不是篩子，而是篩子周圍的環境。更準確地說，是記住了樹臺！如果躲開樹臺，把篩子支在別處，四蹄踏雪還是會再次上當的！」

　　「你是說，把篩子從樹臺上搬下來，支在咱院的地上？」我有

些興奮，覺得一下就明白了他的意思。

可建慧卻依然搖頭，慢條斯理地說：「為什麼總在地上打轉悠？為什麼不能像鳥那樣飛到半空，身處更高的位置向下俯視看問題？」

我和騷子就都糊塗了，不知他要說什麼！

「篩子為什麼非要支在地上？為什麼就不能支在一處平頂的房上？」建慧的眼睛躲在兩隻眼鏡片兒後面，很文氣地看著我們。

忽地一下，我就明白了，可又馬上魔怔起來，分辯道：「我操，你把篩子支在人家平頂的房上，篩子上面壓一圈兒老式灰磚。貓進去，你一拉繩子，響動大得就像房塌了。那他媽還不得把人家一家老小嚇得從床上蹦起來呀！」

騷子也隨聲附和：「就是！再者說了，幾位小爺兒『咚咚』跑過去，火通條『噗噗』亂捅、磚頭一通狠砸，底下那家人還不得炸窩呀！」

建慧依然慢慢搖頭，搖得眼鏡片兒一閃一閃地亮：「為什麼非要在夜裡？為什麼白天不能支？難道白天平頂房沒有一戶人家門上掛鎖？」

我和騷子就全都興奮起來，齊聲應和：「對呀，平頂房白天多數家裡沒人！走走，咱現在就抬著篩子上房！」

可建慧卻把我們攔住了，說只是開闊一下我們的思路，並不是非要把篩子支房上。篩子畢竟目標太大，惹眼，不如另想辦法。說完，他就走出屋，站在我家那隻養雞的木箱前琢磨開了。

這隻木箱，其實是一隻座櫃，四四方方形狀，四周木板近一寸厚，箱子四角鉚榫咬合，很結實。下面木板用釘子釘死，上面有蓋。當初用它來養雛雞，怕的是被貓叼去。以後雛雞養大，另有雞窩，座櫃也就被閒置在房簷下。

建慧看了一會兒座櫃，又看了看我家屋門下的貓洞，說：「有了。如果在座櫃一側用鋼鋸鋸條鋸出一貓洞，在洞的兩邊釘兩條帶凹槽的木條，洞口處像抽屜那樣插一塊可以上下抽拉的木板，將活動的木板向上拉，再在木板和座櫃上鑽一眼兒，眼兒裡插一根打磨光滑的竹棍兒，棍兒上拴根繩兒，貓進去，咱一拉繩兒，木板兒落下來，不是可以把貓關在裡面嗎？！」

這主意真是絕了，不知比用篩子扣貓強多少倍！

說幹就幹，當下我們就忙乎起來，不多時就把機關做好了。做完就吵吵嚷嚷把座櫃抬出屋，搬上樹臺，又由樹臺抬著座櫃上了房。

我們這片平房，建築最高的是一座廟宇，周圍衚衕人習慣稱它為「大廟」。大廟在中共建政後改造成小學校，沿襲俗稱就叫「大廟小學」。周邊衚衕靠大廟得名，由「大廟頭條」一直順延排到「大廟十三條」。如果從我們住的大雜院上房，踩著或高或低或坡或平的房頂一直向北走，不出十分鐘就能走到前門樓下。每年的「五一」、「十一」，天安門廣場燃放焰火，我們這片兒住的大人孩子就都爬上房，揚著脖子往北看天空。轟然炸響的禮花彈震耳欲聾，五顏六色的焰火映滿眼簾，如耀眼的火樹銀花，令人目不暇

接。但更吸引我們這幫孩子的，則是隨風飄來的降落傘。這些降落傘都是用白得不得了的白綢子製作，撿到兩隻降落傘就能做一件白襯衫。衚衕孩子平日穿著大多破衣爛衫，極少有不穿補丁衣服的，有的更是補丁上摞補丁，別說是白綢子襯衫，就是普通白布製作的也很少有人穿。更重要的是，要想先於別人一步搶到降落傘，你就得在房上疾跑如飛，因此這一片住的孩子個兒個兒都練出在房頂上迅猛奔跑、如履平地的叫絕功夫。其中將降落傘先人一步搶到手，在心理上的成就感則是比收穫本身更讓人喜悅。

　　大雜院房屋建築有規律，一般正房、南房起脊，也就是俗稱的「人」字形房頂；中間夾著的兩側廂房，則是平頂，俗稱「平臺」。我們站在房頂上，視野開闊，不像圍在院裡有物遮擋，位置優勢感油然而生。放眼望去，頭上藍天白雲一眼望不到邊。環顧四周，高高低低或坡或平的灰色房頂鱗次櫛比，間或院內樹冠高高伸出房頂，蒼翠挺拔，心胸視野自然開闊許多。

　　俗話說：老貓房上睡，一輩傳一輩。上了房一看，這一隻、那一隻，視線內遠遠近近足足有三十多隻貓。距我家不遠處有一平頂房屋，剛一上房，就被我們立即選中，原因是這家屋門上掛著鐵鎖。

　　我們把座櫃放在平頂房正中。捆綁好的鳥、帶魚魚頭放入座櫃最裡面，將貓洞上面的木板兒拉上去支好，然後就一邊拽著繩子、一邊在房上倒退著往後走。由於繩子只有三十多米，人與座櫃的距離過近，容易被貓發現，於是我們三人只好躲藏在遠處一間房頂的

天窗後面。

　　擺放座櫃的平頂房屋與四周房挨房。不多時，在右側相鄰房脊上，就出現一隻黑白相間花色的貓。它一立在脊頂上，立即就發現了平頂房上的座櫃。不知是對這隻突然出現的座櫃感到新奇、聞到了帶魚魚頭的魚腥味兒，還是聽到鳥撲扇翅膀的聲音，它立即停下來，很警覺地盯著不遠處的座櫃……

　　我的心「怦怦」跳了起來，僅探出天窗外一點點的腦袋一動不敢動，同時壓低嗓音囑咐騷子和建慧也不要動——這是我在夜間逮貓總結出的經驗：沒有月光的房頂總是黑糊糊的，如果上面趴著一隻黑貓，僅憑肉眼很難發現。可是，只要它稍稍一動，立刻就能顯鼻子顯眼地暴露出來。這就像在電影裡看到過的細節，哨兵在黑糊糊的夜間站崗，有時會對著某個方向突然一拉槍栓並高聲叫喊：「出來，老子已經看見你啦！」其實他什麼也沒看見，只是在瞎咋唬，可當你不明就裡，一旦沉不住氣亂動，那他可就真的發現了你。明白這一道理後，每次發現後房簷上出現貓，我都扒在屋門玻璃後一動不動。此時，我最擔心的就是騷子和建慧沒經驗，大幅度地探頭。因為一旦被貓發現，它就會立即警覺起來，長時間地與人四目對望，再不肯向座櫃走出一步。

　　好在這隻貓對眼前的座櫃太專注，沒有發現我們，而是迅速地疾走驟停，停停走走奔向座櫃。我的呼吸粗重起來，壓抑著，等待它一點點接近。它走到座櫃的洞口前，略一遲疑，終於進去了。我一拉繩子，洞口上面的木板「嘰嗻」一聲落下來，嚴嚴實實將它封

在了裡面。

我們三人全都異常興奮，幾乎同時躍起，飛快地跑過一座座相連的房頂，一同向座櫃撲去。然後就手忙腳亂抬起座櫃，興奮地原路返回。兩人先跳到樹臺，接過座櫃，再跳到院地上，而後抬著座櫃進了我家。

這種座櫃上面的櫃蓋設計得很機巧：櫃口一半的木板用鐵釘釘死，可以活動的另一半下面兩邊各釘一木條，木條長出部分正好可以別在另一側木板下。櫃蓋可以拿下來，也可掀起從裡面取物。將櫃蓋蓋上，與櫃子銜接處還有一扣吊，用來上鎖。

貓在座櫃裡左沖右撞，發出「嗷嗷」的嚎叫，可卻再也出不來。

進屋以後，建慧環顧了屋子一圈兒，用眼睛盯著屋門下的貓洞說：「曉東，先把貓道堵上！」

我把方凳放倒，用凳面堵住了屋門上的貓洞。

座櫃放在屋地中間的空地上，如何把貓掏出來是個問題。

以往在樹臺上用網羅扣到鳥，都是前後左右移動籮篩，鳥的尾巴就會露出來，只要摁住鳥的尾巴，掀起籮篩就可把鳥抓到手。可座櫃不是籮篩，貓也不同於鳥。因為你只要掀開櫃蓋，貓就會不顧一切躍出來。雖說屋門上貓洞已被堵死，躍出櫃子的貓也逃不出這間屋，可再想把它抓住，卻也很難。

像每次扣到鳥一樣，騷子早已按捺不住興奮，手握扣吊稍稍掀起櫃蓋，想看看裡面的動靜。可誰知，貓早已被憋悶得不耐煩，見有光透進來，「噌」地一下躍起來，用倆前爪兒扒住櫃口。而騷子

卻猝不及防，被嚇了一跳，一屁股坐在地上。貓也就拱起櫃蓋鑽了出來，然後就在床上、碗櫃、窗櫺、屋裡地上到處狂奔亂竄。

我和建慧一人手握一根火通條，先是追著打，後來站在原地等著，待貓經過我們身邊，就舉起火通條狠狠地向它抽去。貓被打得「嗷嗷」亂叫，不再跑，而是一頭紮進床下，躲在裡面再不肯出來。

我爬到床下，湊近，它就瞪著眼沖我嚎叫，兇狠地張開嘴，一撲一撲猛地向我噴氣。據衚衕裡人說，貓被逼急眼時，向人噴出的氣裡有毒。可建慧說根本沒毒，只是一種恐嚇。我顧不上這些，不管有毒沒毒，握著火通條狠狠向它刺去。它的腹部被我刺中，我又握著火通條左右使勁往裡鑽，能夠感到尖頭兒已紮進牆皮裡。我把火通條拔出來，再一次刺進它的身體，一下又一下……

床下塵土很多，貓縮在角落裡已滾成髒猴兒，我也弄得一頭一臉的土。人趴在床下，使不上勁，須一條胳膊前臂撐地，另一手握火通條去刺。等刺中，再抬起撐地的胳膊，雙手握著火通條擰著麻花使勁往裡鑽。一連刺了二十多下，它終於忍受不了，「噌」地一下竄出來，鑽到碗櫃底下。

建慧早已等不及，蹲在碗櫃前就用火通條往裡捅。剛一捅，就興奮地大喊起來：「我刺中啦！我刺中它啦！」

我一邊從床下急著往外爬，一邊喊：「使勁！把它釘在牆上，我倒要看看丫被刺多少下才能死！」說完就奔到碗櫃前，握著火通條又開始一下接一下地往它身上猛刺。又刺了二十多下，可貓的體

力還是很充沛，樣子還是異常兇狠，齜牙咧嘴，嗷嗷怪叫，呼呼向人噴氣。

我刺累了，就用火通條把它釘在牆上，摁住不動，由建慧接荏兒刺。急得騷子直求我們：「該我啦，該我啦！也讓我刺一會兒，也讓我過過癮！」

建慧也刺累了，呼哧帶喘坐在地上，與我一同看騷子一下又一下猛刺。

我說：「操，都快刺成篩子了！少說也有七八十下，可就是不死。要不騷子奶奶說貓有九個魂兒，其實就是有九條命。貓這東西可真禁活，忒不容易死！」

建慧說：「貓的生命力是強。可咱們刺的方法也有問題，火通條前面表面看是個尖兒，其實仔細看卻是圓的。把貓頂到牆上，最開始它身上的外皮並沒破，倒把腸子和內臟擠到一邊去了。等到刺進去，看起來是刺了個透心涼，可其實穿透的只是兩層皮。如果真要刺中要害，還是可以一下致命的！」

我手握火通條把貓釘在牆上，對騷子說：「別費勁了，去我爸修車工具箱找鉗子，要那把老虎鉗。用鉗子夾它的脖子！」

騷子很快找來老虎鉗，趴在碗櫃前手握鉗子去夾貓的脖子。可貓依然很兇猛，朝著他張嘴猛一噴氣，騷子嚇得「啪」地一聲就把鉗子掉在地上。

我罵：「真他媽廢物！躲開，我來！」說完，就一手握火通條把它釘牆上，另一手握著鉗子伸向貓的脖子。

　　這老虎鉗的鉗頭部分，張開鉗嘴兒像個「C」，咬合在一起呈「O」形，中間形成的圓洞，比貓的脖子略粗。如果用它去夾貓脖子，既不會把它掐死，又正好可以把脖子箍住。我用鉗嘴兒從後脖頸箍住貓的脖子，一把就將它提溜出來。然後站起身，讓它身體懸空，貓就垂直身體蹬踹著四爪兒在鉗子下使勁掙蹦。

　　騷子一下來了精神，撩起下襬就去解褲腰上的武裝皮帶。我與建慧相視一笑，都猜到這小子要幹什麼！

　　腰紮武裝皮帶是由紅衛兵興起的。這種武裝皮帶的兩頭，由兩塊鋼板銜接，一端是一個長方形的四框，另一端是與四框大小吻合的鋼板。系腰帶時，將鋼板插入四框內，框內的四個犄角的「別頭兒」正好可以將鋼板卡住。不過，紅衛兵在用它打人時，卻發明創造出另一種系法——四框與皮帶銜接的地方，還有一細長條開口，鋼板正好也可插入這一開口，但插入後，兩塊鋼頭兒就形成一個交叉的「✗」形。掄圓了用它抽腦袋，一抽頭皮就會開裂。據說，因為「黑五類」頭皮被武裝皮帶鐵頭兒抽裂得太多，醫院大夫整天忙著在腦瓜子上縫口子，只需瞥一眼，就能準確說出需縫幾針——大頭兒抽的縫六針，小頭兒抽的縫四針。而且，由於大夫整天在腦瓜兒上縫口子，熟能生巧，手腳竟練得比街頭縫鞋匠還麻利，「嚕嚕」幾下，就能像鞋匠縫補裂嘴兒皮鞋一樣縫好一個。所以，衚衕孩子對這種皮帶很羨慕，有道是「再窮不能窮皮帶」，即使再難也要想方設法弄來錢，也要買皮帶，只要有機會就不忘給別人腦瓜子上玩一皮開肉綻的大口子。

騷子解下皮帶，將「✖」形插口插好，就一手拎著褲子，另一手掄圓了往貓腦袋上猛抽。

建慧見騷子人小、力氣小，還一手拎褲子不能配合用上勁兒，就過來搶他手裡的皮帶。騷子顧不上手拎褲子，騰出手與建慧搶奪，不想，褲子一下滑脫落到腳面，溜光的小屁股蛋兒和「秤桿」、「秤砣」全部暴露在外。逗得我和建慧哈哈大笑。皮帶也被建慧趁機奪了過去。

建慧到底比騷子有勁兒，掄圓了皮帶只一下，「啪」地一聲就給貓的腦瓢兒開了瓢兒。貓的腦袋上流出血，蹬踹得也更加用力。「啪」、「啪」，建慧一下接一下，每一下都抽得又准又狠，每一下都讓貓腦袋有新的變化。沒用多久就將貓的頭骨打碎，送它見了閻王。貓腦袋被打碎流出的紅色鮮血和白色腦漿，竟濺了我和建慧一身一臉。

窗玻璃上現出一張滿是皺褶的臉，是騷子奶奶。頭頂已光禿，上面只有稀稀拉拉幾根白髮。騷子奶奶癟咕著沒牙的嘴嘟囔：「造孽呦，造孽呦！好歹也是條小性命，哪能說毀死就毀死呢？！」

我們三個聽了，全都忍不住哈哈大笑。

騷子毀貓一下上了癮，尤其是見到紅色的鮮血和白色的腦漿，人就像桀了嗎啡，興奮得不行，此時更是連連大叫：「我操，毀貓可真他媽過癮，真他媽好玩！走、走，咱們再逮一隻去！」我和建慧也躍躍欲試，三人就抬著座櫃，又上了房。

座櫃再次放在那間平頂房上，我們扽著繩子向後退，仍然藏在

那處房頂的天窗後面。

可是，剛等了一會兒，忽然就聽見天窗裡面有人在說話。先是一個女人在呻吟，那聲音聽起來像是挨打疼得受不了在叫喚，又像是別人給她撓癢癢撓得很舒服情不自禁在發聲，還有一種很邪氣、很放蕩的東西在裡面，但反反覆覆就倆字：「哎——呦，哎——呦，哎——呦」……接著就聽見一個男人壓低嗓音在陰陽怪氣地說話，聽來同樣邪裡邪氣，但聲音聽著就讓人感到更邪性：「我的小肉肉哎，我的小肉肉哎，我的乖乖的小肉肉哎……」

我們三人都蒙了，面面相覷，就一同扒著天窗向裡望去……

這天窗，在我們這一帶平房很常見，一般都是「死個堂」的屋子才有。所謂「死個堂」，就是屋子四周都是牆壁，無窗，只有一門，門還開在兩側有牆壁、上面有屋頂的黑糊糊通道的盡頭。因此光線不好，空氣也不流通。為採光和通風，就在房頂前二檁和前三檁之間開一天窗。窗子後面斜坡下去，正面垂直，大小如一面八仙桌，中間用木條打一「十」字，鑲四塊玻璃。窗子兩邊木框的中間各釘一鐵釘，由此窗子可翻成平面通風或垂直關閉——窗子上下框各拴一條繩子垂在屋內，想開窗拉上面的繩子，想關窗拽下面的繩子。此時，這窗是水平的，也就是說，是打開的。

我們三人扒窗往裡一看，立時就都愣住了：一個女的脫光了下身、上身只穿一件白背心仰八腳兒躺床上；一個男的穿件白制服上衣，但光著屁股趴在女的身上，旁邊還扔著一頂大簷帽。再一看，我操，那女的不是水上漂，男的不是瘦張嘛！瘦張的屁股還在動，

水上漂還在叫，這倆人這是在幹嘛呢？

這個疑問最初只在我腦子裡一閃，但轉瞬就明白過來是怎麼一回事。我覺著我的心跳驟然加快，呼吸變得粗重。抬眼看建慧和騷子，兩人也都在「呼呼」地拉風箱，臉已漲得通紅。我就覺出自己的臉也很紅，因為我的耳根子在發漲！

騷子飛快地看了我和建慧一眼，然後轉身輕手輕腳走到旁邊房山，用手扒下三塊磚頭，走回來對我們說：「咱仨一人一塊，砸丫這對臭流氓吧！」

建慧卻壓低聲音把他攔住了：「別、別，電匣子裡不是老播那首歌不歌、戲不戲，陰陽怪氣的『黑咕隆咚』嗎？！咱們就叫齊了給丫唱那段『黑咕隆咚』，但詞兒得改改，『學習』二字給丫改成『操逼』！」

建慧說完，我們仨就扒在天窗上，可著嗓門兒沖著裡面高聲唱起來：

　　黑咕隆咚出呀──出呀嘛出燈影

　　黑板上二字──我看呀嘛看分明

　　什麼字──你看分明

　　「操逼」──二字我看分明

　　「操逼」──二字我看分明

　　………

第五章

　　說實話，我對「那事兒」開竅有點兒晚，即使見到水上漂和瘦張快活那一幕，當時也並不很懂，只是覺出身體有明顯變化：「那地方」驟然變得堅硬無比，「昂首挺胸」，熱乎乎還一翹一翹地向上發漲。眼睛裡似乎充滿血，腦袋嗡嗡直響，眼神也不會打彎兒，變得像一根棍子似的掄來掄去。聽到水上漂在淺吟低唱，尤其是見到瘦張的屁股在上下顛動，甚至自身竟有取而代之的衝動。由此就覺著自己一下子學壞了，瞬間變得連自己都很厭惡自己。對於現場直播似的畫面，更是感到醜陋、反胃，甚至有種強烈的罪惡感。

　　不光是對赤膊上陣真刀真槍實際操作的不懂，對於瘦張初來我家、兩隻賊眼在我媽臉上溜來溜去，以後一趟趟往我家跑，以致水上漂為此打翻醋罈子，進而對我媽實施更瘋狂的迫害，以及迫害的動機和人性為何如此之險惡。我也是在以後長大成人、娶妻生子，試著設身處地站在水上漂的角度換位思考，才一點點弄明白的。

　　那時女人出嫁，極少經過戀愛，絕大多數仍是父母之命、媒妁之言，有些新娘甚至直到進入洞房也僅僅是與新郎二次見面。衚衕裡對那時的新婚之夜有形象描述：頭宿不敢動，二宿亂蹭蹭，三宿摸媽媽（意：乳房），四宿抄傢伙。雖說為押韻讀來順口某些細節

禁不起推敲，但大體也能反映那時新婚男女即使上床也依然形同陌路相互很生疏的一面。

水上漂老家河北定興，早年由鄉下嫁到城裡。定興人那時進京大多只幹兩種營生：男的搖煤球，一身一臉黑煤色，背個搖筐沿衚衕吆喝，「搖煤球──兒」；女的做老媽子，說白了就是傭人。地位皆屬下層，但與苦寒農村生活相比，能夠在京謀生又屬「天上人間」。水上漂當初能夠嫁到京城，相貌自然出眾。拋開個人恩怨嘴對著心講，即使與瘦張擦出火花那一年，她也依然皮膚白皙，風韻猶存，確有很強誘人姿色。可她嫁的男人，卻是一身材矮小、面色黑瘦，舉止有些猥瑣的「三寸丁穀樹皮」──城鄉反差說明貧富，貧富反過來又作用婚姻，這與今日漂亮打工妹為一紙城市戶口委屈下嫁遠不如自己的城裡男人是相同的。

「搖煤球──兒」。定興人說話每句都要帶一後綴「兒」音，不是京城口語二聲合一的「兒化音」，而是在句子末尾硬生生加一「兒」字。據騷子媽說，水上漂早年與衚衕女人閒聊，就曾多次用具有特色的定興方言這樣描述自己的新婚之夜：「頭一宿就是七個『插銷──兒』」。鬧得那一陣子衚衕裡經常可以聽到京腔京韻改說定興方言特有的「大廟嗓音」：

「頭一宿就是七個『插銷──兒』」。

以後衚衕孩子更是添枝加葉，引申演義隨意創作：「頭一宿就是七個『插銷──兒』、第二宿就是二七一十四個『插銷──兒』、第三宿就是七七四十九個『插銷──兒』」。

可以想見，婚姻感情是一片如同白紙樣的空白，而一上來卻是濃墨重筆的胡塗亂畫、真刀真槍呼哧帶喘汗流浹背的實際操作，只能說明那年月不懂「白紙」、不懂珍惜，性慾宣洩和傳宗接代遠比虛無縹緲的感情來得實際和重要。

如同插銷和插座的物品屬性，生活也早已為水上漂畫出將要運行的軌跡：自己的孩子還小，不可能拋下親生骨肉去別人家當老媽子，暫且只能在家洗衣做飯，慢慢將孩子帶大再說其他。可也就在這時，散落在各戶的女人被「組織起來」，每日被召集到街道去開會，水上漂也就由此發現了自己的所謂前途和出路。

「街道積極分子」工作一分錢不掙，將散落在各戶的女人「組織起來」的深意也不很懂，但每日的參與卻又讓人心生嚮往，總感覺有不可抗拒的吸引力。對於這些，水上漂也許從未深想，更沒仔細分析，但其中所帶給自己的內心愉悅卻又是分明可以感受得到的。

男女搭配，幹活不累。與上面派下來的那些梳分頭、著建設服的男幹部們接觸，水上漂也許另有先前從未有過的全新體驗，朦朦朧朧有如霧裡看花，似親似近若糖若蜜讓人暗自歡喜。更妙不可言的是，那些男幹部似乎還都很欣賞她，是那種可感的、神祕而又不可明說的、完全超出一般賞識之外的「欣賞」。於是，水上漂便也學會穿衣打扮、學會周旋、學會用女人修飾過的嗓音嬌滴滴地說話、學會翹起蘭花指似嗔似媚在男同志腦門兒上戳一下，再嗔怪人家只知工作不注意身體啥啥的。

　　而那些男幹部，多數是隨部隊剛剛進城，猛地見到這樣一位如花似玉的城裡女人，尤其還是位自己的同志，心情愉悅則是可以想見的。

　　也許，水上漂自以為應付這些綽綽有餘，以為可以永遠這樣周旋下去。卻不料，以後偏偏遭遇風流倜儻的瘦張，哪裡招架得住情場老手施展的迅猛攻勢。最初，她也許像以往一樣，也只是想玩玩朦朧、玩玩霧裡弄花，但對手的大膽卻又前所未見，幾乎招招勾魂、刀刀要命。這就先讓她很吃一驚，再猛然一喜，眼前就像猛然竄出隻肥碩的兔子，雖不嚇人，卻也讓心突突直跳；更像幼兒燃放鞭炮，既怕，又愛，且愛遠遠大過恐懼。之後，終於把持不住，猶如洶湧潮水衝破閘門，一瀉千里。

　　水上漂自此初嘗甜蜜，煥發第二春，感覺自是今非昔比：原來一張白紙可以盡情展開想像，畫筆可以在白紙上勾勒如此曼妙的圖畫；原來「插銷」不可以一上來就往「插座」裡插，插入之前還可以如此浪漫地調動情緒，儘可能做足前戲、儘可能延長操作時間，充分享受那逍遙且銷魂的過程；原來生活可以有全新的一面，婚姻前面本該藏有浪漫和甜蜜！

　　至此，水上漂便與當年的潘金蓮女士一樣，遇到了一個相同而又難辦的問題：做長久夫妻？還是做露水夫妻？前者連想都不敢想——社會僵化的思維定式早已為這種關係作出宣判：「亂搞男女關係」，潛臺詞是「身敗名裂」，更要命的是宣布政治前途的「死亡」。還有一種選擇，那就是偷偷地來往，隔三差五來次「插

銷——兒」。雖在外人看來不正當，可於人性來講卻是正常人的正常需求，是份貨真價實的真感情。因此同樣也有排他性，也容不得第三者插一腳丫子。

由此說來，水上漂也是落後婚姻觀念的受害者，一面幼兒企盼過年般迎接瘦張為她帶來的每一次驚心動魄、逍遙且銷魂的感情和肉體的全新體驗，一面又要為無感情的名義男人暗自神傷，還要睜大兩隻狐狸眼時時提防擅長偷腥的瘦張吃著碗裡、看著鍋裡。

女人天性敏感，感情觸鬚尤其敏銳。當初，見瘦張拍板讓我媽去生產組，水上漂不免醋意大發，曾與瘦張大吵一架。以後見瘦張一趟又一趟往我家跑，始對我媽心生嫉恨，由此害怕失去瘦張、害怕失去這份來之不易的感情。於是，為徹底根除瘦張的念頭，更為消解心頭之恨，一個針對我母親的更加惡毒的計畫也就孕育而生……

捕捉讓人上癮，獵物越難捕到越上癮，就像釣魚和狩獵。

騷子和建慧於少油缺鹽的大雜院生活發現逮貓的樂趣，一下著迷得不行，又各自祭出拿手絕招想要試一試：騷子想出的是用老鼠夾子拍貓，建慧琢磨出的是用電線接通電源電貓。

騷子的老鼠夾，是由建慧爸親手製作的。

建慧爸在東郊一家上萬人的兵工廠做鉗工，八級鉗工，手藝好得可說鬼斧神工。他做出的活兒讓人一看，必先讓人眼前一亮，接著就讓你忍不住拿到手裡反覆把玩，由衷讚歎，並讓你不由得就

想：都是人，都長著兩隻手，可人家做出的活兒怎麼就那麼絕、那麼精巧、那麼地道、那麼讓人愛不釋手呢？！

鼠夾由一塊紫檀紅木木板兒、一組強力彈簧和一方帶鋸齒的鋼框組成。木板兒大小如老式鋁飯盒盒蓋，紅木先用鉋子刨得平平整整、規規矩矩，又用砂紙打磨得十分光滑。古色古香紅木邊沿，雕刻寓意鼠輩含冤就義之蒼松翠柏，象徵此乃腦容量小、不明事理者前僕後繼英勇獻身之地。設置誘餌的兩側，則是一副刀法精湛篆體對聯：「無法抗拒的誘惑，至死不明的玄機」。暗暗發亮的紅木中間纏繞強力彈簧，將一側帶有鋸齒的方形鋼框掀起，壓到另一側，再用一根十分光滑的竹棍兒支上誘餌。上當的老鼠輕則身子被夾扁，重則腦袋被打碎。如果鼠夾從未拍過鼠，一直保持潔淨狀態，一點不誇張地講，其做工之精緻、工藝之完美、造型之賞心悅目，甚至都可作為藝術品放在手中把玩和欣賞。當初，建慧爸將剛剛做好的鼠夾由工廠帶回到院裡，騷子就一下愛得不行，拉下臉反覆向建慧爸軟磨硬泡地討要。建慧爸無奈，就只好把鼠夾送給了騷子。

騷子家不養貓，他閒得蛋疼時就用這鼠夾過過捕捉的癮。

建慧琢磨出用電電貓，緣於他經常在家用電線接通電源電耗子。剝去外皮的裸露銅線，架在老鼠出洞必經之路，高矮正好讓老鼠爬過去。晚上看書看累了，就接通電源，趴在床上欣賞老鼠被電擊的全過程。

騷子媽和我媽上夜班，建慧就找到冠冕堂皇的理由：「晚上陪曉東睡」。然後就與騷子為夜間逮貓默默做準備。

有樹就招鳥，在樹臺上逮鳥很容易。建慧把逮到手的鳥的羽毛拔光，用鐵絲在鳥身上反覆刺進穿出地捆綁。看到鳥的腦袋耷拉著，怕被貓叼去，又用鐵絲刺進鳥嘴，再由肛門穿出。用他的話講，如此反覆捆紮，一為結實，二為通電性能良好。然後爬上樹臺，在貓可以夠得著的樹幹上釘一鐵釘，將鳥掛上，再連接電線由窗紙順進我家。之後戴上橡膠手套，握著鉗子，準備接通電源。可當要剝電線上的外皮時，卻犯了難——兩根電線擰成「麻花」，分不清哪根是火線、哪根是零線。

「你以前電耗子，是怎麼分清的？」我問。

建慧答：「我家電線走得規矩，兩根線並排，上面是火線，下面是零線。可你家是『麻花』，已經分不出來！」說完想了想，又說：「操，這會要是有隻貓，用它試試就好了！」

我說：「你剝吧，我用手試，我他媽不怕！」為了能逮到四蹄踏雪，我真的不怕！

建慧就很吃驚，看了我一眼，然後戴上橡膠手套手握鉗子開始剝電線上的外皮。剝完線皮，他先不讓我試，而是反覆叮囑我用手試電的一些常識：「你可得記住，一定要用手指的外側去試——因為人觸電的條件反射都是本能地握拳，如果你用手抓著去試，一下就會把電線牢牢抓在手裡，那樣非他媽被電死不可！」說完，還為我搬來一隻方凳，讓我踩在上面，說是起絕緣作用。

我站上方凳，先用手指外側去試，沒覺著有電；再試，還是沒覺出有電。膽子大起來，乾脆就將四根手指背面都摁在裸線上。如

此膽子完全放開，又去試另外一根，可手指剛一觸裸線，「丁零」地一下，立時就感到有股強大而又尖利的東西通過手指直刺我的心臟，直愣愣打得整條胳膊發麻，似乎半邊身子都不會動了。可我卻興奮地大叫：「這根，這根有電！」

建慧就又戴上橡膠手套，小心翼翼地將連著鳥的電線，連接到有電的那根線上。

騷子在鼠夾上放的誘餌，是一截帶魚尾巴。他因為經常支鼠夾打耗子，所以支鼠夾的技術確實很拿手，可以將誘餌上的機關支得異常靈敏。別說是貓，即使老鼠用嘴稍稍一碰，鼠夾也會立時彈起，將獵物死死夾住。騷子把鼠夾放在已被搗毀的佛龕上——在這方面他有他的鬼心眼兒，貓由房頂下來先跳到佛龕，可以先於建慧逮到貓。

可我的想法與二人不同，他們更多出自興趣，為的是玩，而我則是為報仇，更想逮到的是四蹄踏雪。而且，自上次毀貓開始，我也不想將四蹄踏雪一下殺死，而想慢慢地折磨它，享受它痛苦的過程，以此消解心中積攢的恨。

鄰居們陸續睡覺，院裡開始靜下來。我拉滅電燈，三人扒在窗玻璃上，眼睛盯著樹臺，開始焦急地等待。

院裡的景物很清晰，光線明顯比前幾個夜晚明亮，亮得就像撒了一地的水銀。怎麼回事？今夜明明是陰天，沒有月亮，甚至連顆星也沒。為何沒有星月的夜晚反而更明亮？我有些納悶，扒著窗玻璃視線越過院上空橫七豎八的枝幹，望了望夜空：天上確

實沒有月亮，原本晴天夜晚那種藍色的夜空不見了，取代它的是濃重鉛色的混濁，可低空中卻有很明亮的光帶！哦，原來不是所有的陰天都是暗顏色的，原來陰天低空有時會有很明亮的光帶，原來黑夜中的陰天也有很明亮的時候──這在以前沒有逮貓的時候還真沒有注意過！

　　一隻黃顏色的貓在後房簷上出現了，停住了，跳下來了，就站在被搗毀的佛龕上。我們三人全都緊張起來，六隻眼睛緊緊追隨著貓的行蹤。它低下頭去吃老鼠夾上的誘餌了，「啪」的一聲，鼠夾狠狠拍下來，它的前爪兒被夾住。騷子興奮得不行，立馬悄悄沖出屋。可貓卻拖著鼠夾向坡上逃去，沒跑多遠，夾子就被掙脫掉，而貓卻逃得無影無蹤。

　　「媽的，都拍著丫的了，可還是讓丫跑了！」騷子撿回鼠夾，進屋就低聲罵。然後就向我要縫衣針和細鐵絲，拿把鉗子蹲在地上改進他的鼠夾子。

　　「別白費勁了！你也不想想，貓有多大個兒、耗子有多大個兒，用耗子夾子能拍著貓嗎？」建慧扭頭看了眼騷子，不屑地嘟囔。

　　「你們瞧瞧，這回肯定行！」騷子把改進的鼠夾拿給我們看。就見鼠夾的鋼框上，被騷子用細鐵絲綁了一排密密的縫衣針，其中的兩個針尖兒，與那排縫衣針拉開一段距離，還奇怪地向前斜伸著。騷子用手指著這兩根針說：「瞧見沒有，這兩根針是專門紮丫眼珠子的！只要耗子夾子一拍，「啪」地一下，不但那排針能釘進貓的爪子，這兩根針更能一下刺瞎它的眼！」聽得我和建慧直樂，

連聲假意恭維他：「高、高，實在是高。你丫可真是高家莊老高家的高大人啊！」

騷子把鼠夾放在佛龕上，為防再次被拖走，乾脆用細鐵絲將鼠夾牢牢捆綁在椽子上。

夜色下的房頂上，一隻長毛、看起來很瘦的白貓出現了。它跳到佛龕上，向鼠夾走去⋯⋯

三個人期待著。我在心裡想：騷子確實有點兒鬼主意，那兩根針的距離設計得與貓的眼距等寬，角度也正好可以刺中貓的眼睛。如果眼睛真的被刺中，即使鼠夾不被固定，已成瞎眼的貓還能看清逃跑的方向嗎？

「啪」的一聲，鼠夾拍下來。與上次不同的是：貓腿被針穿透死死夾住的同時，嘴裡也發出一聲怪異的嚎叫。接著，就在佛龕上拚命掙蹦起來。騷子比上次還興奮，迫不及待沖出屋。可貓卻掙脫開鼠夾，再次逃掉了。

「我操，你們看、你們看！」騷子拆下鼠夾回到屋裡，舉著讓我和建慧看。

那兩根原本準備刺向貓眼睛的針已齊根折斷，另外一排縫衣針更是齊齊斷了四根——也就是說，貓真的急眼時力量是很大的，而且會拼到魚死網破，不但會把爪子上的縫衣針弄折，甚至會拚死把眼睛上的縫衣針掙斷帶著針逃掉！

「我操，兩隻眼珠子上各插一根針，那他媽得多疼、多他媽的彆扭啊！可還是讓丫帶著針跑了！」騷子舉著鼠夾，瞪大兩隻耗子

眼在感歎。

「我不早說過嗎，你那招根本不靈。還是看我怎麼用電電貓吧！」建慧說完，就把眼睛望向窗外，期待著下一隻貓的到來。

只過了一會兒，一隻狸花貓就出現了。

建慧和騷子都很興奮，不錯眼珠地盯著它。可我卻想起我養的那隻狸花貓——剛抱來時只有一節藕大小，最開始我每日嚼碎窩頭餵它，一點點看著它長大。由於從小營養不良，所以長得很瘦弱。我經常與它在床上玩耍，我往前撲、它往後退；它往前撲、我再往後退。這隻貓很通人性，鬧著玩即使鬧得再急，它也只會把我的手指含在嘴裡，頂多也就「硌」一下，但絕不會真咬。家裡窮，一直沒有好東西餵它，冬天有時實在撿不著魚頭，它被餓得「嗷嗷」直叫，有時竟餓到「唭唭」吃起白菜，甚至是白菜根部的根疙瘩。可到了最後，非但沒有享福，反倒被我這個主人給活活掐死了。我又想起四蹄踏雪，想起水上漂。媽的，四蹄踏雪怎麼還不來呢！

那隻狸花貓迅速跳了下來，走到樹幹前，一口就叼住掛在樹幹上的鳥。但與此同時，它也猛地發出「嗷」的一聲怪叫，接著就被電流狠狠打到一米外的樹臺下。對於一隻貓來說，220伏的電壓實在是太強大了，以致它由高高的樹臺被打到樹臺下，被甩出的速度極快，而且落地被摔得也很重。可奇怪的卻是，它並沒有像我想像的那樣立即被電死，而是在地上打了個滾，翻身站起，躥上樹臺，試著又一次去叼鳥，但仍被電流又一次狠狠打下樹臺。等到它再次躥上樹臺，就不再去叼鳥，而是站在那裡不解地看了看，然後就躥

上房，悄無聲息地溜走了。

怎麼回事？怎麼會電不死？

不單我和騷子不明白，就連建慧也感到納悶。建慧想了想，說：「哦，我明白了！貓站的地方，有很多樹上掉下來的細樹枝，這就等於在它腳下形成了一層絕緣材料。如果把那層細樹枝清理乾淨，讓貓直接站在樹臺上，電流就能從它的嘴部經過心臟徑直導入地下，構成一個能夠導致它觸電死亡的完整電路。」

建慧說的這些，我和騷子似懂非懂，但也跟著他爬上樹臺，把細樹枝清理乾淨，又把掛鳥的釘子往下挪了挪──減去那層細樹枝原來形成的高度，以便貓站起身，就能用嘴夠到鳥，從而讓電流穿過它的心臟，一下將它電死。

建慧回到屋，又突然想到：貓張嘴剛觸到鳥，還沒等到實實在在將鳥咬在嘴裡，就被電流擊倒，難免電流不夠強大。不如先不接通電源，等到它將鳥結結實實咬在嘴裡，再臨時把電接上，那樣就不怕再也電不死它了！

建慧戴上橡膠手套，拆開電線，然後用手握住電線線頭兒後面絕緣層部分，與我和騷子一起繼續等待。

後房簷很快又出現一隻貓。由於這夜光線太亮，這隻貓剛一現身，我們三人就同時壓低嗓音叫了起來：「鞭打繡球！」──貓的全身通體雪白，腦門兒有一圓形黑斑、尾巴尖也是黑色的，標準的「鞭打繡球」！

這隻鞭打繡球，是衖衖裡一個「小腳偵緝隊」隊員家裡養

的。原本，這位小腳偵緝隊隊員在衕衕本不出名，只因養了這隻名貴的貓，衕衕人才因鞭打繡球記住了她。平日裡，無論上面往下傳達「精神」，還是搜集下面情況向上彙報，她總是很積極，總喜歡跟在水上漂左右瞎吵吵，因此衕衕裡送她一外號：「小腳偵緝隊副隊長」。那天我爸上吊，水上漂派人在我家街門口站崗，其中就有她。

建慧見是「副隊長」家的名貴品種，就有些猶豫，壓低聲音問：「操，怪可惜的！電還是不電？」

「電！越是他媽副隊長的就越電！越是名貴品種就越電！」我從建慧手裡搶過線頭兒，握在手裡，怕他到時再猶豫。

鞭打繡球一發現樹幹上掛著的鳥，就迅速跳下來，很快走過去，一口就將鳥咬在了嘴裡。由於鳥被拴得很結實，它一時拽不下來，就叼住鳥，向後烊著身子，彎曲著兩條後腿使勁往後拽。

我看得準準的，手握電線，將裸露的線頭兒狠狠搭向窗檯上已經剝去外皮的電線。貓「嗷」地發出一聲怪叫，緊跟著就被強大的電流狠狠打到一米以外的樹臺下。我們三人同時探頭向外看，以為它肯定被電死了，可它卻骨碌一下翻身爬起，又躥上樹臺……

「哎，怎麼回事？到底是怎麼回事？你以前電耗子，不都是一電一個死，可這貓怎麼就電不死呢？」騷子嘀咕著，百思不得其解。

建慧遇事愛琢磨，想了一會兒，說：「要不書上說，凡事不能想當然！220伏的電壓，都能把大活人電死，還能電不死一隻小

小的貓？可等你真的一試，才知確實電不死！」說完，想了想，又說：「還有用火通條刺貓，連刺七八十下，每次都是透心涼。你跟誰說刺不死，人家誰會相信呀？！可等到不相信的人真的動手一試，才會明白咱們並沒說瞎話！」

我說：「是，誰若他媽不相信，都可接通220伏的電源，找隻貓親自來試試，看看究竟能不能電死？還可手握火通條，對準貓的肉身連刺七八十下，看看到底能不能送它上西天？也省得外人說咱吹牛，光憑想像就敢滿嘴跑火車！」

8 第六章

　　大廟小學前身是普化寺，為清敕建，中共建政後改造成小學校。學校由前殿、二殿、後殿，東西跨院和後院組成。聽我爸說，寺廟早年有山門，後來拆掉，前面又拆除一大片民房，改建成現在的操場。操場佔地面積很大，三面是圍牆，另一端緊挨前殿下是一個半人高、如同前殿面積那樣大、用磚塊和水泥建造的講臺。每年的開學、結業要典禮，校長要講話。全校學生坐滿操場，負責調試麥克風的校工就在水泥講臺爬上爬下緊忙乎，「嘣嘣」用手指敲兩下話筒、「喂喂」試兩聲，有時喇叭裡還會發出刺耳的、如同釘子劃過玻璃一樣的尖利聲音。

　　小老頭兒校長講話很有派頭，從不像校工那樣緊忙乎，頂多對著話筒吹兩口氣，喇叭裡就發出颱風一樣的「呼呼」聲響。校長有派頭，還因為每次講話前學校的鼓號隊都要在水泥講臺一側先演奏。鼓號隊隊員一個個穿得就跟小警察似的，也戴白色大簷帽，白色制服上也有肩章、臂章。負責指揮的學生將手中指揮棒一抖，大鼓、小鼓、大鑔、小鑔、大銅號、小銅號就一通緊著吹打，直到把全操場學生的心敲得激昂澎湃，心裡全都長了草，校長才點著人名發獎狀。

　　我每學期考試成績都很好，因此每年都能上臺領獎狀。領獎前先向校長行一少先隊隊禮，再鞠一躬，然後雙手接過獎狀──學校沒有鞠躬的規定，必須鞠躬是我媽給我立下的鐵規矩，所有領獎狀的學生裡就只有我一人給校長鞠躬。

　　不過後來我就不給校長鞠躬了，改成校長給操場全體學生「鞠躬」──站在水泥講臺上，彎著蝦米腰，屁眼兒朝天，胳膊被兩旁紅衛兵搋得就像飛機翅膀那樣高高翹起。原來的副校長是個聰明人，跟形勢跟得及時，成了校「文革小組」組長；積極上臺揭發檢舉踴躍發言批判的幾位老師，成了「文革小組」組員。操場變成會場，三天兩頭兒召開「批鬥大會」，反覆批校長，批教導主任和十幾個被揪出的老師。像許多事物都要常變常新、推陳出新一樣，批鬥大會也發明創造出新花樣。以前只有學生和老師坐在操場上，後來街道家庭婦女也被組織進來，坐在學生四周；以往都是把要批鬥的人事先押在緊挨講臺的大殿裡，等到麥克風前一聲喊：「把某某某押上來」，三個紅衛兵才倆人搋著被揪鬥人的胳膊，另一人摁著脖子，就像捉著個小雞子似的從大殿裡把那人磕磕絆絆押上臺，後來就玩出新花樣，先由「文革小組」密謀揪出誰誰誰，但不事先通知本人，而是讓他像沒事兒人一樣和大家一起坐在下面等著開會，直到主持人在麥克風前突然宣布：「將誰誰誰押上來」，才由幾個壯漢猛撲過來，將已被突然襲擊嚇得不知所措的人搋上臺。

　　六年前我和騷子一塊兒入學，同年級同班。教我們的金老師也剛剛參加工作。金老師身材高挑，兩眉又細又彎，垂在腚後的一條

大辮子卻又黑又長。走起路來辮梢兒向左甩一下，再向右甩一下，三甩兩甩就甩進年輕的男老師們的夢裡。

男老師們的心思被辮梢兒弄得很癢，有事兒沒事兒總愛圍著金老師轉。實在找不著機會就往我們教室跑，拿個本子坐在教室後排椅子上，名曰「觀摩教學」，可兩眼卻盯著金老師的臉蛋兒，時不時還要裝模作樣用筆往本子上記一記。聽後排同學說，滿臉長著大疙瘩的教體育的蘇老師記了滿滿一頁，可都是金老師的名字；還有教美術的秦老師，一頁又一頁地給金老師畫像，「嚓嚓」幾筆，畫上的人就像活的一樣。上到六年級，全班同學就都知道了：金老師和愛畫畫的秦老師好上了。

那天批鬥會第一次推陳出新，我清楚地記得，當主持人對著麥克風突然喊起金老師的名字，要把她押上臺時，漂亮的金老師一下愣住了，一副受人欺負而又完全無助的樣子，似乎扭頭左右看了看，像是在尋求愛畫畫的、已經和自己好上了的秦老師的保護。可她萬萬沒有想到，第一個朝她沖過來的就是姓秦的，一把摘下她胸前佩帶的「像章」，然後就與另外幾人將她搣上水泥講臺。

——原來金老師在教室門口寫了一副對子，其中有句「紅心向黨鬧革命」，滿臉長著大疙瘩的蘇老師向上面打了小彙報；愛畫畫的秦老師事先得到通知，當即表示要與「現行反革命分子」劃清界限，並在麥克風裡發出厲聲質問：「啊？！『向黨鬧革命』？你怎麼膽敢向偉大的黨鬧革命呢？！」

當天散會，騷子媽回到院裡就罵：「教體育那個姓蘇的一看

就不是好東西，找不著對象急出一臉的色疙瘩！人家金老師不跟你搞，你就懷恨在心，找機會往死裡整人家！姓秦的就更沒良心，金老師多漂亮一姑娘啊，還跟你搞著對象，挺大一老爺們兒怎能翻臉就不認人呢？！」

同班同學「麻雷子」出身資本家，他上面有個姐姐。他母親偏疼女孩兒，對他姐姐一直很疼愛，甚至省吃儉用為她積攢多年以後才可能用上的嫁妝。可他姐姐卻一心只想積極要求進步，為能當上紅衛兵，為跟父母劃清界限，就在批鬥她母親的會上躥上水泥講臺，很英勇地向她母親頭上掄起帶有鐵頭兒的武裝皮帶。她母親那天穿著白背心，頭被打破，血水順著臉往下淌，把白背心都給染紅了。臺下知道她與她媽這層關係的人心都抽緊了，扭過頭不忍看。可她卻不顧她母親頭上流出的鮮血，一下又一下掄著皮帶瘋了一樣往她母親頭上狠命地抽……

這以後，運動深入，操場完全變成會場，三天兩頭兒召開各種各樣的批鬥大會。

以「奔兒頭」為首的大廟衚衕流氓團夥，被頭戴白色大簷帽身穿白制服的警察押上臺。講臺兩邊布置得就跟兇器展覽似的：左邊用繩子掛一串丁零噹啷的匕首、叉子、刀子、攮子，右邊掛著七節鞭、三節棍、鋼鞭、菜刀、刮刀、砍刀。奔兒頭和所有流氓全都趟著腳鐐子，「嘩啦」、「嘩啦」的腳鐐聲驚圓會場下一片小眼睛。但更讓人吃驚的，還得說是奔兒頭那句能讓人嚇破膽的狠話：「信不信？我摳出你丫眼珠子當泡踩」。

　　我和騷子就親眼見過奔兒頭摳出人的眼珠子當泡踩。

　　那是我和騷子隨著奔兒頭一夥去看熱鬧，到大廟十三條去看與「大鼻子」一夥兒的茬架。當時兩撥流氓楚河漢界站好，奔兒頭就站在大鼻子對面，睒睒著三角眼說：「信不信？我摳出你丫眼珠子當泡踩！」大鼻子剛說「不……」，「信」字還沒說出口，奔兒頭就使出撒手鐧，迅疾一揮手，看似是一耳刮子，實則卻是「單指取珠」。然後就把摳到手裡的眼珠子摔在地上，踏上一腳，「啪」地就踩出一聲爆響……

　　還請解放前受壓迫的革命姐妹憶苦思甜。不過有個女人演繹的能力實在太差勁，講的效果並不好。她先是介紹那地方的接客流程，還扯著脖子對著麥克風模仿著喊：「接客嘍——」接客的就站成一排。還模仿著老鴇報「花名」：「這叫翠花、那叫蘭花，接下來的這位就是名震京城的萬人迷！」當時這女人也站在一排「花」中，讓客挑選。可她被點中，卻如荷花出污泥而不染，潔身自好，死活不從。老鴇也不打她，只把一隻貓塞進她褲襠，系好褲腰帶，打貓，貓就在不該它撕咬的地方亂抓亂咬。可她卻頗具反抗精神，寧死不屈，最終只能被老鴇趕出大門四處流浪。當時正是數九隆冬，西北風颳得嗷嗷叫，天冷啊！她凍得實在受不了，就躲到前門樓門洞兒裡避風。在那萬惡的舊社會，不光冷，還餓呀！餓得實在受不了，就撿塊西瓜皮「哧哧」啃。吃完想睡一會兒，嘿，這蚊子，一團一團的，就跟朝鮮戰場上美國轟炸機群似的……當時我們聽了就在底下小聲嘀咕：數九隆冬到哪兒去撿西瓜皮？三九天又怎

會有蚊子？別是隻長著雞巴的公蚊子也來逛窯子吧？！

到最後，這女人就舉胳膊帶頭兒呼口號，不過那口號也沒水平，盡是什麼「我讓紅旗滿天飛」、「我讓紅色的鮮血滿天飛」、「我讓紅色的鮮血匯成紅海洋」之類。後來建慧分析，我才弄明白她為何要喊「讓紅色的鮮血滿天飛」——「紅旗是烈士鮮血染成的」，「紅領巾又是烈士鮮血染成的紅旗的一角」，那時喇叭裡整天都播這血赤呼啦的老一套。這娘兒們今兒聽、明兒聽、後兒還聽，潛意識裡就把「紅色的鮮血」和「紅旗」給一勺燴了！

開會開出了樂子，大家就都盼著開會。其實不光我們，連街道家庭婦女也盼著——一塊兒開會能看見自己的孩子，孩子也能看見媽。

依舊是事先不通知被「揪出」的人。所以，騷子和我坐在底下就瞎猜，騷子還問：「嘿，你估計這回該哪個『喝涼水都塞牙的』倒楣了？」還沒等我答，水上漂這娘兒們就操著定興腔對著麥克風喊開了：「鹹菜（現在）——兒，把日本特務家屬谷秀琴，押上來——兒！」

我一愣，這名字怎麼這麼熟啊？！再一看，回到原畢業小學校支援運動的麻稈兒竟向我媽站的地方撲過去，另外幾個紅衛兵也從不同地方向我媽那邊奔。我什麼都明白了，一下就如被逼急眼的狗，邊暴怒撲向麻稈兒、邊可著嗓門兒大罵：「麻稈兒，我操你媽。老子今兒個跟你們丫的拼啦！」

出人意料，的確出人意料！如此莊嚴嚴肅的大會會場，怎

麼猛然竄出一不懂規矩的野小子？！而且，居然還敢撒野開口喊
「操」？！

　　其實，「操」這詞兒，於嬙嬙孩子很平常。我於嬙嬙裡生、
嬙嬙裡長，自然很小就會罵髒話。可我媽一向稀罕文化人，總說有
學問的人說話文明，不像嬙嬙人那樣粗野。她討厭說話野腔汙調，
從來不許我嘴裡帶髒字。一般情況下，我都能做到，但不能遇到騎
上我脖子拉屎的事，尤其不能遇上拉完屎再把大便硬往我嘴裡塞的
事。如果遇上，我一個十三歲的孩子就只能是暴怒地罵髒話，而不
可能是其他，更不可能像某些一直以來持雙重衡量標準的國人那
樣，只會閉眼對「騎脖拉屎硬往嘴裡塞大便的人」視而不見，而只
會有選擇性地舉著放大鏡盯住罵髒話的人喋喋不休揪住不放。

　　我爸脾氣暴躁，年輕時渾不論；我的脾氣更是異常暴躁，點
火就著。但我不是經常發火，也不是遇上點兒小破事兒就發火。母
親說我屬相在十二種動物之外，屬「順毛驢」──順著毛捋怎麼都
行，唯獨不能餒茬兒胡嚕，你越餒茬兒我就越是犯擰、越是要炸蹶
子。而且，若真把我逼急了眼，我就不管不顧地鬧翻天，愛他媽誰
誰誰，愛他媽什麼場合不場合，此時我只知道爺老大、天老二，即
便皇帝老兒又算個屄？！我爸厲害不厲害，就是他無理打屈了我，
我也敢跳著腳與他對罵……

　　會場騷動起來。許多人扭臉往我這邊看，邊看邊「唧唧喳喳」
地議論。

　　水上漂被氣瘋了，哆嗦著嘴唇對著麥克風喊：「狗崽子狗膽包

天，反了，真是反了！乾脆，把這狗崽子也一塊押上來——兒！」

我就原地一蹦八丈高、氣急敗壞也學著她的定興腔狂喊：「頭一宿就是七個『插銷——兒』、『插銷——兒』、『插銷——兒』！」

幾個綠衣綠帽腰紮武裝帶臂戴紅箍兒的人立即撲向我。我覺著我腦袋「嗡嗡」直響，太陽穴「突突」亂跳，周身的血就像燃燒的汽油，騰騰地蒸騰得讓我整個人都直往半空中飄。最先沖過來的是教體育的滿臉長著色疙瘩的姓蘇的，他穿著一條運動式藍秋褲，褲襠處鼓鼓囊囊很突出。我一下就瞄準了他那團突出物，覺得他那地方很好咬，咬上去一定很解恨。所以，在他伸出手剛要抓我時，我就猛地彎腰一下撲向他的褲襠，張開嘴「吭哧」就是一口。可這小子反應卻出奇得快，猛然一側身，雖沒有咬到目標物，但薄薄的秋褲和裡面的褲衩卻被我狠狠咬在嘴裡。他本能的反應是往後退，想掙脫我。可由於退的力量太大，竟然將我拽了一個趔趄，以致讓我彎著腰追隨著他的褲襠「噔噔」向前撲出好幾步才站穩——可我卻依然沒撒嘴。

我說過，我嘴裡的狗牙特別厲害，打架遇到比我高出一頭的孩子，我就會不顧一切沖上去，專門彎腰鑽褲襠咬他們的羞處，而且，只要被我咬住，我就不管不顧，死活再也不撒嘴。這時你儘可拚命打我的頭、玩命扇我的嘴，甚至可以用菜刀就像剁下王八腦袋一樣剁下我的頭，但卻別指望我再撒嘴。

會場更加騷亂，許多人站起身抻著脖子朝我這邊看。原本莊嚴

嚴肅的批鬥會場已平添讓人忍俊不禁的喜劇效果，已經有人在邊看邊笑，「咯咯」、「嘻嘻」、「哈哈」，甚至有人已樂得流出鼻涕眼淚再也直不起腰……

姓蘇的也急了，運足力氣玩命往後猛地退身。「嘶啦」的一聲，秋褲和裡面的褲衩竟被扯撕了，但沒有撕斷的秋褲和褲衩卻仍被我牢牢咬在嘴裡。如此，秋褲和褲衩撕碎形成的布條就在他的褲襠和我的嘴之間被你拉我拽、反覆爭奪，樣子像極交配完但尚未分開的兩條狗。「哄」的一聲，會場上的人再也忍不住，全都前仰後合地大笑起來。急得水上漂對著麥克風直喊：「別笑——兒，嚴肅點兒。階級敵人反撲了！趕緊把這狗崽子押上來——兒！」

另外幾個撲向我的紅衛兵已知道我的牙齒厲害，全都很小心。我正與前面的幾人周旋，後面卻有人突然抓住我的胳膊。我本能扭頭往後去咬那人的手，胳膊卻被更狠地擩下去。我拚命掙紮，感覺胳膊生疼，疼得好像就要被擩掉了。可更多的人卻趁機撲上來，抓住我的另一條胳膊狠狠擩下去。然後，就把我往臺上押。他們的步伐很快，而我的腳下卻是磕磕絆絆，最終被押上水泥講臺。

以前，我坐在臺下，看別人被押上去，每次都感覺被押的人腳步磕磕絆絆。至於為何磕磕絆絆，我並不清楚，也沒深想過，直到自己被押上去，親身體驗，方才知道：人彎著腰走路是與伸直腰走路完全不同的——腰被狠狠地擩彎下去，腳步邁不開，而擩著你的人為顯示雄赳赳氣昂昂渾身正氣的效果，其步伐卻是儘可能地大踏步向前，所以，被押上去的人就只能碎步緊跟快捯追隨他們的步

子，因此樣子也就顯得很狼狽，很滑稽，甚至很可笑！

在我被押到臺上批鬥以前，母親已被押到講臺上。此時她的腰彎著，胳膊被身兩側的紅衛兵高高撅起，就站在我身邊。有人帶頭兒舉起胳膊呼口號，台下的人就跟著舉起一大片胳膊，跟著山呼海嘯。

母親不識字，一輩子稀罕文化人，稀罕得不得了。我上學的第一天，她把我領到金老師面前，自己先給剛剛參加工作的金老師鞠了一躬。金老師就一下慌得不行，連忙扶起。母親又讓我鞠躬，金老師仍是不習慣。等我鞠完躬，母親就對我說：「以後多幫老師幹活。男孩兒別惜力，使出多大勁兒，還能長出多大勁兒！」

學校沒什麼活可幹，我就幫老師擦黑板。金老師每天上課前都要寫黑板，讓我和其他買不起書的同學抄在本子上。等金老師寫完左邊的黑板，又去寫右邊的黑板，我就抓緊時間抄，抄完就去幫老師去擦左邊的黑板。有次，我忘了左右順序，把老師剛寫在黑板上的字給擦了，急得同學在下面大聲喊。金老師也沒說我，只是對我笑笑，摸摸我的頭，又重新去寫黑板。

學校操場有水泥砌成的乒乓球檯，沒事我就打乒乓球。沒有打球用的球拍子，有時用寫字的墊板，有時隨便找塊木板兒，有時乾脆就脫下木跋拉板兒當球拍。但球卻越打越好，甚至教體育的姓蘇的也不是我的對手。金老師就把我推薦到校乒乓球隊。去的那天，金老師把我叫到跟前，猛地把藏在身後的東西攤到我面前。當時我都愣住了：眼前是一支嶄新的乒乓球拍！拍身黃色，膠粒棕色。我

都不敢相信這是送給我的！

母親見到這支球拍，當時眼淚就流下來了，連聲說：「遇到了貴人，遇到了好人，遇到了一位好老師！」

「打倒日本特務家屬谷秀琴！」

台下排山倒海，山呼海嘯。

「打倒狗崽子程曉東！」

頭頂上長出一大片胳膊，胳膊上是隻隻憤怒的拳頭。

呼口號有講究，正在臺上揭發批判的人，可以在發言越來越氣憤時振臂帶頭高呼；坐在臺下的老師和學生，也可看準臺上發言人正在義憤填膺處或間歇處尋機帶頭領呼。批鬥金老師的時候，我在臺下也跟著喊過「打倒」，雖然從心裡不情願，雖然聲音很小，甚至小到連自己都聽不見，可到底還是喊過。現在，我被押上臺，金老師是不是也會跟著喊？騷子會不會也跟著喊？建慧現已上中學，不可能再參加小學的批鬥會了，如果他現在也在會場，會不會也要跟著喊？

臺上臺下，人上人下，天上地下，你上我下，我上你下，上上下下……

人的思維像閃電，以前發生過的眾多場景和事情，飛快地在我腦子裡閃現。不過，那時的感受卻與今日今時完全不同：那時沒覺口號聲音有多大，現在卻是萬炮齊鳴、聲震耳鼓；那時見到向上伸起的胳膊就是一片胳膊，現在卻是憤怒的「森林」；那時沒覺會場有多大氣勢，因為你本身就站在氣勢一邊，而現在的氣勢卻是針對

你一個人，而且是孤零零被孤立到臺面上的「一小撮兒」。所以那氣勢就被放大到千百倍，讓你無處藏無處躲，完全被包圍在宏大的氣勢當中。

母親的長髮被剪子剪成爛雞窩，臉漲得通紅，太陽穴上的青筋凸起。這些我能理解，因為此時我的臉也很漲，我知道那是被迫彎腰血液倒控充滿臉部造成的。幾口黏痰啐在母親臉上，還有黏液耷拉著長長的黏兒在往下淌……

追本溯源，批鬥會其實是有著優良革命傳統的。最早是「打土豪、分田地」，村莊裡揪鬥地主老財，至今仍可從電影、繪畫、雕塑，以及眾多文字材料感受當時的盛況：被揪鬥者五花大綁，頭戴尖尖的高帽子，相貌猥瑣且被嚇得哆哩哆嗦；四周押著他的人則個兒個兒膀大腰圓，一頭一臉渾身正氣。

不過，與那時會議結束被揪鬥者即被槍斃或被紅纓槍活活紮死相比，後來的批鬥會還是文明進步多了。站在麥克風前的發言批判者，先是嗓音洪亮念一段語錄：「革命不是請客吃飯，不是做文章，不是繪畫繡花，不能那樣雅緻，那樣從容不迫，文質彬彬，那樣溫良恭儉讓。革命是暴動，是一個階級推翻一個階級的暴烈的行動。」然後就是聲色俱厲、怒火滿腔的嚴厲聲討。

那天站在麥克風前批判的是家養鞭打繡球的那個「小腳偵緝隊副隊長」。

以前開會，我最煩的就是聽這些「小腳偵緝隊」的發言，因為她們大多沒文化，不像老師那樣照著批判稿義正詞嚴地宣讀，而完

全是語無倫次的高聲喊叫，情緒氣急敗壞時，還要跳到被揪鬥者面前動手去打，像雞屁股拉屎一樣朝被揪鬥者的臉上吐黏痰。

此時，這位副隊長就越批越憤怒，然後就跳到我媽面前，「劈里啪啦」抽開嘴巴……

從被押上臺那一刻起，我就一直沒老實，始終在掙蹦。這會兒親眼看見我媽被打，我就更是怒火滿腔、火冒三丈，瘋了一樣跳著腳高聲叫罵。

臺上有人帶頭高呼口號：

「打倒狗崽子程曉東！」

「再踏上一萬隻腳讓他永世不得翻身！」

臺下就舉起一片胳膊，山呼海嘯、排山倒海一樣跟著呼喊。

我就更加急了眼，野腔汙調對著罵：

「操你們全體的媽了個逼！小爺兒我就是要翻身！就是要翻你媽的身！」

我真真被氣炸了肺，完完全全地被氣瘋了。此時我已渾不論，愛他媽誰誰誰，愛他媽什麼場合不場合。按衚衕話講，就是「臭雞子跟你們丫的磕啦」！

我被摁得屁眼兒朝天，雙臂被兩個紅衛兵高高翹起，脖子被另一個老師狠狠朝下摁著。可我還是一邊玩命掙蹦、一邊頑強仰起臉沖著麥克風前的副隊長破口大罵……幾個小腳偵緝隊朝我撲來，先是用巴掌劈頭蓋臉向我臉上扇，見我像瘋狗一樣張開嘴拚命去咬，又改為一起朝我吐黏痰，「嗬——啪！」「唬——啪！」「咳——

啪！」眾多稀的、稠的、濃的、淡的黏痰向我頭上、臉上、脖子、身上噴來⋯⋯

　　小腳偵緝隊們用巴掌向我臉扇時，我可以不怕疼，可以奮不顧身張開嘴去咬她們的手指。可是，當她們朝我啐痰時，我卻不能不躲閃。即便躲閃，還是有好幾口黏痰啐在我臉上，其中一口黏稠的痰還將我的一隻眼睛糊住，黏液耷拉著長長的黏兒順著臉頰在往下淌。

　　黏痰最初啐在臉上，你感到的只是侮辱。你氣憤，玩命掙蹦，可擁著你的人卻更加用力摁住你。過一會兒，你才能聞到黏痰那股難聞的氣味——是唾液發酵的那種氣味，有些腥、有些臊，是那種說不出的特有的很難聞的氣味！

　　我依舊灼著蹶子玩命掙蹦，依舊破口大罵怒罵狂罵不止，甚至我罵人的聲音，都能通過麥克風傳遍整個操場。

　　我越罵越急，越罵越憤怒。突然，我想起水上漂家的天窗、想起水上漂上身只穿一件白背心仰八腳兒躺床上「哎——呦」「哎——呦」在叫的畫面，於是我就扯開破鑼嗓子缺五音短六律地大聲唱起歌來：

　　　黑咕隆咚出呀——出呀嘛出燈影

　　　黑板上二字——我看呀嘛看分明

　　　什麼字——你看分明

　　　「操逼」——二字我看分明

「操逼」——二字我看分明

…………

水上漂被徹底氣瘋，沖到麥克風前氣急敗壞地狂呼亂叫起來：「打，給我狠狠地打！給我照死裡狠狠地打！」

麻稈兒和幾個紅衛兵沖上臺來朝我掄起武裝皮帶，眾多皮帶鐵頭兒朝我沒頭沒臉地打來，頭上臉上頓時火辣辣的。突然，我的腦袋"嗡"的一聲，眼前一黑，就什麼都不知道了……

第七章

　　沒有昏迷過的人，也許想當然以為昏迷就像睡覺一樣，無非都是閉上眼再睜開，其實二者在醒來後有本質區別。我睜開眼時，第一個反應是奇怪自己怎麼躺在自家的床上，我媽為何要抱著我大聲哭喊，旁邊為何還坐著騷子媽！瞪著眼睛愣了好一會兒，才明白批鬥會已結束，大概是我媽和騷子媽把我背回家的。

　　母親見我睜開眼，先是一愣，再一驚，接著淚裡就有了笑，欣喜地叫：「醒了醒了，終於醒了！你可把媽給嚇死啦！」

　　我的頭被母親用撕開的白布條纏裹起來。頭上有好幾處鈍痛，其中一處裡面好像藏著個心臟，「咚咚」一跳一跳地疼。家裡生活一直很困難，平日遇小病小痛就從沒想過去醫院。家裡被抄那天，我爸腦袋被武裝皮帶鐵頭兒抽裂好幾個口子，當時就沒去醫院縫針。這會兒我的頭皮被抽裂，也沒去醫院縫針。我發燒溫度很高時，也不去醫院，每次都是躺在床上硬扛著。我媽在床前始終守著，用兩根拇指在我腦門兒由中間到兩邊反覆摩挲，用一隻手掌在我後背使勁來回揉搓，直到後背搓得發燙，說那樣就能把身上的「火」搓出來。等我餓了，就為我做碗熱湯麵，滴幾滴香油，再臥個荷包蛋，然後一口一口餵我。

　　我沒甦醒之前，母親著急都在我身上，忙得顧不上洗臉。我醒來後，見她臉上已經風乾的痰跡和淚水混在一起，又見她的頭髮被剪得參差不齊，心就如刀割一樣一剜一剜地疼。

　　紅衛兵給女人剪髮有四種發明：用理髮館推頭的推子，或貼著頭皮剃個精光；或如挖溝樣剃個「十」字；或剃去半邊，保留另半邊，稱之為「陰陽頭」；還有一種，是用女人平日做針線活兒的剪子，在頭髮上「咔咔」亂剪，名曰「爛雞窩」。母親被剪的就是這種「爛雞窩」。頭上的頭髮長短不一，左一剪子右一剪子、深一剪子淺一剪子亂七八糟。尤其是坑窪不平的頭髮與臉結合起來看，視覺上真有些人不人、鬼不鬼，讓人不由就將眼前影像與批鬥會所說「牛鬼蛇神」發生聯想。被剪短的部分與保留下來的長髮在感覺上就更加不協調：短茬兒頭髮顯得很硬，像男人的短髮一樣支棱著；保留下來的長髮卻顯得很自然、很柔軟，看著很舒服——可這種舒服反過來又映襯出剪亂剪短部分的極不舒服！

　　騷子媽說：「我給你剪剪頭吧！」就讓我媽坐在凳子上，找了塊布圍上，用平日做針線活的剪子為我媽剪頭。

　　等剪完頭我一看，立時就覺母親很陌生，陌生得都有些不認識；再盯住臉慢慢仔細瞧，似乎又很熟悉。只是頭髮很突兀地變短了，從來沒有過地短，短得都有些不像女人。難道女人可以剪這樣短的頭髮？難道母親可以剪這樣短的頭髮？難道女人的一生中都會偶爾剪這樣短的頭髮？

　　母親一照鏡子，就愣住了。握著鏡子的手顫抖著，兩隻鼻孔一

翁一張，默默閉上了眼睛。眼瞼上有大滴的淚慢慢湧出，沾在眼睫毛上，眾多的淚如斷線的珠子，「撲簌簌」地灑落下來。

騷子媽的淚也落下來，邊落淚邊勸：「唉，出門找塊兒頭巾戴上吧！用不了幾個月，就能長出來！」

我媽聽了，淚就更多，大滴大滴忍不住往腿上掉。她穿的是一條斜紋布藍褲子，褲子早已洗得發白。一大滴眼淚落上去，布紋很快就把水滴給吸沒了。

「想開點兒吧，為了曉東！孩子已經沒爸了，不能再沒媽！」騷子媽勸。

「嗯，為曉東，為孩子……」母親邊往下嚥淚邊說。

「其實，看看曉東，再瞧瞧騷子這不爭氣的東西，你該寬心才是！人都有走『背』字的時候，遇到了，就得想開些。多為孩子想想，只要想到孩子，咱這當媽的也就沒有什麼過不去的溝溝坎坎了！」好心腸的騷子媽拐彎抹角變著花樣再勸。

「妹子啊，你的意思我懂！其實我早就想開了，為了孩子，我不會走那一步的。你就放心吧！」

騷子媽又坐了一會兒，說了會兒話，就回家去忙活了。

屋裡只剩下我和我媽，她把臉扭向我，就那樣長時間用淚眼望著我。

母親說我生來體質弱，兩三歲仍是細脖大腦殼，到了六零年就更嚇人，兩邊肋骨瘦得像搓板。所以在以後的那三年裡，她總是抱著我忍不住落淚，一直擔心養不活。直到我長大成人，才知道母

親為什麼擔心，才知道被稱作「自然災害」的那三年究竟發生了什麼：院裡那棵百年老槐上的樹葉都被吃光；市面一個金戒指只能換一個窩頭；三年內餓死了三千六百萬人；活下來的人雙腿和腳面全都浮腫，用手指一摁一個坑兒，凹陷處長時間塌陷著，很久都不能平復如初。

上學學算術對「24」這一數字記憶深刻，因為每月的24日，可以憑糧票和購糧證提前購買下一個月的糧食。學課文深深記住一篇文章：《金色的童年》，大意是說我們生在「紅旗下」、長在「蜜罐兒裡」。不過，剛揭鍋籠屜裡冒著熱蒸氣的窩頭，確實是「金色的」如黃金一樣黃燦燦的！

衚衕裡有句罵人話：「瞧你丫那窩頭腦袋」。

從記事第一次聽到這句話，我就沒覺著是罵人，因為我從小就自認為我確實是個「窩頭腦袋」！

記憶中最愛看母親蒸窩頭：和麵的瓦盆裡掛著一層深綠色的釉子，母親放入玉米麵，一手淋水，一手岔開的五指只一攪，濕軟的麵就潤潤地發黃，襯得盆更綠、麵更黃。濕潤的窩頭碼放在木製籠屜裡，籠屜被大團蒸氣包裹蒸騰向上。揭鍋了，七歲的小手就敢撲上去用雙手捧，而且，絕不會因怕燙將窩頭扔到地上。如果沒有母親攔著，二兩一個的窩頭我能吃四個。

絕大多數人家生活都困難，每頓都是吃窩頭。可我家吃的窩頭卻是攙了樹葉的——按照今天飲食觀念，也算是「綠色食品」。

父親蹬三輪兒收入沒保障，更多時候就只能對著自己的一身力

氣唉聲歎氣。因此純棒子麵的窩頭不是每天都能吃到。好在樹上有樹葉，楊、柳，還有榆錢兒、槐樹花、槐樹豆，以及所有可以填飽肚子的東西。最怕見柳絮，長大更怕見到兩眼戴酒瓶子底兒吃飽不餓的詩人文縐縐地詠柳絮——每年飛舞如棉毛一樣的柳絮時，樹葉就開始變老，有很多筋絡，怎麼嚼都嚼不爛，味道還發苦，很難下嚥……

因此很小就會爬樹，且敏捷如猴。不是淘氣，是為覓食、為生存。許多樹上有一種小蟲叫「蚄拉子」，蹭到皮膚上奇癢難忍，一紅一大片，可我不怕。公園採摘樹葉時見過蕩鞦韆的，嬌生慣養的孩子還要大人用手扶著。就不理解，因為我也「蕩鞦韆」——有時爬樹太累了，懶得從一棵高高的樹梢兒上爬下去，再費勁爬上另一棵高高的樹梢兒，於是就猴子似的抓住顫巍巍的樹梢兒像蕩鞦韆那樣從一棵樹梢兒蕩到另一棵樹梢兒上去。

每天上學早點都是前一天晚飯剩下的窩頭。蒸窩頭先用雙手捧起一團濕潤的麵，左手托住，右手拇指插入麵團，雙手顛著旋轉使之呈金字塔狀。如此蒸出的窩頭下面就有一拇指捅出的圓洞，所以衚衕壞小子們就因「洞」給它起了個不雅的別稱：「燈兒杵」——男人陽具杵出來的。

路邊賣早點的攤子每天都支起炸油餅的油鍋。衚衕孩子因買不起油餅，就只能手捧「燈兒杵」眼巴巴看著剛出鍋的油餅遞到能交得起一兩糧票、六分錢的人手裡。於是，渴望吃到油餅的孩子嘴裡就演繹出有關「『燈兒杵』與油鍋」的傳奇故事：一孩子偷偷蹭到

油鍋旁邊，假裝沒拿穩，不小心將「燈兒杵」掉到油鍋裡，於是在炸油餅人埋怨聲中得到一個焦黃酥脆的「炸燈兒杵」。

也許是太想吃到油餅，很小就學會觀察老師的嘴唇，且不懂事地將觀察到的結果告訴母親：「媽，今兒早上小老頭兒校長早點吃的肯定是油餅！因為他的兩片兒嘴唇油汪汪的！」

母親聽了就歎氣：「唉，慢慢等吧！等你長大了，掙了錢，就能天天吃油餅，還能吃到燒餅！」

我就想：哪兒敢指望天天吃！一個月能吃上一回，我就知大足了！

許是覺得在吃的方面虧欠我太多，許是見我過於瘦弱，母親把心思都用在給我增加營養上。吃糧有糧票，票又分粗糧和細糧。可母親的手恁巧，擀一層白麵片兒，再放一層濕潤的玉米麵，捲起來就叫「金裏銀」。粗糧還有很多吃法，但省下的白麵卻是給我和父親留的。我最愛吃西紅柿打鹵麵，碗裡，白的是麵條，紅的是西紅柿，黃的是雞蛋，玲瓏如玉的是剝好的蒜瓣兒。可西紅柿上市的時間卻很短，剛一入秋就沒了。好在衚衕裡興起做「西紅柿醬」熱。將切碎的西紅柿塞進輸液瓶，然後上鍋蒸，高溫殺滅細菌，只要瓶塞嚴格消毒，做出的西紅柿醬可以存放一冬。可這做醬，必需要用醫用輸液瓶。這種瓶子卻很少，極難淘換。母親找不到只好用空酒瓶代替，可酒瓶因為沒有橡膠瓶塞，做出的醬卻常常變質。

家裡每年都要餵幾隻雞、養幾隻兔。母親一生食素，從不吃肉，嫌羊膻、嫌魚腥，甚至好笑到連兔肉都嫌棄，居然說什麼兔

肉「柴」。還說她小時候，每到冬天下雪，姥爺就扛著火銃去北平郊外打野兔，打到的野兔從臘月一直能吃到開春，可她卻從不吃一口。

後來，有次姥爺到家串門，聽我說起母親不吃兔肉，就將兩道眉毛擰成倆問號，像是看到太陽打西邊升起似的說：「什麼，你媽不愛吃兔肉？她怕是不愛吃兔子骨頭吧？有年我打來兔，你姥姥燉了一鍋，她跟你後來死了的舅舅搶著吃，至今一粒鐵砂還卡在她的槽牙裡！」

直到那時我才明白母親從來不吃肉的原因──心裡非常不好受地明白了母親為什麼嫌羊膻、嫌魚腥的真正原因！

一年四季見不到瓜果梨桃，零食更是沒有。瓜子也只有春節才有，憑購糧證購買，一人二兩。母親仍是捨不得吃，全都留給我。我就偷偷躲在一邊，不讓母親看見，一個瓜子一個瓜子地剝，而且不用嘴嗑，只用手剝，怕母親嫌棄我的唾液沾在上面。剝好滿滿一把，才踮起腳尖用手捧到她面前猛然喊：「媽，您吃，您吃，我專門給您剝的！」

母親眼裡就有晶瑩樣東西在亮亮地閃，哽咽著，斷斷續續說：「好……媽吃……媽吃！」說完，很誇張地一把放到嘴裡，誇張地咀嚼，卻趁我不注意，把瓜子仁悄悄放一邊，等我生病時又變戲法樣擺到我面前。

院裡那棵百年老槐，橫七豎八的枝幹伸向各家房頂，有些粗壯的枝幹已老朽，被蟲蛀蝕得像馬蜂窩，遇狂風暴雨母親就擔心。

我剛滿月的時候，有次一根水桶粗的大杈就被風吹斷砸到我家房頂上，將屋子砸塌半間。被砸塌的房下正好是床鋪位置，母親許是憑著母性護子的先知先覺，預先雙膝雙肘架在床上，將我死死護在身下，用自己柔弱的身子死死扛住沉重的房梁。

破屋子四處漏風，總也封不嚴實。三九天西北風颳得「嗷嗷」叫，母親為我掩被角，溫熱的手偶一觸碰我脊背，一下就能暖到我心裡。

夏天為我洗澡，雙手掬著熱水往我身上撩，溫熱的手揉搓我的前胸後背。我感受著母親目光裡的溫柔撫摩、聞著母親身上散發出的特有香味兒，享受著母親身體裡流溢出的濃濃溫情，覺得媽才是這世上最親最近最疼我的人！

母親脾氣溫順，似乎永遠不會發火，平日與鄰居相處，即使吃虧，也要讓人。開春剛買的雛雞被水上漂家的四蹄踏雪叼去好幾隻，也不去上門找人家，只怪自己沒看護好；家被抄，三輪車被燒毀，我爸想不開尋了短見，她說我爸不該亂講幫日本人抬汽車的事；這會兒，她被水上漂揪到臺上批鬥，頭髮被剪成「爛雞窩」，也只怪自己命不好，倒楣事都讓她趕上了！

可我不這樣看，我認為這都是欺負人造成的，所以問：「媽，您說這世界上有不欺負人的國家嗎？」

我媽就一愣，顯然被我的話嚇壞了，趕緊壓低嗓音說：「怎麼想起問這個？快別瞎想！」

我說：「我想到一個不欺負人的國家去過活！」

我媽歎了口氣，說：「唉，老話講，人打人有四不究：君打臣不究，官打民不究，父打子不究，夫打妻不究。甭管打得對不對，打了就是打了，你不能掰斥，更不能還手。因為咱生來就是為挨打才來這世上的，人家生來長著手就為打人的。要不就說君君臣臣父父子子呢！」

我說：「為什麼咱生來就挨打，為什麼別人長手就為打人？」

我媽說：「老輩兒就是這樣傳下來的規矩。你從也得從，不從也得從。從古到今，人都是這樣一輩兒輩兒活下來的！」

我的火就上來了，罵：「我操定這規矩的人的八輩祖宗！我就不信天底下的人都是軟柿子捏的，就不信沒有想改改這規矩的人！」

我媽說：「想改這規矩，那就只有個死，除非他不想活！」

我就更火了，更憤怒地罵：「那老子就不活，大不了不就是腦袋掉了碗大的疤，但臨死也要拉上那個王八蛋！都他媽倆肩膀扛一腦袋，真把人惹急眼誰怕誰啊？！」

我媽就被嚇壞了，趕緊過來捂我的嘴：「曉東，咱可不敢這樣想，這樣想想都是罪！咱急著忙著躲還躲不及呢，哪兒還敢往槍口上撞？！唉，媽擔心，也就擔心你這脾氣！說完，歎口氣，又說：「以前，也有不怕死的，可結果怎麼樣？不但自己的小命搭上了，還要連累家人，連累親戚朋友。一人惹禍，全家人都跟著遭殃，你倒想想，這到底是值、還是不值？」

我說：「我不想招惹是非，真的不想！我只是想到一個不欺負

人的國家去過活！」

我媽說：「媽沒文化，怎麼會知道這個？！」

我說：「如果真的沒有，那咱們就到國境邊上去過活！我在建慧那兒看過地圖，離咱們最近的是北邊兒，一直往北走，就能找到一個既不屬於這個國家，也不屬於別的國家的交界處。咱們就在那兒不招誰、不惹誰地生活！」

我媽說：「你盡犯傻！離開人群，咱們怎麼活？吃什麼？用什麼？」

我說：「只要不受欺負，受多大苦我都樂意！我有的是力氣，我可以種地，打糧食；您就在家紡棉、織布，我們完全可以生活下去！」

我媽就笑了，難得地笑了，說：「可真是個孩子！你當生活那麼容易？做飯的鐵鍋從哪兒來？你種地的工具又從哪兒來？」

我說：「老師說過，古人都用石頭做的斧、刀和鋤，再說我還可以打獵，用骨頭給您磨針。古人用的都是骨頭磨成的針！」

我媽就不說話了，又開始落淚，一大滴又一大滴眼淚落在早已洗得發白的藍斜紋布褲子上，布紋很快就把水滴給吸沒了。

許是批鬥會上折騰得累了，許是躺著犯困，我覺著頭發沉，感覺「忽悠」地一下，就看見我爸蹬著三輪兒，帶著我、騷子和建慧出了衚衕口。先奔前門箭樓，右拐沿護城河到花市，由花市再右拐磁器口沿東珠市口回家，圍著我們住的那一大片平房整整兜了一大圈兒。我爸撒著歡兒蹬車如飛，道旁樹木、行人一閃而過，帶起的

風聲在耳邊呼呼直響……

　　我爸的車越蹬越快，三輪兒忽地一下騰空而起，仨轱轆好像騎行在傳說的阿拉伯飛毯上，騰雲駕霧一直向北，朝著國境線飛去。忽然，我身邊的騷子和建慧不見了，我媽卻坐在他倆原來的位置上。我興奮地大喊大叫起來：「媽，您看啊，我爸也和咱們一起去兩國的邊境，這下種地就不是我一人啦！往後您每天就只管紡棉、織布、做飯，我和我爸種糧食，種出的糧食足夠咱們吃的！」

　　三輪車越蹬越快，一朵朵白雲從身邊一閃而過。車身好像因車速太快已經傾斜，而且傾斜得越來越厲害。忽然，母親沒坐穩，「嗖」地就掉到雲彩下面去了。急得我大聲喊起來：「媽，您在哪兒？您在哪兒啊？」

　　「曉東，別怕，媽在這兒！媽在這兒！」

　　我睜開眼，見我媽在說話，這才知是做了一個夢。

　　我媽說：「曉東，媽剛才想了一會兒，越想越害怕，怕得不行！」

　　我不明白，問：「您可怕什麼呢？」

　　我媽就歎了口氣，說：「媽想起以前的事兒了。媽小的時候，你姥爺住的院裡，有戶人家做買賣，買賣做得挺大。按說，不愁吃不愁穿，日子應該過得很美氣。可這家的媳婦卻趕上個惡婆婆，老是虐待媳婦。偏巧，媳婦的男人又得急病死了，丟下三個孩子，大的七歲，小的才三歲。男人一死，這惡婆婆就想休妻，虐待媳婦也更厲害了，非說兒子是媳婦妨死的。唉，那年月，女人嫁人講究

『嫁雞隨雞、嫁狗隨狗，嫁根扁擔扛著走』；認同從一而終，生是你的人、死是你的鬼，女人不能提出離婚，只有男方人家休妻。媳婦沒辦法，就只能夜裡哭，白天在婆婆面前賠小心。可這惡婆婆呢，還是不依不饒，最後真就請了識字先生，給媳婦寫休書，非要把人家休回娘家不可。那時的女人呀，遵從三從四德，講究『既嫁從夫、夫死從子』，最大的惡名就是被婆家休回娘家——一旦被休回娘家，媳婦的臉面可往哪兒擱呀！媳婦看看實在沒法過了，就想尋死。白天臉上不露出來，裝做什麼事也沒有，可到了夜裡，等婆婆和孩子上床睡了覺，她就點上煤油燈悄悄做孝服，用的都是本色白布，給仨孩子一人做一身。孝服不是一夜能做好，要做好幾天，當天做不完，怕婆婆看見，就藏起來，等第二天再做。做完孝服，又熬糨子找布打袼褙、納鞋底兒，給仨孩子做孝鞋，還是一人一雙。鞋面用的都是沖服呢面料——沖服呢，那是很貴的一種料子，只有內聯升做鞋才用。衚衕人家辦喪事披麻戴孝你見過，見了孝鞋你還問媽，『為什麼用白布把黑鞋面繃起來，鞋後面留一寸寬的黑後跟兒有什麼講究』？媽告訴過你，父母死了一人，就留一寸寬；要是雙親都死了，就把鞋面連帶鞋後跟兒全都繃起來。她給仨孩子孝鞋上繃白布，就全都繃起來了。那天夜裡她把做好的孝服和孝鞋都擺在孩子睡覺的身邊，自己就上了吊。唉，她是不想讓孩子留個娘死『不穿孝服』的罵名，才偷偷做的孝服和孝鞋！可是，她卻沒有為孩子著想，你自己走了一了百了，沒長大的孩子今後可怎麼活啊？！」

母親說到這兒，眼眶裡有了淚，越聚越多，鼻子抽搭了一下，終於落下來。頓了頓又說：「媽也不瞞你，你爸走的時候，我也想過走這一步。可是後來再一想，不行啊，你還小，沒了娘怎麼行？日子不是更苦？！」

我有些聽明白了，眼淚也跟著下來了，說：「媽，您可不能走那一步！曉東死也不願意您走那一步！」

母親點點頭，說：「是啊！剛才騷子媽勸我，『為孩子』。其實我早就想開了，媽不能死，一定要把你拉扯大。媽為什麼活？就是為你才活著呀！你就是媽的命根子啊！可是，你的脾氣又讓媽擔心，擔心得不得了！曉東，從現在起，你要紅口白牙答應媽，以後不許再想出國的事兒，就和媽守在一起。不管日子有多難多苦，受多大氣，忍多大委屈，挨多少打，打得如何受不了，咱們也要忍，也要受，也要和媽在一起咬牙堅持活下去！」

聽了我媽的話，我的鼻子一酸，心一下就軟得不行。

父親脾氣暴躁，活著的時候沒少打我，可我卻從來不服，從不落淚。母親從未動過我一指頭，可她的話我卻不能不聽。有時，看到她為我縫補打架撕壞的衣裳，只是對著衣服輕輕歎了口氣，我的心就一下軟得不行，長時間懊悔，並在心裡暗暗發誓：再不做讓她傷心歎氣的事！

這會兒，見母親說出這樣的話，我就更是下了決心，趕緊爬起來跪在我媽面前，說：「媽，我記住了，真的死死記住了！今後我依靠您活，您也依靠我活，咱們相互依靠咬牙堅持活下去！」

那時我還不會說「相依為命」這詞兒。

那一年我十三歲。

操，十三歲。

第八章

「狗崽子」是「文革」特有名詞，專指被揪出者子女。家裡沒出事以前，我每見這些狗崽子，每每感覺他們就像灰溜溜的灰老鼠一樣；相形之下，心底的優越感就會油然而生，自覺地位比他們高出一等。這時再看他們，無論怎樣看都會覺出不順眼，越看越彆扭，越彆扭就越是覺著不順眼，甚至不把他們當人看，在心底已把他們視為異類。可當我從昏迷中醒來，在院裡再次見到騷子時，竟也從他的眼神裡讀到我以前的感受——他的眼睛飛快地瞥我一眼，頭扭向一側，下巴微微抬起，只用眼梢角由高往下斜視著我。那眼神裡有輕蔑，有不屑，還有兩相對比產生出的優越感！好在建慧眼界寬，沒有歧視我；騷子又是與我從小一塊兒光屁股長大的，沒過幾天就又玩到一起。

這天，建慧拿來一把匕首——一把由建慧爸這個八級鉗工親手製作，可說獨具衕衕特色、集貼身肉搏所有攻擊特點於一身的匕首。

運動起來，建慧爸所在兵工廠分成兩派，最初大字報相互攻擊、面對面唇槍舌戰辯論、架設大喇叭高分貝聲討，很快就由文而武，發展到真刀真槍玩了命地真招呼。武裝皮帶早已落伍，棍棒、

鎬把兒也只用於近戰肉搏。遠端武器則分土造和現代：車間大窗戶整個拆毀，窗框兩邊繃上強力橡膠帶，中間設置椅墊兒大一塊牛皮，將整塊兒磚頭裹在牛皮上，由倆壯小夥兒繃緊橡膠帶，就像衚衕孩子玩彈弓一樣將整塊兒磚頭射向對方；現代武器則是兩派爭搶民兵用於訓練的氣槍和小口徑步槍，然後楚河漢界，壘工事、修掩體，相互「乒乒乓乓」地射擊。

工廠完全停工，工人自造各式各樣的刀具：匕首、叉子、攮子、刮刀、砍刀，甚至造出當年日本指揮官使用的東洋武士刀。

建慧爸衚衕裡生、衚衕裡長，自然熟悉衚衕流氓打架所用兇器。因此，推想他在設計這把匕首的握柄時，肯定受到「指套」的啟發。

衚衕流氓所用「指套」，多是用兩寸寬、一指厚，比拳稍長的合金鋁金屬板製成：按照握拳四根手指的位置，在金屬板上用鑽頭鑽出四個孔洞，使四根手指可以穿過握拳。戴「指套」打人自然比赤手空拳威力倍增，輕則給對手臉上玩一大口子，重則打斷肋骨，以此讓他終身不忘「指套」二字。

建慧爸製作的這把匕首，護手後的握柄與「指套」巧妙結合，整體用一塊兩寸寬、半寸厚、七寸長的高碳鋼製成。先用鑽頭在握手處鑽出能夠穿過四根手指的孔洞，對應孔洞前設計四個錐形小山尖兒，打磨出「指套」形狀。握柄的底部，則是一個更大的山尖兒。如此，四指穿過洞孔握住匕首握柄，既可用前面的尖刃刀刺對手——避免對方用腳將匕首踢飛，又可揮拳用「指套」擊打，還可

由上往下狠砸。確實集貼身肉搏諸多攻擊特點於一身。

匕首握柄的兩面，鑲嵌兩塊紫檀紅木。紅木用兩顆銀白色的鋁合金鉚釘鉚合。紅木與銀白色鉚釘用銼和砂紙精心打磨，古色古香的紅木暗暗發亮，白色的鉚釘泛著銀灰，美觀得讓任何一個血性男人見了就想拿在手裡用手去握一握。

最漂亮的還是刀子刃部，刀尖上面斜劈下去，彎月般的刃尖驕傲上翹，兩側血槽深深下凹。刀鋒立起來賽一條直線，用拇指橫向輕輕摩擦，澀澀地竟有些吸手。兩側刀面更是光了又光，亮了又亮，像蘸過水銀，又像嚴冬的冰面，冷森森散發逼人的寒氣。

「我操，怎麼這麼光？這麼亮？像電鍍一樣！」騷子驚歎。

「用拋光砂紙打磨過，所以才能這麼光、這麼亮！才能不會生銹！」建慧答。

「拋光砂紙打磨過為什麼就不會生銹？」我問。

「因為金屬表層與空氣接觸的面積縮小了——生銹其實是『鐵氧化』，與空氣接觸的面積縮小了，氧化的機會自然也就減少了！」建慧答。

建慧這小子說話總是文縐縐，總愛說書本上的詞兒，老是讓人鬧不明白。所以我又問：「刀子沒用砂紙打磨以前是這麼大，打磨以後還是這麼大。面積怎麼就縮小了？」

建慧伸出手指向上一推鼻樑上的眼鏡，又答：「這得先說『光潔度』。聽我爸說，工廠車工車出的工件都有光潔度的要求，車工嘴裡常說的『花幾』、『花幾』，指的就是光潔度。不管工件表面

有多光，其實都是凹凸不平的。比如這把匕首，你用肉眼看表面已經很光了，可要放在高倍顯微鏡下，卻依然是凹凸不平。舉個例子，咱們洗衣裳用的搓板，上面都是一棱兒一棱兒的。如果把棱兒全都展開，面積是不是就比以前抻長了，變大了？！與空氣接觸的面積不是也就大了？！再相反舉個例子，如果把搓板上所有的棱兒用木匠的鉋子鉋平，面積是不是就比有棱兒時縮小了？！與空氣接觸的面積不是也就小了？！」

經建慧這麼一說，我和騷子才知道刀子生銹與接觸空氣的面積大小有關。不過，我們對這些沒興趣，感興趣的只是這把刀子。

建慧說：「《水滸》楊志賣祖傳寶刀，說，一可吹毛得過；二砍銅剁鐵不鉋刃；三殺人刀上不見血。後兩條屬文學誇張，但吹毛得過還是可信的！」

騷子聽了，就從頭上拔下幾根頭髮，要過匕首，把頭髮橫放在豎立的刃上，對著刃上的頭髮使勁吹。可不管怎樣用力吹，卻沒能把頭髮吹斷。

建慧笑著從騷子手裡要過刀子和頭髮，一邊比劃一邊說：「開始我也吹不斷，後來聽我爸一說，我才明白：第一吹的時候嘴唇要貼近刀刃；第二用力要猛；第三要掌握技巧，還要懂得刃口的結構——刀刃表面看上去很齊很平是一條直線，其實像光潔度一樣，是由高低不平的鋸齒排列組成的，只不過這些鋸齒很小，肉眼看不見罷了。如此說來，所謂吹毛得過，其實也就是類似木匠用鋸鋸木頭，所以吹的時候，頭髮要放在刀刃的一端，吹的同時還要把頭髮

在刃上快速移動，也就是類似拉鋸鋸木頭。」說著，建慧把頭髮放在靠近護手的刃部，嘴對著刃用力猛吹的同時，頭髮也沿著刀刃向另一端快速移動，頭髮果然就被吹斷了。

騷子見了，興奮得大叫起來：「哦，原來這樣，原來這樣！再讓我試試。」說著搶過刀子和頭髮，又對著刃上的頭髮猛吹。可由於離刃過近，嘴唇又猛地沿著利刃移動，不小心竟將上下唇各劃破一個血口子，逗得我和建慧都笑了。

笑過之後，建慧又說：「砍銅剁鐵不鐥刃，確實有些誇張。不過剁八號鉛絲我試過，這把刀還是可以的，而且能夠做到不鐥刃！」說完，就找來綠豆粗的鐵絲，放在桌上，揮刀去剁，鐵絲果然被剁斷。再查看刀口，也確實沒有鐥刃，只是刃的兩側留有灰白的印記。

手握利器，必起殺心。見這把匕首可以剁斷鐵絲，我首先想到的就是四蹄踏雪、水上漂和麻稈兒。還沒等我說出口，騷子就眨著一對耗子眼兒壞笑道：「操，那還愣著幹嘛，還不趕緊上房逮隻貓！咱也好試試新，也好給這把刀見見血！」我們三個就都很興奮，趕緊分頭去準備：騷子到垃圾站撿魚頭，建慧用籮篩在樹臺扣麻雀，我整理繩子和座櫃。一切準備停當，我們就手忙腳亂抬著座櫃上了樹臺，又由樹臺爬上房。

座櫃依舊放在上次逮貓的平頂房屋上，我們也仍舊躲在水上漂家的天窗後面。騷子表現得異常興奮，看得出他的興趣已不完全在捕捉的樂趣上，更多是在用貓的身體測試匕首這一點上：「呵

呵，也不知哪隻貓頭天晚上沒做好夢，今天頭一個要給刀子試試新？！」騷子躲在天窗後面，一臉壞笑地說。「但願是四蹄踏雪，也好讓咱曉東痛痛快快出口惡氣！」建慧用手指推了推鼻樑上的眼鏡應道。

可我們誰都沒想到，房脊上出現的卻是小腳偵緝隊副隊長家養的鞭打繡球。

忽地一下，我就覺著我的兩眼變成兩桿火焰噴射器，瞬間向三十米外的鞭打繡球噴出兩股憤怒的火焰。呼吸驟然變粗、變重，變得急促；心跳疾速加快，「咚咚」像要蹦出嗓眼兒，震得胸腔都微微發顫。我壓低嗓音，卻又惡狠狠地罵：「都他媽別出聲，也別他媽亂動！今兒個小爺兒我要好好出出這口惡氣！」

白天看上去的鞭打繡球，毛色純淨，通體潔白，白得就像皚皚的雪；腦門兒和尾尖兒上的毛又很黑，黑得就像宣紙上的墨。圓形的「球」位於腦門兒正中，「鞭」高高翹起彎向腦後，走路時尾尖兒上的「黑鞭梢兒」向下一顛一顛，確實很像揮鞭抽打腦門兒上的球。大自然造物的確很神奇，神奇得讓人不由就想：這「球」和「鞭」是自然生成的嗎？倒像是按想像畫上去的！「鞭」與「球」的生成何以如此這般恰倒好處？！如此這般地就天成？！

嬌寵之物按品相可分三六九等。若與鞭打繡球無冤無仇，它的「鞭」與「球」原可作為博愛資本，只可惜，正因為有怨有恨，它的原本可以博愛品相反過來又激起我更大的嫉恨，勾起想將它廢了毀了、想將這美好尤物盡情毀滅的邪念——愛與恨，原來是可以相

互轉換，可以因第三者的作用相互轉換的！

通常，貓在發現獵物時，神情都是先一振，接著立即伏下身，兩爪兒並齊，叁勢開鬚鬚，兩眼睜得溜圓，死死盯住獵物。建慧說，貓的鬚鬚叁勢開，一是瞄準獵物、二是測試它與獵物的距離。如果把它的鬍子全部拔掉，那它就再也逮不到耗子了。

此時的鞭打繡球正是這樣，聽到座櫃裡鳥翅膀撲騰的聲響，立即就在房脊伏下身，兩眼睜圓，警覺地注視著不遠處的座櫃……

「咚咚咚」，心臟在劇烈地跳動，陰謀越是接近成功就越是緊張。

「呼呼呼」，張開的嘴大口地在喘息，一呼一吸就像拉風箱。

復仇的心理充斥內心，急於宣洩的人在焦急地等待，等待著美好的尤物即將被廢、被毀。而且，越是美輪美奐的事物被毀滅，快意也就來得越發酣暢淋漓！

鞭打繡球敏捷地向座櫃移動，警覺地走走停停，疾走驟停。我大口大口喘著粗氣，壓抑著，等到它鑽進座櫃洞口，直到黑色的尾梢兒完全不見，我才猛地一拽繩子。洞口上面的木板兒「哢嚓」一聲落下來，我的心也如一塊石頭落了地，同時興奮地躍起，忘乎一切地向座櫃撲去。然後就和騷子、建慧慌手忙腳抬起座櫃，原路返回，抬著座櫃磕磕絆絆跳下樹臺回到家裡。

兩位發小同樣很興奮，儘管興奮點在測試匕首這一點上。

一進門，建慧就從腰裡拔出匕首，揮手「當」的一聲，將刀尖剟在桌面上；騷子則從床下拉出我爸修車的工具箱，翻找出可以卡

住貓脖子的老虎鉗。

建慧說：「上次貓從座櫃竄出，我就想過，再逮到貓時，櫃蓋兒先裂開一條窄縫，然後伸進火通條去刺，等把它釘在座櫃底兒的木板上，再用老虎鉗夾它的脖子！」

我冷冷地笑，說：「不用，我直接用手去掏！」

建慧就很詫異，疑惑道：「那它還不玩命用嘴咬？！用爪兒狠命抓？！」

「嘿嘿……」我想對建慧笑笑，可咧嘴笑時，才感覺嘴角在不自然地抽動，而且聲音發冷，甚至連我自己都能覺出聲音裡透出一股嚴寒的涼氣：「我他媽不怕！我想用手直接跟它接觸！我他媽特想面對面用手直接跟它去接觸！」

建慧的兩條眉毛就揚起來，睜大兩眼不解地問：「那是幹嘛？完全可以不用手，幹嘛非要憑白無故讓它去抓咬？！」

「嘿嘿……」我的笑更加不自然，聲音也更加不自然，笑聲裡已明顯露出一股陰森森、惡狠狠的殺氣。我在心裡自己對自己說：「不會有人懂的，永遠不會有人懂的——除非你爸被人逼得一根繩子懸上房梁，你媽被人耍猴一樣撅到批鬥會臺上，而且長髮剪成『爛雞窩』，臉上被人吐滿粘稠的濃痰！」

我慢慢將櫃蓋兒移開一條縫兒，把手伸進去，張開手去抓貓。貓果然「呼呼」噴著氣，發瘋一樣用爪兒撓、用嘴撕咬我的手。我不怕疼。我說過，我牙疼得要命時，就找出我爸修車的鉗子，對著鏡子自己給自己拔牙。我對疼痛從小就有我自己的認識，區別於那

些嬌生慣養孩子的認識：你越怕疼，它就越疼；你若咬牙挺住，玩了命地忍著，一點點壓制它，疼就只能一點點後退，最終被你戰勝。更何況，屈辱已經給了我足夠的勇氣，心中積攢的恨已達爆發臨界點，充滿胸膛的復仇勇氣也足以使我忘記疼痛！

我摸索著猛地抓住貓的前腿兒，一把將它掏了出來。手就在鞭打繡球的嘴下，於是它就更加瘋狂地用爪兒撓、用牙狠命地咬我的手背。沒有被抓、被咬過的人也許會憑空想像，以為傷口會「呼」地一下冒出很多血，其實大錯特錯——貓爪子撓過手背，被豁裂的傷口最初顯得很白，就像煮熟的雞蛋清一樣白。騷子當時見了，還在一旁咋咋呼呼地喊：「呦，骨頭露出來啦！骨頭露出來啦！」其實並非骨頭，只是肉皮下的白色脂肪。傷口最初並不出血，稍稍愣一會兒，被抓裂兩邊的邊沿才一點點往外滲血，血越聚越多，最後才將傷口整個填滿。貓的牙齒排列呈梯形，門牙和後槽牙都很小，嘴角上下四顆用來撕咬的犬齒相對卻很大、很圓，而且很尖。貓咬人或撕碎食物，主要就是依靠這四顆像是狗牙的牙齒。犬齒的尖牙咬在手上，也不是「呼」地一下冒出很多血，貓撒開嘴後，湧出的血才會將洞填滿，然後才會慢慢往外冒血。

我不顧鞭打繡球的抓咬，把它舉到眼前，對著它笑，聲音不高而且很平靜地道：「好，好，你咬得非常好！你的牙很白，很尖，長得也很結實，可它結實得過鉗子嗎？我想讓你的牙和鉗子比比，看看到底是你的牙厲害，還是我的鉗子更厲害？！」然後就轉過身，瞪起眼，沖著騷子惡狠狠地喊：「把我爸那把克絲鉗子給我拿

來！」

建慧明白過來，情緒受到感染也跟著喊：「對，不著急，一點一點慢慢毀丫的！也讓丫瞧瞧咱們牙科醫生程大夫的厲害！」

騷子趕緊一邊答應、一邊找出鉗子，邊遞給我邊說：「當然是咱們程大夫厲害，程大夫都敢自己給自己拔牙，更甭說貓嘴裡那幾顆小牙啦！」

我接過鉗子，左手掐住貓的後脖頸，把它摁在座櫃上，拇指和食指摳著它的兩腮，逼迫它張開嘴。然後將張開嘴兒的鉗子伸進它的右嘴角，儘可能多地夾住它的牙，然後握著鉗子用力向外一掰。隨著「嘖吧」的一聲，牙被掰斷，貓也「嗷」地一聲慘叫起來。我把粘在鉗子上的斷牙在座櫃上磕打下來，又去掰第二顆、第三顆……四顆犬齒全部掰下來，貓發出的慘叫一聲更比一聲淒慘。可我卻聲音不高，很平靜地對著它說：「你不是咬嗎？你不是想跟我玩玩嗎？那好啊，今兒個小爺兒我就陪你玩玩，玩到底，玩個夠！」說完，就把張開的鉗子嘴兒插過它的門牙、直接夾在它的上牙床上。然後左手用力摁著它的頭，右手握著鉗子玩命向上一掰。「嘎巴」的一聲，它的牙床被掰斷。血「呼」地一下冒出來，但牙床上的肉卻撕撕拽拽沒有完全斷開。我左右擰著鉗子，讓血糊糊的鉗子嘴兒在它的牙床上左右扭動，然後再猛地用力向後一拽，將牙床上的骨頭連肉帶血整個地撕扯下來。鞭打繡球疼得渾身打哆嗦，拼了命地嚎叫，嘴呼呼冒著血，整個嘴已被血全部染紅。可我卻不著急，慢慢將粘連在鉗子上的肉和骨頭磕打到座櫃上，然後又去掰

它的下牙床……

貓的上下牙床都被掰掉，看上去就像掉了門牙的豁子，更像是掉光牙齒的老太太。所不同的是，老太太只是癟咕嘴，而貓卻是滿口鮮血，像是吃過死耗子，更像是趴在盛滿血的盆裡剛剛喝過鮮血。

我用鉗子掰鞭打繡球的牙時，它雖然被摁在座櫃上，可依然拚命用爪兒狠狠撓我的手。有時，像魚鉤一樣的尖趾甲，居然全都彎曲摳進我手上的肉裡，深深的竟一時拔不出來。所以，掰完牙，我就倒過手攥住它的一隻前爪兒，握著鉗子準備拔它爪子上的趾甲。

貓本能地將爪子拚命向後抽縮，頭和另一隻爪子撲在我手上，使我手裡的鉗子很難去夾它的趾甲。

建慧見了就奪過我手裡的鉗子，在一旁喊：「曉東，你只管握住它的倆前腿兒！負責修腳有澡堂子裡專門修腳的師傅，讓我和騷子來給它好好修修腳！」

我一手一隻握住貓的倆前腿兒，將它摁在座櫃上，身子再壓在它身上，等待建慧和騷子為貓提供修腳服務。

貓的前後爪兒腳趾和人的手腳大體一樣，也分五趾（指），每個趾下有一厚厚的肉墊兒，很柔軟，所以走路和跳躍不會發出聲響。鋒利的如同鉤子一樣的趾甲長在肉墊兒上面，可以隨肉墊兒向前伸出和向後彎曲隱藏，需要用趾甲抓住樹木向上攀登或抓撓攻擊時，像人握拳一樣收回五個肉墊兒，以便將鉤子一樣的趾甲向前伸出；不需要攀登或抓撓攻擊時就伸展五個肉墊兒，將趾甲向後彎曲

隱藏。

建慧手裡握著的是一把克絲鉗子，這種鉗子前面的倆鉗嘴兒咬合部位各有一排如搓板那樣的細小稜角，因此夾東西很牢固。他先把貓爪兒上彎曲藏在後面的趾甲用手指摳出來，張開鉗子嘴兒齊根夾住，然後用力向後猛地一拽，趾甲就連血帶肉一同被拔了下來。

俗語說，十指連心。說的是人的痛覺，大概對貓也一樣。趾甲被拔下來的同時，貓也拚命發出一聲慘叫。儘管爪子被我牢牢握住，可我依然能夠明顯感到它在抽搐，疼得直打哆嗦。

騷子用的是老虎鉗，前面相互咬合的倆鉗嘴兒像是兩把鈍刀子，因此用力小了夾不住，用力一大趾甲又被夾斷。氣得騷子乾脆就夾住貓爪兒上的腳趾，先是握住鉗子左右擰，然後猛地用力向後一拽，貓爪兒上的腳趾就被整個拽下來。

「嗷——」「嗷——」鞭打繡球疼得接連發出一聲更比一聲淒慘的嚎叫。可建慧和騷子卻越拔越興奮，拔完前腿兒又讓我倒手握住後腿兒。等把前後爪兒所有的趾甲拔完，騷子就搶先抄起桌上的匕首，要給這把刀子試試新。

「別，我的意思是不殺死它！」建慧攔住騷子，說。

「為什麼？」騷子問。

建慧說：「都說貓有九個魂兒，其實跟人一樣，也只有一條命。殺死它，它倆眼一閉，就像人死一樣，什麼都不知道了，無所謂痛苦不痛苦，相對它受的罪，反倒是個解脫。真正痛苦的，是活著的人，具體到鞭打繡球，也就是它的主人副隊長。依我看，與其

讓它死，倒不如把它放了，也好讓副隊長知道心裡難受的滋味，知道得罪人是什麼下場！」

建慧所言，其實正是我心中所想，只不過我讀書沒他多，講不出這番話，條理也不會這麼清晰。上次用武裝皮帶把貓腦漿抽得四處迸濺，我就想過，以後逮到四蹄踏雪，也不會立即把它殺死，而是先要慢慢折磨它，享受它痛苦的過程，以達到消解心中積攢的恨。但最後不將它殺死，而是把它放掉，卻是我沒有想到的。相比讓它默默地死去，不讓貓主人看到貓的屍首，不讓副隊長傷心欲絕，而是將鞭打繡球放掉，無疑比殺死它更好。可我還是心有不甘，於是說：「那也不能這麼便宜它，還得繼續毀，還要給它留下更大的記號，更明顯的記號，才能讓副隊長一看就知道是怎麼一回事！」

騷子總惦記試試那把匕首，手裡握著刀子問：「還要怎麼毀？你們說，我來！」

建慧想了想，說：「它不是號稱『鞭打繡球』嗎？那就用刀把它的『球』和『鞭』割下來，再找根細鐵絲綁在它的尾巴上，也算物歸原主！」

我和騷子聽了，全都齊聲喊妙。然後我就將貓腦袋摁在座櫃上，讓騷子操刀割它的「球」和「鞭」。

貓腦袋上的「球」，比核桃略小。我把貓摁在座柜上，騷子左手摁住貓腦袋，右手握刀，用刀刃沿著「球」一點點來回往前鋸。貓的嘴被摁在座柜上，雖疼痛卻發不出嘹亮的叫，只能悶聲「嗚

嗚」哀鳴。騷子用刀刃圍著「球」鋸了一圈兒，然後用刀尖挑起一角，另一手的指甲捏住翹起的皮，用力往起一掀，「嗞啦」的一聲，一塊圓形的皮就被整個撕了下來。

貓腦袋正中露出一塊圓形頭骨，不是骷髏那種顏色——骷髏早已風乾，而貓的頭骨卻是濕漉漉的，上面還有一層白色的薄膜。

騷子掀下貓腦門兒上的「球」，又揪住貓尾巴上的「黑鞭梢兒」摁在座櫃上，手起一刀剁下。然後用刀尖在「球」上戳了個眼兒，找了根細鐵絲穿過去，連同剁下的「黑鞭梢」緊緊綁在貓的尾巴上。

我問騷子：「還記得奔兒頭那次在衚衕裡跟大鼻子茬架，摳出大鼻子眼珠子之前說過的話嗎？」

騷子說：「操，還他媽忘得了——『摳出你丫眼珠子當泡踩』！」

我說：「對，現在我也要摳出鞭打繡球的眼珠子，扔在地上，也要把它的眼珠子當泡踩！」說完，我就左手把貓的腦袋摁在座櫃上，右手食指貼近貓的眼珠兒，使勁往裡一摳，貓的眼珠子就被擠出眼眶，很突兀地懸掛在外面……

以前，我想像中的眼珠子，不管是人眼還是貓眼，都是孤零零一個眼球窩在眼眶裡。可當我把鞭打繡球的眼珠子摳出來後，才發現眼球並非與別處不相連，而是有許多撕撕拽拽的筋絡與眼眶內相連。我就用手握住眼球，狠命往後一拽，貓的眼珠子就被我拽下來。然後扔到地上，玩命踏一腳，本想能夠發出與大鼻子眼珠兒一

樣的爆響，但因貓的眼球沒有人眼大，汁水沒有人的眼珠兒那樣多，所以四濺的汁水不是很多，響聲也遠沒有我預想的那樣大！我一時興起，又要摳另一隻，但被建慧急忙攔住了：「別別，給丫留一隻。你都摳下來，它還怎麼回家？還怎麼讓副隊長欣賞咱們的傑作？！」

我只好住手，準備放貓。

建慧走到屋門口，拉開門，清清嗓子說：「佛門慈悲，準備放生！」然後就學著電影上歐洲中世紀的紳士邀請貴夫人或小姐跳舞那樣，上身挺直，面帶微笑，彬彬有禮地將右手放在左肩頭——看到我的手撒開貓——將手臂向下大幅度地一攤，嘴裡同時說了聲：「請——」貓就飛快沖出屋，一下躥上樹臺，再躥上房，轉眼就不見了。

建慧見貓跑得沒了影，就朝我和騷子扮了個鬼臉，說：「試著想想，小腳偵緝隊副隊長邁著兩隻粽子似的小腳顛兒顛兒地在衖衖裡盯了一上午的梢，回到偵緝隊與水上漂研究了一下午的案情，這會兒回到家，盤著兩隻三寸金蓮坐在炕上，剛想歇會兒與貓親熱，忽然看見鞭打繡球急赤白臉打外面回來，那心裡會有怎樣一番感受？」

我說：「開始肯定是吃驚。呦，你怎麼玩了一嘴血啊？怎麼變成了獨眼龍？腦門上的『球』哪去啦？『黑鞭梢』哪去啦？尾巴上怎麼有兩塊兒黑？等解開鐵絲一看，肯定是樂得喘不上氣，拍著手地大笑，笑得前仰後合，高興得恨不能將身子平躺在地、滿地打著

滾地哈哈大笑！」

　　騷子更有邪的，「噌噌」蹬掉腳上的鞋，爬上我家的床，隨手拽過枕巾，學著衕衕女人哭死去男人的樣子，將兩條腿向一側伸展，右腿側著壓著左腿，挺直上身，用手捏住枕巾一角，向上一揚，然後有腔有調地哭道：「我的個天——哎！」

　　逗得我和建慧大笑起來，甚至騷子自己也忍不住跟著我們大笑起來：

　　「哈哈哈哈，哈哈哈……」

 第九章

　　廢了鞭打繡球，我自是出了一口惡氣，可建慧和騷子卻沒盡興，原因是沒能試試那把刀子。於是我們三人抬著座櫃，打算上房再逮一隻貓，也好親手體驗尖刀刺進肉裡的感覺。

　　我們剛爬上房，遠遠就見麻雷子領著十幾個孩子在房上飛快地奔跑，樣子像是在追趕一隻貓。麻雷子與我和騷子是同班同學，運動起來，學校一直停課，除去開批鬥會，平日見不到。這會兒見了，覺著很親，騷子就站在房頂上朝著麻雷子喊，讓他過來一塊兒玩。麻雷子聽見了，就揮舞著手裡的火通條，領著那幫孩子狼群一樣朝我們這邊奔過來。

　　「麻雷子」這詞兒本指過年放的一種爆竹：成人拇指粗，一拃來長，內層纏麻，外裹紅紙，燃放響聲如雷。我這同學學名馬雷鳴，得此外號，一是取其諧音，二是因他的脾氣出奇暴躁。以後我長大，與人交往，常聽人自稱「脾氣暴躁」，或某人評價某人「脾氣暴躁」，但與「麻雷子」相比，他們的「暴」也只能是爆竹相比故宮門口架設的大炮。麻雷子的「暴」，首先是長得就像一個炮筒子，周身圓圓滾滾、粗粗壯壯。黑紅的臉膛上鼓著兩隻黑白分明的牛眼，發起火來，大眼珠子一翻睖一翻睖就顯得特別的凶。其次是

渾身就像麻雷子那樣填滿火藥，甫見火，見火就著，著了就炸，炸了就響，且響聲如雷。

據說，有一次他爸打他打得急了眼，就拿話激他：「小王八羔子，你他媽不是脾氣暴嗎？真要是暴就給我坐到火爐子上去！」大雜院人家使用的火爐子，爐肚兒由水桶那麼粗的鐵皮製成，裡面搪青灰，燒煤球，煤球爐子比蜂窩煤火力大很多，爐口冒出的火苗足有半尺高。麻雷子聽了他爸這話，翻睖著兩隻大眼珠子爆喊道：「媽了個逼！」身子就一蹦三尺高，「騰」地一下真就坐到火爐口上。褲子立即被燒焦，粘連在屁股上，燙得他「噢」地一聲怪叫，馬上又跳下來。然後就如麻雷子爆響般對著他爸罵：「孫子，小爺我他媽坐上去了！你倒睜開狗眼看看爺爺脾氣是不是真暴？！」氣得他爸撲過來就打。可他卻一腳踹翻火爐，抓起燒得通紅的煤球就砍他爸。

平日與同學打架，麻雷子的脾氣就更是暴得不行。

一年冬天，下大雪，騷子不知因何事罵他。他「騰」地一下就火冒三丈，餓虎撲食般沖過去，狠砸一拳，但因用力過大，更因下雪地滑，人摔在地上，拳頭沒打到騷子，倒給操場的地面砸出一坑。爬起來又砸一拳，拳頭打在騷子上衣口袋上，竟然將口袋齊刷刷撕下來。兩拳都沒打著，他就更急，玩命再揮一拳，一下竟將騷子打得昏死過去。驚得小老頭兒校長眼鏡一下耷拉在鼻尖兒上，岔了聲地喊：「見過脾氣暴的，但從沒見過這麼暴的！」

麻雷子家住大廟九條。見他領著十幾個孩子在我們住的這片房

上奔跑，當時我就很奇怪，因為我們這一片的衚衕排列，大廟頭條在西邊，往東依次是二條、三條……一直順序排列到大廟十三條。我住的衚衕在這些衚衕南口打橫，麻雷子住的地方與我家隔著好幾條衚衕，雖說大雜院孩子從小會上房，在房頂上奔跑起來個兒頂個兒都是好手，可衚衕有寬有窄，你就是再會上房，可也不能長出翅膀飛過那麼多條衚衕啊！

等見了面一問，才知停課以後，麻雷子就整天帶著這幫孩子在房上瘋跑瘋顛，不但練出躥房越脊的功夫，而且練就跨越衚衕的絕活：遇到窄一點的衚衕，先後退十幾步來個助跑，然後就像跳遠那樣飛躍過去；遇到寬一些的，就找衚衕兩側山牆橫向支撐的圓木，像走獨木橋那樣走過去。所以，這一大片平房，在他們眼裡就成了「條條大路通羅馬」，沒有過不去的溝溝坎坎。

最初麻雷子一夥兒上房，為的是看紅衛兵抄家。紅衛兵每次抄家，都要在被抄人家街門口設崗。有時裡面打人打得鬼哭狼嚎；有時大呼小叫，說是抄出金條元寶銀圓。外面孩子卻無緣觀賞，心裡急得抓耳撓腮，於是攀電線杆子爬上房，站在房簷居高臨下細細地觀看。之後有人自殺，上吊的、喝敵敵畏的、用刮鬍子刀片割手腕的，街門口仍是不讓進。只好再上房，欣賞上吊的如同槐樹上吊死鬼兒那種蟲子那樣懸在房樑上，看喝敵敵畏的滿嘴吐著白沫兒，看割手腕的流出人形那麼大、一指厚那樣一大攤血，看火葬場抬死屍的老頭兒將這些短命鬼兒抬出街門外。這以後，運動深入，水上漂帶著一幫小腳偵緝隊開始從街道家庭婦女中往外揪「牛鬼蛇神」，

麻雷子的媽被揪出，也被押上大廟小學講臺批鬥。麻雷子就恨得不行，帶著一幫孩子小狼一樣爬上房，站在小腳偵緝隊家的房頂上，跳著腳將屋瓦全部踩爛，再將爛瓦掀掉。讓這些房屋外面下大雨、屋裡下中雨；外面雨停、屋裡仍舊滴滴答答下個不停——房頂積攢的雨水一點點往下滲雨滴。除此之外，他們也逮貓，逮到也是先要盡情地毀，毀到最後再殺掉。但他們捕捉的方法卻很原始，主要是在房頂上奔跑圍追堵截，不像我們那樣已經進化到有計畫、有分工、有預謀的誘捕。

麻雷子性情雖暴烈如雷，但在他媽被押上臺挨鬥那天，卻不敢像我那樣挺身而出，面對著整個大會會場公然叫囂，即便被押上臺也要面對一千多人跳著腳操媽日姥姥的胡卷亂罵。由此自覺矮我三分，與我在一起玩耍，行為做事也不免處處看我眼色行事。

這會兒，見了面，他先就沖著那十幾個孩子介紹起我來：「都他媽給老子聽著：這是我同學——東哥！以後咱們在一塊兒玩，不管什麼事兒，就都得他媽聽東哥的！你們丫的聽見沒有？」

十幾個孩子高一聲、低一聲地答：「聽見啦！以後都聽東哥的！」

麻雷子嫌回答的聲音不夠響亮，氣急敗壞暴跳如雷又罵：「媽了個逼！我操你們全體的媽了個逼！耳朵眼兒裡塞上雞巴毛啦，嗓門兒怎麼這麼小？我再問，都他媽聽見沒有？」

這幫孩子就扯開嗓門兒，個兒頂個兒太陽穴暴著青筋地喊：「聽見啦！以後都聽東哥的！」

等十幾個孩子喊完，麻雷子又指著他們對我說：「東哥，這些都是我的手下。不是我麻雷子吹，我指東，他們就不敢往西；我說向南，就沒人敢朝北；我他媽要說煤球是白的，就沒有一個敢說是黑的！從今往後你有什麼事兒，就只管吩咐！」

建慧用手指向上一推鼻樑上的眼鏡，說：「還用吩咐？你們東哥最恨的就是水上漂。既然你們踩爛了那麼多小腳偵緝隊家的房頂，那幹嘛不把水上漂家的房頂也踩爛？」

麻雷子一聽就急了，翻睖著兩隻大眼珠子喊：「操，正找丫水上漂的窩呢！不知是哪間房啊？！」

建慧就笑了，望著眼前的天窗說：「遠在天邊，近在眼前。你腳下站的這間就是！」

麻雷子就朝眼前的天窗忽地睖起眼，掄起手裡的火通條，「嘩啦嘩啦」連氣將天窗上的四塊玻璃打碎。然後就沖著這幫孩子喊：「就這間，都他媽的給我踩，把瓦全都踩爛，踩爛再給我全部掀掉！」

水上漂家的房頂，是「起脊」式結構，俗稱「人」字形房頂。房頂由老式拱形灰瓦砌成一條條瓦壟和瓦溝。最上面的脊頂，砌成一溜半尺見方、四寸高的方形座墩兒。十幾個孩子站在「人」字形兩面坡的房頂上，撒著歡兒地在上面跳躍、蹬踹，用腳使勁踩上面的瓦。瓦壟眼瞅著被踩碎，發出「劈劈啪啪」的聲響。其中一個眼睛斜視得厲害、外號叫「斜眼兒剛子」的孩子站在脊頂方形座墩兒上，踩著踩著，就彎下腰從方形座墩兒裡往外撿東西，邊撿還邊斜

眯著眼睛直念叨:「這裡面怎麼有銅錢啊?!」

我和建慧就走了過去。建慧從斜眼兒剛子手裡要過銅錢,見銅錢中間有一方孔,周身已生銹,上面還沾著土。就說:「再刨刨,看還有沒有?」

斜眼兒剛子就伸手在方形座墩兒裡翻找,又找出七八枚,遞給建慧。建慧就把銅錢放在手裡,看看銅錢,再看看方形座墩兒。然後就走到房山一側,低著頭一邊用手指戳點數著腳下的瓦壟、一邊慢慢往房子中間走。等數到刨出銅錢的方形座墩兒,又走到房山另一側,還是一邊用手指戳點數著腳下的瓦壟、一邊慢慢往房子中間走。數完瓦壟,他愣了一會兒,忽然眼前一亮就說:「我懂了,我明白了!我叔是房管所修房的瓦匠,記得好像聽他說過,以前蓋房都在房頂埋藏鎮宅之寶。現在我好像知道準確位置在哪兒了!」說完,就急著叫上我、騷子和麻雷子,向不遠處一間外表看上去很上檔次的房屋屋頂走去。

這是一間北房,房頂面積很大,一看就是那種前廊後廈標準五大間的正房。

來到房頂上,建慧站在房山一側,讓我走到另一側,然後就讓我從最邊上那溜瓦壟往中間數,還反覆叮囑我一定要數準。我慢慢往中間走,每一個瓦壟都點一手指頭仔仔細細地數。

等與建慧走到對頭兒,建慧問:「你數的數兒是多少?」

我答:「四十五。你呢?」

建慧說:「也是四十五!」然後就望著第四十五個方形座墩

兒，對麻雷子說：「把它撬開！」

每一個方形座墩兒的頂部，都扣著一塊半尺見方的老式拱形灰瓦，瓦的四周用麻刀灰封死。以前我沒少上房，也沒少沿著一溜座墩兒來來回回地走，但對它卻從沒留心，也沒像今天這樣仔細觀察過。

麻雷子用火通條將灰瓦撬開，座墩兒裡面是結成塊兒的建築渣土。建慧從麻雷子手裡要過火通條，往渣土裡戳了戳，待渣土被戳得鬆軟，伸手進去一掏，竟然就掏出一塊上面沾有很多土的圓形銀灰色金屬片！

建慧用指甲把金屬片上的土塊兒剝掉，一個肥頭大耳粗脖子的胖老頭兒就顯露出來，背面是豎排「壹圓」二字。

「咦，這裡面怎麼有袁大頭？！」我、騷子和麻雷子，全都很吃驚。

可建慧卻顯得很興奮，只顧自說自話：「我他媽終於弄懂了！我他媽終於徹徹底底弄明白啦！老房子的鎮宅之寶，就在房頂上！不管房破房好，不管它是四梁八柱前廊後廈，還是歪歪扭扭一間小破瓦房，房頂的瓦溝都是雙數，相對應的瓦壟肯定都為單數；在正中間那個瓦壟脊頂上、也就是這個方形的座墩兒裡，就是埋藏鎮宅之寶的地方！」說完，建慧就把那塊兒銀圓正反兩面在衣服上蹭了蹭，用拇指和食指卡住兩邊，然後鼓起腮幫子對著銀圓邊沿猛地吹了口氣，再放到耳邊，聽了聽，說：「嘿，還真他媽有『嗡嗡』的響聲！」

騷子聽建慧說有響聲，趕緊要過來也用嘴吹，吹完也放到耳邊聽。等騷子聽完我也吹著聽了聽，確實有「嗡嗡」的聲響。

麻雷子說：「操，這玩藝兒不算什麼！我在我們衙衙裡就撿過，得有好幾百塊兒。都讓我上繳紅衛兵了。」

麻雷子說的話一點兒都不新鮮。

紅衛兵抄家抄得最凶的那些日子，誰家被翻出的東西越多越貴重，人也就被紅衛兵打得越狠越重越慘。所以，家裡存有金銀珠寶的，在沒被抄家之前就急著忙著趁天黑偷偷往外扔。別說是幾百塊兒現大洋，就是金磚金條金元寶，也都往廁所、下水道、垃圾站一通亂扔。在那些日子裡，背著大糞桶掏茅房的掏糞工，幾乎每天都能從大廟衙衙廁所便坑兒裡掏出這些黃澄澄的東西。

有一次，我在自家街門口電線杆子上爬著玩，不知怎麼就發現用來加固電線桿的水泥座墩兒孔洞裡有東西——那時電線桿都是圓木製成的，經年累月，埋在地下的部分就腐朽，於是用水泥製成的三米長的座墩兒來加固。四方水泥座墩兒中間有一圓形孔洞，東西就放在孔洞裡。我把它掏出來，是一個很漂亮的長條錦緞盒子。打開，襯裡鋪墊藍色皺褶錦緞，錦緞上有兩道細長條凹陷，凹陷裡赫然鑲嵌兩根黃澄澄像是筷子模樣的東西。細看，兩根筷子握柄部位各自纏繞攀爬一條龍，頂部各棲一凰一鳳。筷子周身很潤澤，不是拋光砂紙打磨的圓潤，而是澆鑄後自然形成的光潤。立時圍上很多人，馬上吵吵開，說啥的都有，什麼「黃金做的筷子」、「攀龍棍」、「傳說中的攀龍附鳳」等等。不多時

就被趕來的紅衛兵拿走了。

還有好幾次，我和騷子在衚衕垃圾站撿魚頭，就見到或拇指肚兒大小或雞蛋大小的金元寶。那時沒人拿它當好東西，都知道它是資產階級的玩藝兒，只會招災惹禍，避之惟恐不及，更不會往家撿。我和騷子就把它當成一粒石子來回用腳踢著玩，臨回家再一腳把它踢得不見蹤影為止。

可建慧不這樣看，反而很著急地對我說：「快，別再讓那幫孩子跺水上漂家的屋瓦了，趕緊讓他們分散開，到這一片兒房頂上去挖寶！」

我說：「這東西不當吃、不當喝，更不能當錢花！挖它有用嗎？」

建慧說：「有用，太有用啦！當年一百單八將嘯聚水泊梁山，最初靠的就是智取生辰岡，劫得金銀財寶才能仗義疏財。今天麻雷子帶來一幫弟兄，偏巧又讓咱們挖出銅錢銀圓，不是暗合咱們也能拉起一支隊伍，也能從此結拜為生死弟兄，也能幹出一番大事嗎？！」

聽建慧這麼一說，我、騷子和麻雷子才明白這一層道理。於是趕緊招呼那幫弟兄，讓他們倆人一組，分散到各個房頂去挖寶。挖到寶，全都交到我這兒來。

十幾個孩子撒豆一般分散到遠遠近近的房頂上，開始都是倆人各站一側房山，然後用手指戳點著瓦壟對頭兒往中間走，跟著就彎下腰在座墩兒上挖。不一會兒就有人跑過來送挖出的東西。東西

越聚越多，最多的是中間帶一方孔的鏽銅錢，其次是拇指肚兒或小指肚兒大小的碎銀子，再其次是袁大頭。最出奇的，是麻雷子居然從座墩兒裡挖出一把已經鏽得不成樣子的青銅古刀。在灰磚上「噌噌」磨了幾下，試了試，鋼口兒還挺硬。麻雷子就高興得不行，直說回家好好磨磨，總算自己也有一把打架的傢伙了！

建慧說：「我聽我叔說過，那會兒蓋房最講究的是上栰，栰上裹塊紅布，還要放掛爆竹。這時候蓋房人家就要按規矩給瓦匠燉鍋肉、吃頓好的。如果摳門兒不給燉肉，瓦匠就記在心裡，等到上瓦時就在座墩裡給你放把刀子，迷信刀子可以妨人，妨這戶人家住進新房得病！」

幹什麼吆喝什麼。騷子因為經常「順」東西，所以也愛從技術上琢磨怎樣「順」。此時，他盯著這堆挖出的東西，滴溜溜轉著兩隻耗子眼，說：「以前的人怎麼那麼傻？！開憶苦思甜大會不是老說『解放前』的人特窮，吃不上喝不上；房頂上有這麼多值錢的東西，又這麼好『順』，為什麼那會兒的人不去『順』，非要守著烙餅挨餓呢？」

鼓不捶不響，燈不挑不明。經騷子這麼一說，大夥兒才覺出這話確實有道理。是啊！這銀圓和散碎銀子一直睡在房頂上，經過了那麼多年，為何就一直沒人去惦記呢？

建慧說：「這事兒得具體分析，一是那時候的人老實、本分，絕大多數人不知道房頂埋著寶貝；二是行業講行規，瓦匠自然知道這裡的祕密，可你想吃這碗飯，就得守這行的規矩。哪兒他媽像現

在，全無規矩，胳膊上隨便戴個紅箍兒，就敢帶一幫人把你家翻個底兒朝天！」

房頂上各路小爺兒分散得越來越遠，有些遠遠望去只能看到兩個小黑點兒，但只要挖出東西，就都送到我這兒來。看看挖得差不多了，哥兒幾個歸堆兒一數：銀圓十九枚，散碎銀子大大小小幾十塊兒，中間有孔沒孔的銅錢攤了簸箕那麼大一堆。我們也就摸索出規律：房子越好，挖出的東西就越值錢；房子越孬，挖出的東西也就越孬。於是，哥兒幾個的眼睛，幾乎就同時瞄向了大廟衚衕的那座「前門樓」。

這「前門樓」，因造型極像前門箭樓而得名，早年是詹天佑一個副手的宅第。院落三進，左右各有跨院。進大門後有二道垂花門，院與院之間有月亮門、花瓶門，門門不同。屋與屋相連有長廊，雖比不上頤和園的長廊，卻也雕樑畫棟，古色古香。後院正房標準五大間。最奇特的，是在這正房之上再起二樓，而且，屋頂起脊四面出簷，簷子雙層，四個犄角的挑簷就像前門樓那樣尖出來，還微微上翹，上面尊尊小獸奇形怪狀，外觀像極正陽門箭樓。

據說，宅第由詹天佑副手親自設計並監工建造。正房蓋好，曾有行家品頭論足，說是不倫不類，有失四合院規範。其實，以求新求異角度看，倒也出新出奇，至少不再千篇一律。

我讓斜眼兒剛子脫下上衣，兜起挖出的東西，然後就帶著他、建慧、騷子、麻雷子和那一大幫孩子來到「前門樓」下。我們先圍著轉了一圈，發現「前門樓」竟與周圍房屋並不相連，兩側房山與

旁邊的房簷最近處也有兩米，而它房頂上的挑簷比我們所站的房頂還要高出一間房子那麼高的距離。

「得有梯子，靠在挑簷上，人才能爬上去！」騷子說。

「哪兒他媽有那麼高的梯子？至少得四米以上！」麻雷子說。

「即使有這麼高的梯子也不行！咱們站在房簷上，與『前門樓』外牆至少有兩米的距離，懸著空你怎麼把梯子靠上去？完事兒又怎麼把梯子收回來？」建慧說。

從一開始，我就沒想過用梯子。這是因為，我從小就會爬樹──我爸蹬三輪兒掙得少，沒固定收入，年年開春我都要上樹采榆錢、柳葉、槐樹花，以及各種樹的嫩葉，回家攙棒子麵裡蒸窩頭。因此，我爬樹技術很高，可以像猴子一樣爬上高高的樹梢兒，甚至可以猴子似的抓住顫巍巍的樹梢兒像蕩鞦韆那樣從一棵樹梢兒蕩到另一棵樹梢兒上去。我想到的是：如果有根杉篙，一端立在我們站的房簷上，一端斜靠在「前門樓」的挑簷上，我估摸就能順著杉篙爬到「前門樓」頂兒上去。

我把我的想法一說，麻雷子立刻自告奮勇，叫上幾個孩子爬下房去找杉篙。

那時候蓋房搭腳手架，不像現在用鋼管，都是使用杉篙。杉篙大頭兒一般雙手一掐那麼粗，通身溜直，由粗頭兒一點點細上去，全長足有五六米。

麻雷子和幾個孩子很快把杉篙扛來，由我們幾個個兒高的孩子扶著一點點斜靠上去，把杉篙細頭兒卡在「前門樓」挑簷倆瓦壟之

間的瓦溝上，然後我就攀住杉篙往上爬。

從地面至我們站的房簷，有三米多高；由我們站的房簷再到「前門樓」挑簷，又有三米多高。人順著一根傾斜的桿兒往上爬，身子只能墜在桿兒的下面。爬到「前門樓」挑簷下，我才發現很難再往上爬——身子墜在杉篙下面，頭已頂到挑簷下的椽子。椽子上面有瓦溝，瓦溝上面還有瓦壟，從椽子到瓦壟的距離，至少有一尺。

站著說話不腰疼，憑空想像總比實際操作來得要容易。騷子就站在下面壓低嗓音喊：「曉東，你得把身子翻過來，趴在杉篙上，才能爬過挑簷！」

我人在杉篙上，心裡自然比騷子更清楚。可真要把身子翻轉過來，又談何容易。我剛試著翻轉身子，杉篙就跟著一起轉。下面的人見了，趕緊七手八腳死死抱住杉篙。我再試著翻身，才覺出身子一旦懸空，很不容易使上勁，根本不像雙腳實實在在踏在地上那麼容易！情急之下，我伸出一手抓住挑簷上的瓦當，雙腿死死夾住杉篙，又使出九牛二虎之力，這才一點點翻轉過身子，最終騎在了杉篙上，然後手腳並用爬上房。

騷子早在下面幫我數好瓦壟。我順著他指的瓦壟爬上脊頂，照著方形座墩兒就是一腳，將上面覆蓋的灰瓦踹開，又用腳跟將裡面的渣土踹鬆軟。然後伸手進去一掏，竟然就掏出鴨蛋那樣大一隻銀元寶！此時臨近大雜院人下班回家時分，我來不及細看，把元寶揣進褲兜兒，匆匆下了房。

等哥兒幾個手忙腳亂收去杉篙，人躲到房頂一邊，再不會被院裡人看見，我才把兜兒裡的東西掏出來。我用指甲剠去元寶上的土，就見兩邊的翅子高高翹起，中間的山尖兒凸凸地立著。翻過來看，元寶底部鑄有兩豎排繁體陽文，左邊是「吉茂錢莊」，右邊是「三十二兩」。

建慧說：「以前總聽別人說『半斤八兩』，不理解，後來查了重量換算表才知道，古時候的一斤是十六兩，但那時的一兩只合現在一兩的七成四。這枚元寶三十二兩，合現在的重量大概是二斤三兩多。」

我心裡就有感悟：難怪這麼沉，裝進褲兜兒都覺著沉甸甸的往下墜！

 第十章

　　麻雷子打碎水上漂家天窗玻璃，帶著十幾個孩子踩爛房上的瓦，我原本以為與己無關，也就沒往心裡去。可我沒想到麻稈兒會首先懷疑我，沒想到他會悄悄摸進我家，更沒想到他會以一種出人意料的方式報復我！

　　麻稈兒可說是一標準「傻青」。「傻青」是句衚衕土話，「傻逼青年」的省略語。意思是指那些衚衕裡生、衚衕裡長，由小到大見慣了衚衕裡的人，聽慣了衚衕裡的事兒，並由此形成一腦瓜子「衚衕意識」的「衚衕串子」。

　　麻稈兒和建慧同年出生，同年畢業於大廟小學。建慧被保送匯文，若不趕上「文革」，以後必讀大學。讀完大學憑著他的聰明勁兒，將來更會有不俗造就。而麻稈兒從上小學起，便是個扔進孩子堆兒再也找不出來的主兒。小學吊兒郎當混了六年，就近分配去了一一七中學。衚衕孩子給附近中學編了順口溜：一一六，臉皮厚，機槍子彈打不透；一一七，門朝西，不是流氓是野雞——由此，麻稈兒的前程也就可想而知。

　　北京四九城俗語：知名衚衕九千九，沒名衚衕賽牛毛。衚衕雖多，但縱觀大雜院里的家長，無非也就兩種：極少數家大人對孩子

學習抓得很緊，從一上小學就眯眼瞄住優秀中學、中學瞄準重點高中、高中瞄向名牌大學；另外絕大多數家長則是全無教育意識，做大人的沒意識到自己沒文化，更沒認識到不能再讓下一代也像自己一樣沒文化。水上漂與街坊聊起孩子未來時就常說：「能識字，買東西會算帳，將來有個工作、能吃上飯也就行啦！」

所以，運動起來以前，衚衕街坊對麻稈兒印象最深的是：沒事就站在他家街門口，或兩眼久久地對著灰磚灰瓦的衚衕行注目禮，或左右扭頭目送過往行人，或坐在衚衕路燈下與幾個孩子打撲克。

由此，今後的生活僅為麻稈兒留下兩條路可供選擇：要麼初中沒畢業應招去當兵，要麼畢業後找份工作。而更要了命的是，來自周圍大環境無處不在的或明言或暗示般的耳濡目染，以及水上漂的言傳身教：只要「不斷提高階級覺悟」、「積極靠攏組織」、「努力要求進步」，就能成為「組織」上的人、就能位於一般群眾之上、就能改變自己的一生！於是，運動起來，麻稈兒積極參與，全身心投入。為證明自己才是最最徹底、最最革命、最最忠心耿耿，麻稈兒抄家批鬥時打人最凶、最狠，呼口號臉紅脖子粗、太陽穴青筋暴突、聲嘶力竭，甚至有次為和別人比忠誠，竟然就將「像章」後面的金屬別針直接別在了胸脯的肉皮上，以致兩股細細的血流如蚯蚓樣順著裸露的胸脯往下爬⋯⋯

大廟小學停課以後，孩子們如同跑散的羊群，整日在衚衕裡觀摩麻稈兒一夥兒抄家、打人、批鬥，再不就追著觀賞衚衕流氓與另外一條衚衕流氓打群架。男孩子想方設法弄錢買來武裝皮帶，自

此就覺「腰裡橫」，打起架來不忘把鐵頭兒掄在對方腦袋上；再想盡辦法淘換鋼尺子或鋼銼，找來磨刀石磨成刀子。屁大點兒孩子見了面，來不來就敢相互眼皮上翻，撇嘴睩眼甩「片兒湯話」：「孫子，你丫是不是活膩味了？是想『單挑』，還是打算『茬架』？刀子、板兒帶由你挑，口兒裡、口兒外任你選」──口兒裡、口兒外，是指衚衕口。

騷子就找出一年前從衚衕裡辦喪事人家那裡「順」來的釘棺材的大釘子，從建慧那裡借來油石，開始打磨釘子尖兒，做匕首用。

運動起來以前，還沒徹底實行火葬。衚衕人家辦喪事，都是先找來木匠在院裡做棺材。製作棺材的木板很厚，最上面的棺材蓋兒尤其厚，所以用來釘棺材蓋兒的大釘子就特別長，大約有七寸長。騷子一次就磨了兩根，一根給我，另一根留著自己打架用。釘子尖兒按建慧的意思磨成三棱形，說是像三棱刮刀那樣容易往肉裡刺。在釘子上部用電工膠布纏繞出適合手握的握柄，又找來一截竹子做刀鞘，以便掛在褲腰帶上可以隨身攜帶。

我和建慧、騷子、麻雷子整日忙著上房逮貓，挖銀圓，晚上更是聚在一起鑽研打架的絕招和技戰術。所以，每天都睡得很遲，第二天起得也很晚。有時，早晨迷迷糊糊醒來，看到我媽洗漱好去上班，我躺在床上懶得起，翻個身又睡起回籠覺。

這天早晨我做了個夢，先是夢見把座櫃放在那間平頂房上，然後我們就躲在水上漂家天窗後面等待。正在眼巴巴等著貓的出現，忽然就看見四蹄踏雪竟然從我們眼前的天窗裡鑽了出來！我就很奇

怪，因為天窗開在房頂前二檁和前三檁之間，距離屋裡地面很高，即使在天窗下擺放一隻一人多高的大衣櫃，貓也是無法從衣櫃頂部躍上天窗的。更讓我感到奇怪的是，四蹄踏雪從天窗鑽出來，不是用四蹄在房頂上走，而是在半空中飄，而且速度很慢，我完全可以伸出手抓住它，可我卻根本沒有伸手去抓。我不由得就埋怨自己：我怎麼這麼笨呢？！當時怎麼就沒有想到伸出手去抓？！心臟「咚咚咚」地跳起來——這就像我平日走在衚衕裡，看到路上落著一隻麻雀，心臟原本不跳，可是當我與麻雀的距離越來越近，近到伸手就可抓到，可它卻突然「撲稜稜」飛走、心臟反而會急遽跳動一樣，都是因為緊張得到突然釋放造成的。

四蹄踏雪從天窗鑽出來以後，就四蹄懸離房頂大約一米高，飄飄忽忽地向平頂房上的那隻座櫃飄去……

它在空中飄行的速度可真慢啊，慢得就像空中飄浮的一朵雲。如果不在它身邊找到一個參照物，甚至都覺查不出它在慢慢移動……著急，磨人性子！照這速度，它得什麼時候才能飄到座櫃前，什麼時候才能鑽進座櫃啊？！

頭上烈日當空，房頂暑氣薰蒸，四周無一絲涼風，天氣可真熱啊！

突然，天上下起雨來。不是雨滴，而是雨水形成的水柱，就像自來水管裡流出的那樣粗的水柱，「嘩嘩」地落在我的臉上、頭上、脖子上。這雨水怎麼這麼大？雨水不是涼的嗎？可落在我臉上的雨水為什麼這樣熱，而且還不是一般的熱！

我睜開眼，醒過來，睡眼惺忪猛然就見麻稈兒竟然又開兩腿站在我家床上，褲子上的便口早已解開，手扶著小便，居然正對著我的臉在撒尿！

仰臉躺在麻稈兒腳邊向上看，是一種從未見過的與居高臨下完全相反的全新角度——最先看到的是尿液形成的水柱，四散的水滴，接著才看到麻稈兒處在最高位置的臉。尿液砸在我臉上，使我睜不開眼；我本能伸出一隻胳膊去擋，尿液又濺在旁邊的被褥上。

行為與環境嚴重錯位，正常與反常完全顛倒。我首先感到的不是憤怒，而是羞辱，奇恥大辱，是那種作為人的最原始的奇恥大辱！緊跟著我感到我的頭在發漲、臉在發漲、脖子在發漲、渾身的血液在發漲，甚至整個人都在發漲！

「騰」地一下，我從床上猛地坐了起來。可還沒容我起身，麻稈兒早已飛起一腳，狠狠踢在我的肚子上。腹部如萬枚鋼針在刺，疼是密密麻麻的疼。我雙手捂住腹部，仰倒下去。麻稈兒又抬起腳狠狠踹向我的肚子。

我剛從睡夢中醒來，神志還未完全清醒，肚子又被連續狠踹，人也就失去反抗能力。我側臥在床上，身子蜷曲著，雙手和胳膊盡力護住肚子。可麻稈兒卻一下接一下大幅度擺動著腿，拚命向我的腹部狠踢。

麻稈兒看打得差不多了，跳下床，像沒事人一樣朝屋門外走去。

可我的腦子裡卻如電閃雷鳴，迅疾閃過菜刀、閃過騷子為我磨的那根釘棺材的大釘子，甚至閃過原子彈爆炸騰空而起的巨大蘑菇

雲。此時我心裡只有一個念頭：絕不能讓麻稈兒跑掉！追上去，撲過去，張開嘴狠狠咬住他剛才朝我撒尿的東西。然後一定要親手宰了他、活活殺死他，一定要像我用老式灰磚拍死那些貓一樣，用整塊城牆城磚將他的腦袋拍成柿餅一樣的扁片兒！

屈辱可以使人忘記疼痛，可以產生超越自身千百倍的力量。我迅疾翻身下床，瘋了一樣沖到院裡。

麻稈兒此時已走到院子中間，見我不顧一切撲來，似乎根本就沒把我放在眼裡，瀟灑地抬起右腿，穩准狠地踢向我的襠部。我的睪丸被踢中，疼痛難忍，彎下腰連續「噔噔噔」往後退，最後跌坐在樹臺下……

此前，我一直為我的脾氣異常暴躁引以為豪，因為脾氣暴躁的人血管裡流淌的不是血液，而是可以爆燃的汽油，它可以讓我在打架時瞬間爆發出驚人的力量，讓我勇氣倍增，讓我敢打敢沖敢殺敢砍，不論對手多麼強大都可以讓我無往而無不勝。可事後冷靜下來，回過頭總結這次打架失敗的原因，才發現暴怒之時也有致命弱點：心態失衡喪失理智，致使門戶大開，更有利對手攻擊自己的薄弱之處。這也就是魯智深為何先叫鄭屠親自操刀切十斤精肉肉末兒，「不要見半點肥的在上面」，又叫鄭屠切十斤肥肉肉末兒，「不要見些精的在上面」，接著又叫他切十斤軟骨末兒，「不要見些肉在上面」的關鍵所在——只有先將對手激怒，讓他暴躁起來，完全暴露出自己的防守軟肋，才好瞄準對手的弱點一擊制勝。

騷子和建慧聽到院裡的響動，覺察出情況不對，先後從屋裡

跑出來。騷子因為也在睡懶覺，出來得急，腳上竟只穿了一隻鞋。見麻稈兒和我打起來，趕緊左右踅摸打架的傢伙；而建慧則順手抄起靠在樹臺上的鐵鍬。但此時麻稈兒已奪路而逃，搶先跑出了院門……

我倒在地上已爬不起來，建慧和騷子把我抬進屋，放到床上，扒下褲衩一看，原本比核桃大不了多少的睪丸，此時竟腫脹得比蘋果還大！

騷子罵：「操他媽的，麻稈兒丫下手也忒他媽狠了！甭著急，等曉東『秤砣』消了腫，再叫上麻雷子，咱們四個非把丫揳個半死不可！」

建慧說：「哪兒還用得著曉東，光咱們仨就能把丫揳趴下！」

我被氣得已說不出話，眼睛在眼窩裡「突突」發漲，腦袋裡有架飛機似的「嗡嗡」直響。此時我腦子裡只有一個念頭，那就是殺人——非得他媽親手殺死麻稈兒不可！而且，要幹，就一定要實實在在地殺死他，絕不能再給他留下哪怕是一絲一毫活著的機會！

「我現在就去找麻雷子！」騷子說完，抬腿就要往屋門外走。但被我叫住了——從一開始，我就沒打算藉助任何人的力量，而是想一人單幹。我咬著牙，對騷子和建慧一字一頓地說：「我誰都不用，我想跟麻稈兒『單挑』！」

那時打架分「單挑」和「茬架」兩種。「單挑」就是一對一的單打獨鬥；「茬架」則是雙方各叫一撥人，約定時間、地點兩方打群架。我對打群架一向沒興趣，因為場面亂哄哄的，不可能只針

對你的仇人一人痛打，而且這一片衚衕每次茬架，往往雙方多人受傷，甚至有一方的人被打死，而挑起打架的兩個當事人卻反倒完好無損。何況，我也不願意叫上幾個人去打對方，這倒不是因為我有多仗義，不願意人多勢眾恃強凌弱，而是因為不能親自動手，不能用自己的雙手親自了結心頭之恨！

建慧說：「那是幹嘛？能幾個人幹的事，幹嘛非要自己一人幹？！再說，單憑你一人也打不過麻稈兒啊！」

我心裡已起了殺機，認准要殺死麻稈兒，咬牙切齒話從牙縫裡往外擠著說：「我說過了，我誰都不用，我想跟麻稈兒『單挑』！如果你真想幫我，就把那把匕首借我用一天！」

建慧說：「行，借給你！不過用完得還我——我每次偷著從抽屜拿出來玩，我爸都不知道。等你用完，我再給我爸偷偷放回去！」

我說：「放心，等我用完，一定還你！」

從要殺死麻稈兒的念頭一出現，這一想法就牢牢佔據我的大腦，而且意志越來越堅定，其他事情則顯得不再重要，比如睾丸傷得怎麼樣，傷情是否妨礙我的行動，什麼時候才能徹底養好？採用怎樣的方法能夠將他殺死，才是我最關心的！

我開始回想，回想麻稈兒在衚衕裡的日常行蹤，並從中尋找可以下手的機會。

麻稈兒每天站在衚衕裡，或看押「地富反壞右」在污水井裡撅

著，或監視他們手握笤帚掃街。假如這時我把刀藏在身上，向他走去，因為剛剛打過架，必然引起他的警覺。如果拔出刀硬刺，並無絕對將他刺死的把握。

中午，他要回家吃飯。假如這時我藏在他家街門後面，等他走近突然拔刀去刺，也無將他刺死的絕對把握。

麻稈兒已是中學初三學生，個子比我高出一頭還要多。如果真的動起手來，別說將他殺死，就是將他打敗也是很困難的。看來只能尋找機會，等到他坐下……突然，我愣住了！因為一想到「坐下」，我馬上就聯想到他每天晚上都要坐在衚衕路燈底下與別人打撲克，進而想起他玩牌時全神貫注的樣子。媽的，終於讓我找到機會了！對，就在他玩牌時下手！

接下來就像當初設計用篩子扣貓一樣，我開始制訂殺死麻稈兒的行動方案。

麻稈兒住在我家東邊，具體位置在衚衕中段。每天晚上打牌就在他家街門口的路燈下。玩牌是四個人打「升級」，麻稈兒總是後背朝東坐在板凳上。我打算先揣著刀子繞到衚衕東頭兒，然後由東往西走。走到麻稈兒家路燈下，先看看他在不在，是不是還坐在後背朝東的位置，如果是，就悄悄接近，然後偷偷拔出刀，照著他後背左上部的心臟位置出其不意狠狠刺去！

然後呢，衚衕里大亂，整條街筒子里塞滿人，全都「嘰嘰喳喳」亂哄哄地議論。其中騷子、建慧和麻雷子最興奮，逢人就特自豪地炫耀：「操，知道是誰幹的嗎？我哥們兒，我哥們兒曉東啊！

那可是他媽我的哥們兒啊！」外面罩著綠帆布、後開門專門用來抓人的a（發漢語拼音「啊」的音）車開來了，一定是「市局」的車，因為每次抓殺人的人都是「市局」來的人。街坊們看抓人都很興奮，唯獨我媽哭得死去活來。再然後呢，我趟著腳鐐子，被倆身穿白制服頭戴白色大殼帽的警察押上大廟小學講臺批鬥。也許正好趕上「嚴打」，不出七天，京城所有衚衕就貼出一長溜白紙黑字的「軍管會」槍斃布告。我被五花大綁押在「解放」牌卡車上遊街示眾，後背繩子裡面插一豎長條木牌，上面寫著「殺人犯程曉東」，「程曉東」仨字還用紅色毛筆打了個「×」。再再然後呢，我仍被五花大綁押赴刑場，而且脖子上還被勒上一條細麻繩兒——聽衚衕流氓「奔兒頭」說過，勒上細麻繩兒是怕你臨刑呼喊反動口號。如果你敢喊，後面押你的警察就用手指摳進細麻繩兒向後狠勁一勒，那你就什麼都喊不出來了。槍斃結束，水上漂就帶著警察氣勢洶洶闖進我家，向我媽收取五分錢一顆的「子彈費」……

　　一想到我媽，我的鼻子就發酸，心裡難受得不行。可是，這不能怪我啊！不能怪您的兒子不聽話，兒子可是一直在忍啊！家被抄，兒在忍；我爸被逼上吊，兒在忍；甚至當媽的被押上臺，頭髮被剪成爛雞窩，兒還在忍。可是，兒不能忍受別人騎在脖子上拉屎撒尿！惡人即使再壞、再狗慫、再不是人操的，可也不能騎在人的頭頂拉屎撒尿吧？！媽，兒可是真的忍受不了啦！真真的實在忍受不了了啊！媽啊，兒走到今天這一步，全當兒不孝，讓您一把屎、一把屎白辛苦一場，兒沒能長大掙錢孝敬您，那就讓我來生再報答

您的養育之恩吧！

對於死，我也想了很久，就像我爸當初下狠心上吊想了很久一樣。

人活一世、草木一秋，貴命賤命對誰都只有一次。有誰不珍惜？又有哪個不惜命、真的不怕死？可事兒趕事兒把你逼到節骨眼兒上，你又不能怕死！掐起架來的雙方就像彈簧的兩端，你硬他就軟，你軟他就硬。用衚衕頑鬧的話說：軟的怕硬的，硬的怕橫的，橫的怕愣的，愣的怕他媽不要命的。真把人逼急眼，大不了「臭雞子跟你丫磕了」。都是兩肩膀扛一腦袋，真的把人「擠兌」急了誰又怕誰？！關鍵是掐節兒上你得想得開，豁得出去。烏龜活萬年、臭蟲一宿繁殖八輩兒，沒見誰長生不老永世長存，早死晚死都得死。死是肯定的，只不過時間不同或早或晚罷了。

睪丸剛被踢時腫脹得厲害，紅紅的竟然比蘋果還要大。最初我以為是像跌打損傷那樣的紅腫，試著用手一摸，才發覺原來裡面充滿了氣，難怪鼓鼓的像隻皮球，陰囊表皮膨脹得都有些發亮！

到了晚上，氣囊已消腫下去很多，表皮也不再發亮。雖還有些絲絲拉拉地疼，但已不影響我的行動。

晚上，建慧、騷子和麻雷子來了，客客氣氣跟我媽說了幾句話，然後就使了個眼色把我叫到院裡。

建慧把匕首遞給我，低聲問：「你打算怎麼幹？」

我說：「丫在路燈下玩牌的時候，我悄悄摸到他背後，蔫不出溜猛地就是他媽一刀！」

　　暗影裡建慧眼鏡片兒一閃，壓低嗓音喊：「走『黑』字！妙，實在是妙！那，你怎麼化妝呢？」

　　「化妝？」建慧一句話提醒了我，對呀，我怎麼就光顧著赤膊上陣、拋頭露臉，沒想到給自己披件偽裝呢？一想到偽裝，我馬上就聯想到我爸的雨衣──一面綠布、一面橡膠的分身雨衣。上身穿的雨衣有帽子，帽子前沿四周有鬆緊系帶，勒緊系帶以後可以把臉遮掩得很小。

　　我把穿雨衣的想法一說，建慧、騷子和麻雷子都很興奮，又連聲喊妙。

　　建慧說：「主意妙是妙，不過你不能穿雨衣出家門──天又沒下雨，反倒讓人起疑！

　　騷子不愧是個「佛爺」，馬上想到偷竊前的「踩道」，說：「那好辦，我走在前面先蹚道，讓曉東跟在我後面。等我『賊』准麻稈兒確實坐在那兒打牌，再讓曉東把雨衣穿上，揣著刀子過去。」

　　麻雷子見插不上話，瞪著倆大眼珠子壓低嗓音問：「那我幹什麼？總不能讓我光瞧熱鬧吧？！」

　　建慧說：「你就站在你家衚衕北口，等曉東跑過來，把脫下的雨衣和刀子交給你，你接過來暫時先藏在你家就行了！」建慧吩咐完麻雷子，扭過臉又對我說：「曉東，你可得記住，給麻稈兒放完血，不能直接就往家的方向跑，一定要往相反的方向跑！然後拐進麻雷子家住的那條衚衕，把雨衣和刀子交給麻雷子以後，繞上一大

圈再回家！」

我們這片衚衕佈局，大廟頭條在西邊，往東依次順序排列到大廟十三條。我住的大廟衚衕在這十三條衚衕南口打橫，北口打橫的是「大廟北巷」。麻稈子家住大廟九條靠近北口。建慧的意思就是讓我沿著這條道兜一大圈兒，避免讓麻稈兒一夥兒看見我直接往家的方向跑，以免引起懷疑。

我使勁點點頭，說：「記住了！」然後回家，趁我媽不注意偷偷找出我爸的雨衣，折疊成豆腐大小一塊兒，就與他們走出街門，暫時分手：建慧徑直到麻稈兒玩牌的路燈下，遠遠「哨」在一邊望風；剩下我們三個故意兜了個圈子，將麻雷子丟在他家衚衕北口；我再跟著騷子繞到大廟衚衕東頭兒。

衚衕裡的晚上，光線昏暗。那時的電線桿兒都是圓木製成的，比現在的水泥線桿兒矮很多。燈傘是搪瓷的，圓圓的像個鍋蓋。燈泡瓦數也很低，灑出的昏黃光線只能罩住路燈周圍不大的一片兒。

月黑殺人夜，風高放火天。我抬頭看了看路燈，感受著路燈以外黑黢黢的衚衕，此時才開始懂得夜的黑、夜的重要，懂得有些事情必需要在夜裡幹，必須利用夜色的掩護，由此也就開始懂得黑夜與白晝的最大區別！

騷子瘦小的身影走在前面，我距他二十幾步遠跟在後面。此時大雜院人家已吃過晚飯，衚衕裡行人稀少。

走過十幾個街門，遠遠望去，騷子已走到路燈下，路燈下也確有人在玩牌。我就站住了，等著他回來報准信。

　　騷子在玩牌那圈兒人旁邊站了一下，就立即轉過身，急急忙忙往我這邊走，樣子顯得很緊張。走到我跟前，都沒敢朝我看一眼，而是直脖直臉地往前走，只是在與我擦身而過時，壓低嗓音慌亂地說：「丫在那兒，丫在那兒！後背朝東！」

　　我就有些瞧不起騷子，嫌他膽小，心裡說：「握刀殺人的還沒怕呢，你個旁邊看熱鬧的可怕個屌？！」我抖摟開雨衣，穿好，系扣，將帽子前簷鬆緊系帶儘可能地勒緊，只把臉露出蘋果大小。然後把刀從腰上拔出，手握匕首握柄縮在雨衣袖口裡。之後就向路燈下走去。

　　步子走得有些急，帶得雨衣「嘩啦」「嘩啦」直響。我就慌慌地有些擔心——真像建慧說的那樣：天沒下雨，穿件雨衣確實讓人起疑！心臟「咚咚」地狂跳起來，而且越跳越厲害。嗓子眼兒像是堵住一隻剝了皮的熟雞蛋，腥腥的有些喘不上氣。但絕不是害怕，而是緊張，僅僅是緊張而已——仇人相見，分外眼紅。此時我已忘記一切，心裡只有一個念頭：殺死麻稈兒！活活地宰了他，一定要給他來個透心涼，絕不能再給他留下哪怕是一絲一毫活著的機會！

　　腳步越邁越快，距離越來越近。距麻稈兒的後背只有三四步遠時，我反而平靜下來，猛地亮出刀，雙手緊緊握住，看準他後背心臟的位置，幾乎使出了全身的力氣，又穩又准狠狠地刺了過去……

　　在我握刀刺的時候，麻稈兒正從左手抽出一張牌，伸出右手彎下腰向地上甩去。因此我的刀稍稍偏離了方向，但也深深刺進了他的肩胛骨。我握著刀子的手能夠感覺出，匕首的護手已經貼在麻稈

兒的後背上。憑感覺，我知道刀子刃部已全部刺進他的身體裡。我本能地想把匕首拔出來，準備照準心臟位置再刺第二刀，但不管我怎樣拚命往外拔，刀子卻怎麼也拔不動──事後我才知道：三角形肩胛骨已被刺穿，刀子被骨板死死夾住根本拔不出來！

麻稈兒突然被刺，完全不知是怎麼一回事。另外三人也感到很突然，全都慌裡慌張站了起來。我見刀子拔不出，又怕其他玩牌的人上來抓我，趕緊放棄刀子扭頭就跑。我先是按照建慧的囑咐，氣喘吁吁兜了一大圈兒，然後拐進麻雷子住的大廟九條，把雨衣脫下交給他。之後沿著北巷拐進大廟三條，出三條南口進大廟衚衕，這才心神不定向我住的街門走去。

建慧和騷子早等在街門口。

我壓低嗓音說：「刀子卡死了，怎麼拔也拔不出來！」

建慧說：「我都看見了！刀子的事兒你甭管，我來對付我爸！」

我問：「麻稈兒怎麼樣了？」

建慧答：「流了好多血，後背和屁股都濕了。已經送醫院了。不過水上漂發誓要查出是誰幹的，估計片警瘦張得插手。我現在最擔心的，是你『折進去』能不能扛住打，能不能咬緊牙關生扛過去！」

我就有些急，罵：「操，你他媽還不了解我？甭管瘦張他們丫怎麼打，誰要是能從我嘴裡撬出一個字，我就是誰操的！」

「誰要能怎樣怎樣，我就是誰操的」，是衚衕狠話中最狠的

一句話，意即站著撒尿的主兒口吐金言，駟馬難追，絕無第二種可能。

建慧說：「哪裡信不過？只是有你這句話，我就更踏實了！」

第十一章

　　聽建慧說，麻稈兒最初挨刀，顯得非常吃驚，隨後才慢慢鎮定下來。一塊兒玩牌的有人跑進麻稈兒住的院里，大概是去報信。不一會兒，水上漂和院里的人就亂哄哄跑出來。水上漂一見麻稈兒流了一後背的血，就咋咋唬唬尖著嗓門兒喊：「這是階級鬥爭新動向！階級敵人開始反撲了！」之後就問幾個玩牌的看沒看清兇手長什麼樣，高矮胖瘦有無明顯特徵。一塊兒玩牌的說：「那人個兒不高，穿件雨衣，臉沒看清！從東邊來的，捅完人又往東邊跑的。看樣子住在衚衕東頭兒，或者東頭兒再往東的衚衕！」

　　麻稈兒自始至終沒說一句話。

　　水上漂趕緊從衚衕里找來輛三輪兒，然後就和另外幾人送麻稈兒去醫院了。

　　我跟建慧分析：儘管玩牌人都說刀手由東邊來，又往東邊去，認定刀手家住衚衕東頭兒，或更往東的衚衕，但麻稈兒心裡應該最清楚是誰幹的。從他當時沒有說出是誰幹的這一點推測，他今後可能有兩種反應：一是更瘋狂地報復；二是就此住手，因為通過這件事兒，他已清楚他的對手招惹不得，敢下黑手，而且不計後果，不怕死，這一次就是奔著他的性命來的！對於前一種情況，我並不害

怕，我會隨時握緊騷子送給我的那根釘棺材的大釘子，並且保證再次刺向麻稈兒心臟時絕不會偏離方向！

儘管如此，接下來的幾天，我仍有些心神不定，以為瘦張會挨家挨戶地串，會走進我們院巴頭探腦，甚至會突然找到我。可是，一連幾天卻很平靜，並沒看見瘦張的身影。與此相反，騷子倒是在半個月後一次去䘙䘙小鋪「趴櫃檯」時見到了麻稈兒，說丫還穿著那件「雞屎綠上衣」，還戴著那頂「雞屎綠帽子」，甚至從外表都看不出後背被刀捅過。

由此，我也就踏實下來，以為這件事就這樣過去了。

這天，麻雷子突然興沖沖來家找我，一進門就興奮地對我、建慧和騷子說：「操，我們院住著的瘸逼，願意拿他玩的氣槍，換咱們挖出的銀子！」

我們聽了就都很興奮，因為我們誰都沒玩過氣槍。我們這一片兒趁氣槍的人家極少，有時別院的大人拎著氣槍到我們院的樹下打鳥，我們這些孩子就眼巴巴瞪大兩眼圍著看。麻雷子住的院裡沒有樹，瘸子經常拎著氣槍到我們院來打鳥。瘸子年幼時得過小兒麻痺，一條腿長、一條腿短，走路就像上樓梯那樣在半空中一蹬一蹬的。但他的槍法卻很准，鳥只要被他端槍瞄住，一扣扳機，「啪」的一聲，那鳥的翅膀就突然一閉，直線掉到樹臺上。

「是真的嗎？瘸逼真的說要拿他的氣槍換咱們挖的銀子？」騷子高興得都有些不敢相信地問。

「那他媽還有假？！他剛跟我說的，還催著讓我跟咱哥兒幾個商量呢！」麻雷子答。

「走，咱們現在就去換！」我把藏在床下的銀圓、元寶和碎銀子全都裝進我上學時用的書包，然後就和建慧、騷子還有麻雷子一起去找瘸子。

這瘸子，三十啷當歲，在我們這片兒衚衕以好玩出名。除了玩氣槍，還玩鳥、玩鴿子。鴿子一養好幾十隻，一飛一大片，飛過我們院上空時，院地上「呼啦啦」能遮出一大片陰影。鴿子尾巴上個兒個兒帶哨，哨音隨鴿群盤旋如颶風樣忽遠忽近，「嗡嗡」地一聽就知是瘸子的鴿子在練翅。

瘸子愛玩，為了玩他寧可省吃儉用，把每月工資都花在玩上。瘸子兩條腿不一般長，還不一般粗，因此媳婦不好找，於是至今未娶單身一人過日子。不過，他在玩上確實很出名，但真正玩出名的，還得說是掐蛐蛐。

那時候每年入秋，衚衕孩子都養蛐蛐。但抓蛐蛐，最遠也就是到南郊南苑。可瘸子卻要年年打上火車票，跑到山東去逮當年進貢給皇上的甯陽蛐蛐。我們養蛐蛐的罐子，都是破搪瓷碗、水杯，頂好是一個粗瓷罐兒。可瘸子用的卻是澄漿罐兒，還都是成套的，比如「梅、蘭、竹、菊」是一組，「虎、豹、熊、羆」又是一組。而且每一隻罐兒的罐兒身上，還都相應雕刻或花草或虎豹的圖案。

常來找瘸子掐蛐蛐的都是京城玩蟲高手，其中不乏清華、北大的教授。有一次，衚衕裡就來了個眼睛前面戴著倆酒瓶子底兒的文

化人，嘴裡文縐縐叫著一個陌生人的大號，客客氣氣地向騷子爸打聽「這位先生家住哪兒」？騷子爸開始不知要找的人是誰，一眼瞥見他包裡的澄漿罐兒，才想起問：「你要找的人是不是愛掐蛐蛐的瘸逼？」那人不習慣「穢穢語言」，聽到最後一字竟一愣，等明白過來才用手扶了扶眼鏡不好意思地說：「哦，那位⋯⋯那位瘸先生走路是不方便！」騷子爸這才知道是要找瘸子。

有一年，瘸子從山東逮來一隻上好蛐蛐。此蟲赤頭焦目，弓背大腰，重九厘，都快趕上「油葫蘆」的個頭兒。六足粗壯白淨，關節紅斑明晰。牙口更是寬闊有力，似剪賽鉗。一時間京城來找瘸子掐蛐蛐者絡繹不絕，但來者少則周旋數回合、多則十數回合，便輕則腿斷重則身亡，竟無一得勝。

可事後瘸子卻感歎，說再厲害的蛐蛐也不過如此，大不了只是取對方性命。再厲害也厲害不過人，人想讓它怎麼掐它就得怎麼掐。其實，人也像蛐蛐一樣，也是相互掐來掐去，其中雖有殺人無數者，但也稱不上高手——真正的高手，是可以讓大活人像掐蛐蛐那樣相互掐來掐去的人。又說，他曾看過電影《斯巴達克斯》，在一個類似體育場的觀看場所，中間是一「大木桶」似的深坑，丟下兩件冷兵器，讓倆奴隸自相殘殺，而貴族老爺太太小姐們則端坐高高看臺之上，或品嘗美味糕點，或優雅吸著紙煙，或親切交談，隔岸觀火欣賞著下面的殘殺——人與人的自相殘殺。說到這兒，瘸子爆一粗口：「操，瞧著蛐蛐一樣的倆大活人掐來掐去，你死我活地掙命，那他媽的是啥成色啊？！」

瘸子在一家工廠庫房做庫工。運動開始，他哪派都不參加，每天上班來、下班走，回家守著鳥蟲樂得逍遙；後來武鬥興起，他乾脆連班都不上，只在月頭兒到廠領工資，自此也就更加逍遙。

以前經常找麻雷子玩，也經常在院裡看瘸子與別人掐蛐蛐，可走進瘸子家，還是讓我們有些吃驚：裡屋迎面的牆上，竟然掛著兩桿氣槍！

瘸子的氣槍，是用來打貓的——玩鴿子的人家一般都備氣槍；除了氣槍，還備捕貓的「打籠」，因為貓經常偷吃鴿子，玩鴿子的人最恨的就是貓。

瘸子見我們進門，問：「銀子都帶來了嗎？」

我就把書包拎上桌，捏著書包底兒向上一抻，銀圓、元寶和碎銀子就「嘩啦」一下攤了一桌子。

瘸子的眼睛就睜大了，笑著拿起銀圓和元寶挨個兒看。看了好一會兒，發現我們的眼睛都盯著牆上的氣槍，這才把兩桿槍摘下來，讓我們拿在手裡細看：一桿是北京製造的「工」字牌，從中間向下撅呈一胳膊彎兒裝填子彈。槍玩的時間已很久，外表磨損得很厲害，甚至槍托都磨出原來的木頭顏色。另一桿是成都生產的「峨嵋」牌，槍托抵肩處有一五分錢硬幣大小的圓孔，孔裡有一相應大小的鐵皮圓筒兒，筒兒裡存放子彈。摁一下圓筒兒發出「咔噠」一聲，可以把圓筒兒取出來；填進去再摁一下，又是「咔噠」一聲，但可以將彈夾鎖死。槍身的左側有一「側拉杆」，用來上弦並裝填子彈。據說因為側拉杆上弦，所以屬於高壓氣槍，因此射程更遠，

力量也就更大。

瘸子指著「工」字牌氣槍說：「你們把這桿拿走吧，另外再給你們一些子彈！」

我滿心歡喜剛要答應，腳面卻被踩了一下，馬上又覺出旁邊的建慧在悄悄拽我衣角，就明白是建慧在暗示我不要答應。

建慧對瘸子說：「不行，要換就換『峨嵋』，要不然我們就不換！」

瘸子就趕緊說：「那怎麼行？你們這點兒東西只能換『工』字牌！」

建慧就問：「你那『峨嵋』多少錢買的？」

瘸子答：「三十八塊五。」

建慧說：「銀行憑戶口本收銀子，銀圓一個一塊錢，銀子一兩一塊。不算碎銀子，光是十九塊兒銀圓再加三十二兩的銀元寶是多少錢？」

瘸子就有些著急，說：「運動起來銀行就不敢收了。即便收，現在誰又敢去換？你們這東西是不少，可現在不能換錢，還不是死物？！」

建慧不再說什麼，走到桌前就開始低頭往書包裡收銀圓、元寶和碎銀子。

瘸子就趕緊攔下，說：「別急呀，『峨嵋』我答應給你們！不過，你們得再多拿一個元寶，或者再多給我十九塊兒袁大頭。你們看這樣行不行？」

我、騷子和麻雷子都吃不準該不該答應瘸子，就一起拿眼看建慧。可建慧顯然也拿不定主意，反過來又拿眼看我們。

瘸子見我們在猶豫，就說：「得，那我就再出點兒『血』，這個做子彈的模具也給你們，省得你們打光了子彈沒處去買！」

我們就接過模具拿在手裡看。

原來這模具，是由一塊香煙盒大小的鋼塊兒製作的。先立起來從鋼塊兒中間鋸開，用磨床將兩塊鋼塊兒磨得四四方方、平平整整。將兩塊兒鋼塊重合在一起對齊，側面等距離用鑽頭打出兩個孔，穿上螺栓擰緊，再沿著重合的縫隙四周打一圈兒子彈那麼粗的孔。製作子彈的時候，先把鉛粒兒用錘子砸進孔裡，再用衝子衝出子彈屁股上的錐形圓孔，然後用扁鏟貼著模具表面鏟去被衝子沖出的多餘部分。等四周轉圈兒的子彈都做好，卸下螺栓一次就能得到幾十顆子彈。

「行，就這樣說定了！不過你得等幾天，我們還得上房去找！」建慧終於下了決心。說完，我們就收拾起東西，離開了瘸子家。

回到我家，我們就開始琢磨，到哪兒去給瘸子找這些東西？

我們住的這片兒平房房頂，差不多已被我們掃蕩一空，即使有個把漏空的，也都不是什麼好房，頂多再能找到一兩塊兒銀圓，更別說那麼大一個銀元寶了！可要是真的挖不到十九塊兒銀圓或元寶，「峨嵋」氣槍又拿不到手。於是，我們就全都絞盡腦汁在琢磨。可琢磨來琢磨去，卻誰都沒有想出哪兒有更好的房子。於是，

我就無意中說了句：「唉，除非是大廟了！」

其實，我說「大廟」，完全是無意識的。即便嘴裡已說出，可心裡並沒真正想過要到大廟小學的廟頂上去淘寶，只是順嘴兒說說而已。可正是我的這句無心說出的話，卻讓建慧猛地抬起頭，兩眼死死盯住我看，而且，看著看著他還就慢慢笑了起來，然後一拍大腿說：「對呀！咱們怎麼就都沒想到大廟？咱們他媽應該到大廟頂上去淘寶啊！」

騷子說：「那上面有嗎？那可是廟，不是住戶！」

建慧說：「怎麼沒有？那廟是敕建，怎麼著也得比一般住戶有錢！」

我和騷子還有麻雷子都不懂「敕建」是什麼意思。麻雷子翻睖著兩隻大眼珠子就問建慧：「『赤建』是什麼啊？是不是指廟門口的紅牆？」他大概由「赤」聯想到「紅」了。

建慧解釋說：「不對！『敕建』就是皇上下旨讓建的，由皇宮撥款，全是白花花的庫銀。還能沒錢？還能不如平頭百姓？鎮宅之寶還能不比一般住戶更他媽的氣派？！」

騷子首先明白過來，說：「對對對，建慧說得對！『天王殿』頂上的東西肯定是銀元寶，而且一定比咱挖出的那個要大得多！」

聽建慧和騷子這麼一說，我的心也被攛掇起來，興奮地喊：「哈哈，老天無絕人之路。今兒晚上就他媽行動，把天王殿頂上的東西給丫辦嘍！」

到了晚上，我們就來到大廟小學，先爬上圍牆，扒在牆頭兒觀察校園裡的動靜。

眼前是空曠的操場，操場佔地面積很大，三面是圍牆，另一端就是那座半人高、如同前殿面積那樣大、用磚塊和水泥建造的講臺，緊挨講臺就是我們要取寶的前殿——天王殿。學校大門在東邊，門口有間傳達室，這會兒有一老頭兒值班。

月光如水銀瀉地，操場顯出柔和的白。學校圍牆四周的樹木靜靜地立著，微風拂來，響葉楊的樹葉發出「唰唰」的聲響。空氣中有樹葉、青草青綠的味道，有學校油墨、粉筆末兒特有的味道，似乎還有同桌賀嬌萌頭髮、臉上散發出的香皂味道。離開校園已經有一段日子了，此時眼前的一切竟有些陌生，陌生得都有些不認識；再細細一瞧，似乎又很熟悉。我想起以往的校園生活，想起對我很好的金老師、想起賀嬌萌，心裡有些不好受，暗暗傷感起來，鼻子竟有些發酸……

長大以後我才知道，同桌賀嬌萌是個美得能要了男孩兒的命、同時乾淨得也能要了你命的女孩子：洗臉用香皂，洗完還要搽雪花膏。夏天穿涼鞋，腳丫竟然洗得像花生豆那樣白，指甲剪得很仔細，十個腳趾頭整整齊齊排列在皮涼鞋裡。最讓我吃驚的是她居然能經常吃到高級點心，打開外包裝裡面有一層玻璃紙，撕開玻璃紙還有一層油紙，更讓我沒想到的是她居然捨得把這麼高級的東西給我吃。我把香甜酥軟的糕點放到嘴裡，還沒等嚼，有著奶味兒、甜味兒、香味兒的糕點自己就融化了，味道好得都來不及在嘴裡停留

就自己往下嚥。她還問：「好吃嗎？」噎得我舌頭跟牙都直打架，
著急地說：「唔唔，好吃好吃！能不好吃嗎？！再說是你給的還能
不好吃？！」

　　賀嬌萌家住獨門獨院，院裡有十幾間雕樑畫棟的大瓦房，兩扇
紅漆大門即使白天也總是關著，門背後還總有倆當兵的守著。有次
我去她家，還沒等我敲門，門背後的兵卻先我一步把門打開了，操
著外地口音問我有什麼事。我就覺著這問話與她爸有關。她爸是一
老頭兒，老是穿一身綠軍裝，每天上下班臥車接送。她媽是醫生，
很年輕，年齡完全與他爸不相配。衕衕裡人就猜測說什麼「進城以
後把原配蹬了，又娶了個城裡嫩人」啥啥的。

　　也不知從什麼時候開始，賀嬌萌那兩條羊犄角一樣的小辮兒就
夢一樣悄悄溜進我心裡。每天都盼著上學，每天都像臨近過年，因
為課桌座位旁邊有她。內心總是充滿莫名的愉快、興奮。似乎期待
著什麼，有一種想奔跑，甚至想飛的感覺。可期待的是什麼，卻又
永遠說不清楚。

　　晚上學校淨園，我就手扶、胳膊拽幫她翻牆頭兒跳進操場，一
起瘋跑、一起捉迷藏。是春天，校園裡的垂柳隨風搖擺，花香葉香
令人陶醉，甚至連春天夜晚的空氣都是甜的。心裡就隱隱覺出，這
一切的一切，都是因她而存在。

　　可騷子不知是怎麼想的，總是沒來由欺負她，揪住她的倆小
辮兒就像揪著羊犄角，還左右使勁兒地拽。疼得她的小鼻子一縱一
縱地哭起來，看著都讓人心疼。我就急了，沖過去揪著騷子的兩隻

耳朵也使勁兒拽，拽完再讓他站直抽他的耳刮子，他怎麼求饒都不行。再以後，我就左右不離她身邊，但也不敢挨得太近，怕騷子他們說三道四。

騷子他們也不傻，看出來了，就喊：「賀嬌萌是程曉東的媳婦！」我聽了特生氣，尤其反感「媳婦」這詞兒——這他媽什麼詞兒呀，多他媽難聽啊！就又撲過去，照死了打騷子。心說：這詞兒哪兒能用她身上！必須狠狠地打，讓你們一次長足記性，再不敢喊這詞兒才算完……

運動起來沒多久，賀嬌萌就隨著她爸她媽不見了。同學中有傳說是全家隨著她爸去了某大軍區，有說是去了外地「牛棚」，還有的說是她爸說了錯話，大人孩子全都給「猴兒」起來了。

不常見到的還有漂亮的金老師。被揪出以後，每天都被關押在存儲煤炭的小耳房裡，列隊出來全都彎腰低頭一身一臉的黑煤末兒，個兒個兒都像「牛鬼蛇神」。在看押下掃操場、刷廁所。幹完活列隊站一溜兒，腰彎成大蝦狀，沒完沒了地朝天王殿前掛著的「畫像」屁眼兒朝天地撅著。即使這樣，也覺著金老師特親，覺著賀嬌萌離我特近。你們現在都在哪兒呢？這會兒都在幹什麼呢……

「嗨嗨嗨，瞎尋思什麼呢？該幹正事兒啦！」是身邊的建慧在叫我。

我回過神來，和他們一起翻過圍牆，幾個人悄悄向天王殿摸去。

天王殿很高大，差不多比一般平房高出一倍有餘，兩邊有牆

相連，但牆很矮，只到兩側房山一半高。殿前左側有棵國槐，樹幹有兩人合抱那麼粗，上面樹冠很大，有根大杈伸向殿頂。如果爬上樹，順著樹杈攀過去，就能下到殿頂上。

爬樹有經驗的人都知道，樹幹越粗越不好爬，兩條胳膊抱不過來，人就上不去；樹幹以上開始分杈，越往上分杈越多，杈越多也就越細越好爬。爬粗大的樹只能依靠樹皮上的皸裂，手扒腳踩向上攀。槐有兩種，分國槐和洋槐。國槐是尖葉，春天開很少的花；洋槐是圓葉，大多開白色的花，極少數開紫色的花，花的數量要比國槐多得多。兩種槐的樹皮有明顯區別：國槐皸裂得不厲害，而洋槐樹皮開裂卻又深又寬，而且很結實，手可以扒著皸裂處向上攀，腳也可插進縫隙往上蹬。

眼前的這棵是國槐，樹幹上的皸裂不是很大，很難攀爬。

建慧、騷子和麻雷子都知道我家生活困難，每年春秋兩季都要爬洋槐和國槐去采槐樹花和槐樹豆，所以都拿眼看我，建慧更是對我說：「曉東，就看你的了！」

我摳著樹皮上的裂縫開始往上爬，三個人在下面攥住我的腿、托著腳底兒盡力向上舉。好在操場經常開大會，需要拉繩子掛橫幅布置主席臺，樹幹上被釘了好幾根粗大的鐵棍兒。我就藉助這些鐵棍兒很快爬上樹，又順著樹杈爬上天王殿房頂。可站在殿頂一看，我卻傻了眼——上面的瓦，不是老式灰瓦，而是像一節粗竹子劈開一半、一尺長的深綠色琉璃瓦；脊頂也不一樣，不是方形座墩兒，而是一堵一尺多高、一拃多寬、由房脊一側到另一側外罩琉璃片的

矮牆——看到矮牆我才猛然記起，以前上學時見過兩端有兩座龍頭樣裝飾，龍嘴裡吐出兩條須，須在嘴兩側向前探出，打了個彎再向後彎回來。可後來這兩座龍頭卻被麻稈兒和幾個紅衛兵給搗毀了。

我趕緊悄悄來到房簷，頭朝下、腳朝上傾斜趴在房簷上，壓低嗓音朝下面的建慧說：「操，跟咱家住的房頂不一樣！瓦是綠色琉璃瓦，脊頂由左到右是一尺高的矮牆！」

建慧顯然也沒料到廟的殿頂與一般住戶房頂不一樣，愣了愣，同樣壓低嗓音問：「矮牆是用什麼砌的？」

我小聲答：「兩邊是綠色琉璃片兒，上面是一溜琉璃瓦。瓦就像一節粗竹子劈開一半那樣，一尺長！」

建慧低聲說：「把矮牆最中間的琉璃瓦撬開，東西應該就在瓦下！」

我按照騷子在下面給我數出的瓦壟，找到脊頂最中間的那塊瓦，用釘棺材的大釘子撬開，又用釘子往裡紮，卻紮不動。等把上面的浮土胡嚕開，才見下面原來是一長方形的金屬盒子。將四周的土鬆了好一會兒，我才把金屬盒兒摳出來。然後抱著盒子溜到房簷前，對著下面壓低嗓音喊：「挖出一盒子，接住！」然後撒手扔出，又順著樹杈下了房。

小哥兒四個翻出圍牆，抱著金屬盒兒往回家的方向走，一路上顯得很興奮，也很好奇，紛紛猜測盒兒裡裝的是什麼東西。

麻雷子說：「肯定是一盒子銀元寶！」

騷子說：「那他媽得多沉啊？！還不得上百斤？！可這盒子卻

沒這麼重！」

等回到家，才看出盒子原來是黃銅製作的，表面生滿綠銹，上面還沾了很多土。撬開盒蓋兒一看，襯裡有糟朽錦緞，顏色早已分不清。滿滿一盒兒都是佛香。佛香以前大概是成捆碼放的，捆綁的絲帶早已糟朽斷開；原本如筷子一樣長的香也斷成很多截兒，滿滿攤了一盒子。扒開散碎佛香，下面竟放有兩尊雞蛋大小的黃澄澄的金佛爺：一位佛爺看上去像是女人，臉上很慈祥，一手抱一襁褓嬰兒，一手單掌合十；另一位心寬體胖咧嘴呵呵樂著，袒露的肚子很大，耳朵也大，出奇大的耳垂竟然垂在兩肩上。

建慧驚道：「觀世音菩薩和彌勒佛，純金的！」

騷子和麻雷子也叫了起來：「媽的，這回能玩上『峨嵋』了！看丫癟逼還敢不換！」

建慧又從盒子裡翻出一隻帶有圖案的藍青花瓷瓶。瓷瓶製作得異常精美，瓶身繪有飄飄欲仙一古代女子，裙釵長袖迎風瑟瑟抖動，身子傾斜著呈飛翔狀隨頭上祥雲向斜上方騰飛。瓶口有潤潤的楠木瓶塞兒，瓶塞兒正好可以圓圓地覆蓋瓶口。拔掉瓶塞兒往手裡一倒，竟倒出三顆象牙不象牙、人牙不人牙的東西！建慧就一愣，驚叫道：「佛牙！不、不，是舍利！肯定是他媽舍利！」

我們幾個不懂什麼是舍利。建慧就解釋：「舍利就是佛祖釋迦牟尼的骨頭，死後火化由骨頭形成的寶貝！」解釋完又歎：「哇哇哇，這可是寶貝啊！無價之寶，價值連城，不知要比金佛爺貴重多少倍！」

　　聽建慧這麼一說，我們就都巴著腦袋往他手裡看，又拿到自己手上摸。可看來看去，也沒覺著它比金佛爺貴重——金佛爺可以換「峨嵋」，我們的心思就只在氣槍上！

 第十二章

　　氣槍當晚就換來了，美得我們全都屁顛兒屁顛兒的。開始是爭著搶著打槍，後來想打活物，於是將窗紙捅破，槍管伸出，握槍趴窗檯上等貓。可貓出現以後，才知黑暗中很難將三點連成一線，好不容易瞄準了，貓又離開了原來的位置。儘管沒有打到貓，可建慧三人依然很高興，一直玩到很晚才回家。屋裡只剩下我一人，仍不肯把槍放下，恨不得摟著它睡心裡才盡興。

　　第二天清晨，幾人又早早來到我家，舉槍站在樹下「乒乒乒乒」打鳥。以前看瘸子打鳥，似乎很容易，幾乎一槍一個，彈無虛發。可輪到我們，卻很少打中，即使偶爾打下一兩隻，也都是瞎貓撞上死耗子蒙的。

　　建慧就用白紙畫了個靶子，貼在樹幹上，大家就對著靶子練習。沒過幾天，幾個人就越打越准。於是，又在樹臺上插一枚縫衣針，練習打很細的針。針又打得很准，就在樹幹上釘了個釘子，舉槍打朝向我們的釘子帽兒。釘子帽兒只是一個「點」，相比呈「1」字的縫衣針更難打，於是制訂獎勵辦法：打中者可以連打三槍。如此一來，幾個人的槍法也就越打越精準。

　　這時再打鳥，幾乎一打一個准，即使是趴在高高樹梢兒上的知

了，也常常一槍就能幹掉。而且，打鳥還摸索出規律：天麻麻亮和黃昏時最容易打到！因為麻雀平時總是飛來飛去，或站在樹枝上跳來跳去，端槍剛剛瞄準好它又離開了原來的位置；而天剛麻麻亮和黃昏時由於剛剛飛出窩或等待進窩，所以不再飛，也不再跳，只是站在枝杈上原地不動地「喳喳」叫，即使一槍打不中，還可以補上第二槍。有時，一個黃昏下來，就可打到二三十隻。騷子爸愛吃麻雀，還不怕煺毛麻煩，每天就把鳥撿走，炒熟就酒喝。

當然也打貓，只是打不死。站在院地上，端槍瞄向房簷上的貓，一摳扳機，「啪」的一聲，被打中的部位一顫，貓一驚，旋即轉身逃掉。於是帶著十幾個孩子拎槍上房，四處找貓，仍是打不死，就開始專打貓的眼睛，打成獨眼龍以後，十多個孩子再圍追堵截，最後抓住，摁在房上，端槍近距離打腦門兒，說是槍斃。

在房頂上逮貓還發明出新的方法。一大片平房裡有很多一米多寬的狹長夾道，夾道兩側是後簷牆或房山，另外兩頭也是房山或用牆堵死。夾道裡常年沒人去，就成了老鼠們的天堂，所以，貓就下去逮老鼠。如此一來，我們經過夾道時，就經常發現有貓在裡面。每次發現，我們就將夾道團團圍住，由我和麻雷子拎著火通條下去。貓一時上不來，只能在夾道裡亂竄，我和麻雷子就掄著火通條狠抽。有時狠狠抽在脊背上，一下將脊椎打斷，貓就造成高位截癱，下半身耷拉著，再也不能歡蹦亂跳地跑，只能乖乖等著我們給它上刑。

還發明創造出一種特絕的玩法，是在緊挨「人」字形房山的

平頂房上，用老式灰磚碼放雙人床那樣大一堵「單坯兒牆」。平頂房為便於排放雨水，都是由後往前傾斜坡下去，所以，用磚碼放的「牆」也是向前自然傾斜。在碼「牆」的時候，我們尤其注意「牆」的傾斜角度，力爭做到輕輕一推就能倒塌。傾斜的「牆」下放上捆綁的麻雀和帶魚魚頭，「人」字形房山頂上埋伏下一孩子，手握一根兩米多長的竹竿。其餘的人站在離「牆」很遠的房頂上，一旦發現有貓上當，就立即發信號。埋伏在房山頂上的那位小爺，用竹竿抵住「牆」輕輕一推，原本就搖搖欲墜的「牆」轟然倒塌，輕則將貓砸個半癱，重則一下就能將它活活拍死。

學校停課以後，衚衕孩子像跑散的羊群，開始以住家範圍劃分勢力，結成幫派，打架鬥毆，而一個個孩子，則紛紛加入，極少落單。原因是孤零零一個沒人帶你玩，受了欺負沒人管。可要是加入某個團夥，不但可以整日一塊兒玩，一旦與別人打起架來，同夥更會捨命相幫。

自從有了槍，我們所在團夥也就有了吸引力，聚在一起上房的孩子越來越多，隊伍在不斷壯大，這時已有三十餘人。平日裡，有權玩槍的只有我、建慧、騷子和麻雷子四人。其他孩子要想玩槍，就得爭相表現，以便獲得玩槍的機會。建慧在這方面很有辦法，制訂出獎懲措施，守規守矩為團夥出力者獎，違規違矩損害弟兄們利益者罰。一旦有人做出貢獻，必把槍交到他手裡，獎勵幾槍以茲鼓勵。由此隊伍也就更加抱團兒，更加有了凝聚力。

騷子這時也大顯身手，頻頻「趴櫃檯」。「趴」來的香煙，也

分發給有突出貢獻者。每天上房玩累了，三十多位小爺就橫七豎八或坐或躺在房頂上，聽建慧雲山霧罩說古論今，等待獎勵打槍、等待騷子發煙。

建慧就說：「操，杆子越拉越大，咱是不是也得像水泊梁山那樣來個英雄排座次？」

麻雷子問：「什麼是『杆子』？」

建慧解釋：「『杆子』就是土匪的隊伍，『拉杆子』就是拉起一支殺富濟貧的土匪武裝！」

大家聽了，就紛紛喊：「排座次，排座次！咱們他媽也當回土匪！」

於是，建慧就說：「曉東當之無愧是老大，那就命名為『及時雨程曉東』！」

我趕緊搖頭，說：「我他媽才不當什麼及時雨呢！宋江娘們兒唧唧，不敢殺不敢砍，像個蹲著撒尿的主兒。我他媽才不當讓人招安的慫包蛋吶！」

建慧說：「真正的老大不見得真殺會砍，關鍵是能聚攏人氣，能贏得人心，能把隊伍捏攏到一塊兒。既然咱們曉東尚武，那就加四個字，喚做『能殺能砍及時雨程曉東』！」

騷子說：「『智多星吳用』就是建慧啦！我看建慧當咱們軍師最合適！」

建慧說：「那，『鼓上蚤時遷』就歸騷子，騷子就是咱們的樑上君子！」

再往下排，麻雷子是「黑旋風李逵」，斜眼兒剛子是「金眼彪施恩」，以下根據每個人的脾氣秉性長相特長，也都依據水滸人物一一命名……

建慧說：「咱們有了及時雨、黑旋風、鼓上蚤和我這個軍師，既然抱成了團兒，成了生死弟兄，總得像水泊梁山那樣有個名號。可叫個什麼名號好呢？」

麻雷子說：「叫『房上夜襲隊』！」

建慧說：「不好不好！咱們都是白天上房，哪來夜襲？襲的又是誰？」

騷子說：「襲誰？襲貓啊！叫『房上襲貓隊』，你們看怎麼樣？」

建慧仍搖頭，說：「還是不好，幹嘛總帶個『襲』字？」

我說：「那就把『襲』字去掉，再避開紅衛兵那幫丫挺的這『隊』那『團』，乾脆就叫『九魂奪命幫』！」

建慧聽了，連聲喊妙，說：「好，太好了！『九魂』暗指貓，有江湖幫派色彩；貓縱有九個魂兒，號稱有九條命，可後面卻緊跟著惡狠狠的『奪命』二字。妙，實在是妙！往後咱們這支絡子，就他媽響噹噹地叫『九魂奪命幫』！」

建慧說完，依然壓抑不住內心的興奮，興沖沖開始在平房頂上來回走溜兒，邊走邊說：「這名起得可真妙，簡直他媽太妙啦！」然後走到騷子面前，伸出一指向上一推鼻樑上的眼鏡，說：「鼓上蚤騷子騷大人，就為這名兒，咱們是不是也該喝上丫一口？再者

說，既然已成生死弟兄，那是不是更該飲酒起誓、歃血為盟，以此表明食言即遭天譴，違盟者要天人共殛之？」

騷子聽得迷迷糊糊，一下又一下眨著兩隻耗子眼，不知建慧究竟是什麼意思。

建慧就哈哈大笑起來，說：「這有什麼不好懂的，這是本軍師第一次向你發號施令，就是讓你發揮你的樑上君子的特長，想辦法去弄瓶酒來，咱們大夥兒一起喝丫一碗血酒啊！」

騷子說：「瓶裝酒都放在賣貨老頭兒老太太身後的貨架上。不過不要緊，既然是軍師要讓弟兄們喝血酒拜把子，就是他媽的去搶，我鼓上蚤騷子也一定要把酒給軍師搶回來！」

騷子下房去弄酒。建慧又讓麻雷子回家去拿碗，然後轉過身對我說：「趕緊用槍打隻貓，讓弟兄們捉住，過會兒好把貓血滴在酒碗裡，讓大家喝酒盟誓！」

不多時，騷子弄來酒，是瓶六十五度的二鍋頭。麻雷子把他家一隻藍花大瓷碗拿來。我也打來貓。建慧就從麻雷子手裡要過那把青銅古刀，先啟掉瓶蓋兒，把酒倒在大瓷碗裡。又一手揪住貓耳朵，另一手握刀將貓耳齊根割掉，將貓血滴在酒碗裡。碗裡清水一樣透明的酒，立時就溶入鮮紅的血滴。血滴慢慢化成絲綿狀，條條縷縷、絲絲飄逸。又用貓耳朵斷茬兒上的血，直接塗抹在每個人的嘴唇上，說：「古人歃血為盟，用的是牛的耳血，所謂『執牛耳』也。咱們現在找不到牛，就只好用貓的耳血將就了。」

建慧做完這些，慢慢板起臉，神情漸漸嚴肅起來，用雙手鄭

重將碗平端在眼前，仰起臉望了望天，低下頭看了看平房房頂，又把目光放平挨個兒掃視眾位弟兄，然後就像在課堂高聲朗誦課文那樣朗聲詠道：「蒼天在上，平房作證，今日我等三十餘好漢喝酒盟誓，自此願結為生死弟兄，不求同年同月同日生，但求同年同月同日死。從今往後，諸位弟兄要識大體、顧大局，一切以『九魂奪命幫』利益為重。弟兄們之間要有難同當、有福同享，一人在外受欺負，其他異姓弟兄要像一奶同胞一樣，打虎親兄弟、上陣父子兵，誓為自己的弟兄報仇雪恨，拋頭顱、灑熱血，在所不辭！自此弟兄們要信守盟誓約定，若有違誓者，下場也像眼前這隻貓一樣，食言即遭天譴，違盟者要天人共殛之，眾人共討之！」說完，自己先喝下一口，又將酒碗遞給我，以下依次是騷子、麻雷子、斜眼兒剛子及所有弟兄……

很多弟兄從未喝過酒，尤其是烈性白酒，更是有生以來頭一次。但氣氛已被調動、情緒已被感染，神情也就異常嚴肅起來。所有人全都原地站好，怒視前方，虎視眈眈，儘量挺直腰板兒，雙手鄭重平端酒碗，表情嚴肅抿下一小口。有的被白酒嗆出眼淚，有的被嗆得「呀呀」咳嗽起來，但也只是猛地抬起胳膊，狠狠擦一下淚，便又氣勢洶洶挺直腰板兒，樣子真就像要去殺、要去砍，馬上就要衝鋒陷陣赴湯蹈火有去無回一樣。

最後一位弟兄喝完酒，建慧將碗要過來，用一手托著碗底兒，然後猛地將托著碗的手大幅度回環，由上往下狠狠將碗砸碎在腳下。接著，就隨四散迸濺的碗碴兒，領著大夥兒惡聲惡氣地宣起誓

來：「手足被欺，弟兄相幫！」

所有弟兄齊聲跟著喊：「手足被欺，弟兄相幫！」

建慧又喊：「剁我一指，十指來償！」

弟兄們又跟著喊：「剁我一指，十指來償！」

最後，建慧聲嘶力竭再喊：「膽敢犯我幫者，只有三字——殺、殺、殺！」

弟兄們跟著聲嘶力竭再喊：「膽敢犯我幫者，只有三字——殺、殺、殺！」

最後三個「殺」字，可說眾口一聲，氣勢如虹，聲震屋瓦，響徹半空。

怒吼過誓言，騷子拿出煙盒給弟兄們發煙。騷子將煙遞給我時，我習慣性擺擺手，不想抽。可建慧卻說：「哎，學著抽吧！以後要在世面上混，三教九流都得打交道，要學會交際，哪兒能連煙都不會抽？！」

我就接過煙，騷子為我點著。可剛吸了一口，就感到口腔裡被什麼東西濃濃糊了一層。往裡一吸，嗓子眼兒「咯嘍」一下，氣捯不上來，緊跟著就上氣不接下氣「哸哸」咳嗽起來。

建慧一大幫人就笑，說：「剛抽都這樣，慢慢就好了，慢慢就能抽出香味兒、甜味兒。抽煙人不是常說，煙屁燙手，緊嘬三口；寧舍二畝地，不舍大煙屁！」然後就與騷子和其他幾個會抽煙的孩子說起那支有關香煙的衕衕順口溜：「抽支煙，解心寬，解饞解懶解腰酸，解腿疼，解麻木，捎捎帶帶解心煩；早清痰，晚催眠，飯

後一袋煙，賽過活神仙！」

　　抽著煙，建慧又為「九魂奪命幫」編了首「幫歌」，然後就教眾位弟兄演唱起來：

　　　　我們賤命一幫

　　　　我們衚衕裡生、衚衕裡長

　　　　我們從小就野蠻

　　　　放著平坦大道不走

　　　　卻偏要爬牆上房

　　　　支起篩子

　　　　擺上捕籠

　　　　我們請君來入甕

　　　　火通條來個透心涼啊

　　　　磚頭拍扁可以掛入鏡框

　　　　鉗子拔趾甲呦

　　　　摳出眼珠子

　　　　再踏上一腳

　　　　聽呀嘛聽泡響

　　　　我們逮貓、毀貓、殺貓

　　　　我們打架、偷竊、繞世界禍害

我們一出娘胎

襠裡的「秤桿」就會上翹

我們一出娘胎

命裡註定就是流氓

我們一出娘胎

襠裡的「秤桿」就會上翹

我們一出娘胎

命裡註定就是流氓

　　第二天早晨，我還沒起床，建慧就火燒屁股跑來叫我，急三火四說是院裡來了狸子。我睡眼惺忪晃晃悠悠走出屋，揉著眼睛順建慧的手指一看，果真一隻狸子上了樹，見院裡人多，不敢下來，已被困在一根橫杈上。

　　這隻狸子頭頸毛色深黑，背部深棕帶灰，四肢為棕黑色。腰身比貓要細要長，四肢矯健有力，因此比家貓更善攀爬和跳躍。此時，它臥在樹杈上，很機警地注視著院裡觀看的人群。

　　院裡大人們距上班時間還早，就都站在樹下仰著脖子觀瞧，邊瞧邊好奇地議論。

　　建慧爸說：「咱院有些日子沒來狸子了！說來也怪，這活物本該生活在山區樹林裡，怎麼大雜院每年都會見到幾隻？」

　　騷子爸說：「不新鮮！我有個同事的女人在王府井百貨大樓上

班，年年大樓里都能發現黃鼠狼，還有一年居然發現老黃鼠狼下出一窩小黃鼠狼崽子！」

建慧爸又說：「可不是！我有個同事，家住東城，也是平房，頂棚是白灰頂兒。去年發現棚頂上老有洇濕的水跡，開始以為下雨房子漏水洇濕的，慢慢才聞出尿臊味兒，而且臊味兒越來越大。等上去一瞧，嘿，居然是一隻獾鑽進了他家的頂棚！按說獾應該生活在農村墳地裡，在墳上盜洞藏身，可這隻獾倒好，竟然在他家頂棚裡安營紮寨啦！」

騷子爸聽了接茬兒說：「別說獾，還有狐狸吶！就大前年，南邊衚衕住著的老徐——就那愛玩獵槍的老徐，有天夜裡躥稀上廁所，猛不丁就見房上有隻狐狸。急得他顧不上跑茅房，返回屋裡去拿槍，可轉眼工夫狐狸就不見了！」

建慧早已拿來槍，將槍抵在門框上瞄向樹杈上的狸子。一摳扳機，「啪」的一聲，狸子被打中，就一驚，轉身向更高的樹杈上攀爬。再打，它就再往更高處躥，最後就把它逼到最頂尖兒的樹杈上。

「啪」「啪」「啪」，建慧頻繁舉槍不歇氣地打。知道家貓不容易被打死，但也以為這隻狸子即使打不死，用不了多少槍，也能把它搝下來。可誰知，一連打了十幾槍，槍槍也都命中，可那隻狸子卻像沒事兒一樣，依然趴在樹梢兒上，並沒打下來。

「打脖子，打太陽穴，打它的眼珠子！哪兒要命就打哪兒！」我在旁邊提醒建慧，然後乾脆從他手裡要過槍，自己握槍打起來。

「啪」「啪」「啪」，一槍接一槍，幾乎每一槍都命中要害部位。我每打一槍，都能清楚地看到彈著點「噗」地一下，狸子的腦袋一顫，但隨後就不再動。真應驗了那句話：任爾東西南北風，我自巋然不動。

麻雷子來了，進院一看我們正在打狸子，一下就興奮得不行，迫不及待要過我手裡的槍，舉槍就打。麻雷子無論幹什麼都是「粗線條」，打槍也是，甭管撅桿兒上弦、裝填子彈，還是端槍瞄準，全都是乾淨俐落脆，動作又快又猛又麻利。「啪」「啪」「啪」，別人打七八槍的工夫，他卻能連續擊發十幾槍。可即便如此，那隻狸子卻依然趴在樹上，似乎根本就沒有要摔下來的意思。

我見一時半會兒打不下來，乾脆就把滿滿一盒子彈打開擺在樹臺上。我打累了，建慧接過槍打；建慧打累了，麻雷子接過槍繼續打；等麻雷子打累我接茬兒再打。這時我忽然隱隱覺出有什麼地方不對勁兒，明顯感到肯定有地方不對勁兒，但究竟是哪兒不對勁兒，卻又一時說不清楚。當時場面亂亂哄哄、忙忙叨叨的，幾個人的心思全在樹上那隻狸子身上。我也來不及細想，就暫且把這事兒擱一邊兒，急著忙著又去端槍打狸子。

到了中午，麻雷子初來時的興奮勁兒已全然不見，翻睖著兩隻大眼珠子直納悶：「我操，丫都快成馬蜂窩了，身上少說也被鑽了一百多個眼兒，難道丫是鐵打的不成？怎麼愣是一丁點兒反應都沒有呢？！」說完，沖我和建慧言語了一聲，就回家吃午飯去了。

騷子爸也回家來吃午飯了，見我們還沒把狸子打下來，也很吃

驚：「都整整一上午了，怎麼還沒有打下來？！」

我正要回騷子爸的問話，這時就見麻雷子邊往院門裡跑，邊興奮地對著我們大叫：「操，我還沒吃飯，就把咱打狸子的事兒跟瘸逼念叨了。瘸逼一聽，就說，別說是野狸子，就是家貓給它幾十槍也同樣打不下來。可不管是狸子還是貓，都怕一樣——鼻樑子。只要打中鼻樑子，一槍就能把它幹下來！」

我和建慧聽了，再次興奮起來，又端槍細細瞄準，專打它的鼻樑兒。結果建慧只打了幾槍，其中一槍就正中鼻樑兒。那隻狸子就一個翻滾，從樹杈上掉下來，「咕咚」一聲就摔在了院裡的樹臺上……

我們幾人趕緊躥上樹臺，想一看究竟。可側臥著的狸子，嘴裡卻像泡沫滅火器那樣噴出足有一米多遠的泡沫，嚇得我們全都愣住了。等了一會兒，我們又上前，可狸子卻再次噴出老遠的泡沫。我就又想起剛才感到不對勁兒的事兒，不知與這有沒有關係，心裡有些魔怔，不免害起怕來。

麻雷子到底膽大，從建慧手裡要過槍，走過去，用槍托照著狸子的腦袋就是狠狠一搗，一下就將腦袋砸扁了。

騷子爸「呵呵」樂著把狸子拎起來，說：「山珍海味說的『山珍』，其中主要是指狸子。狸子的味道可香了！過會兒我把它燉了，今兒晚上你們哥兒仨都別在自家吃，都上我那兒，咱們爺兒幾個美美地吃一頓！」

騷子爸跳下樹臺，手裡拎著狸子向自家屋門口走。望著他的

背影，這時我才猛然覺出是哪兒不對勁兒：整整一上午沒見騷子照面！不由得就納起悶來：咦，怎麼半天沒見人影兒？這小子可幹什麼去了呢？問麻雷子，麻雷子說沒見到；問建慧，建慧也覺著奇怪。哥兒幾個就開始瞎猜：是不是到衚衕小鋪「趴」煙去了？可也不能一「趴」一上午啊！那是一個人到街上玩去啦？也不可能，大家每天都在一起，你即使一人出去，也得告訴我們一聲啊！

　　可是，這也不是，那也不是，他可究竟去哪兒了呢？

第十三章

　　建慧多才多藝，平日沒事就愛模仿騷子爸的葷口山東快書。當天下午，建慧又閒得蛋疼雞癢癢地唱起「叮了個當」：

　　叮了個當，叮了個當

　　鮮豔碎魚不咬薑（閒言碎語不要講）

　　開門見山說一說好漢武二郎

　　這驢大的行頭武二郎

　　他的個雞巴二丈長

　　圍著身上繞三圈兒

　　……

　　我正咧著嘴傻呵呵欣賞建慧模仿的山東腔，等待他說「雞巴頭兒還耷拉在肩膀上」，可這小子卻突然很吃驚地愣住不說了，而且眼睛越過我頭頂直愣愣地盯向院門口。當時我是背朝院門，就直感身後一定是發生了什麼事。猛地一回頭，就見院裡來了個身穿綠軍衣、頭戴軍綠有簷豆包帽，腋下夾黑色公文夾的人。我正奇怪院裡怎會來一軍人，又見這人進院後就巴頭探腦，再仔細一看，這不是

瘦張嘛——原來警察換裝了！難怪帽徽還是「酒瓶子蓋兒」，下身是帶「紅筋」的藍褲子，難怪他一進院就習慣性地巴頭探腦！

瘦張一見到我，就拿他那兩隻向太陽穴斜立著的眼冷冷地睞睞著我。他始終不說話，只是抖動著一條腿——就那樣長時間地拿眼睞睞我，長時間沖我抖動他那條總也抖動不完的腿。

我的心裡就有些發毛，想：他是不是已經知道我刀捅麻稈兒的事？！是不是這一趟就是專門為找我才來我們院的？！

瘦張依舊不說話，但已邁開腳步走到我面前，左手攫住我的右手，另一手從兜兒裡掏出一副黃銅手銬，用銬子可以活動的半圓兒在我手腕上一磕，「啪」地一聲將我銬住，銬完再銬另一隻手。然後把手放我後腦勺兒上，猛地用力向門口方向一搡，厲聲說：「跟我走！」就押著我出了街門，朝大廟派出所走去……

第一次戴手銬被警察押著在衚衕裡走，我能感到路人都好奇地向我們這邊觀望。以前我也見過別人戴手銬被警察押著，也曾好奇地追著看熱鬧，可現在的位置卻換了個個兒，心裡就想：我現在是不是已成流氓了？是不是已成衚衕人常說的那種不三不四的人？我媽知道了會怎樣想？是不是又要傷心落淚？

大廟派出所很大，裡面院套院，眾多的院子都能讓第一次來的人走糊塗了。

瘦張把我押進一間屋，一進門就「啪」地把公文夾扔在桌上，「哧啦」拽過一把椅子，一屁股坐下。然後從公文夾裡拿出幾張訊問紙，擰開鋼筆帽兒，連眼皮都不抬就冷冷地問：「姓名？」

「程曉東。」

「性別？」

我那時還不懂訊問「明知故問」的規矩，就不耐煩地答：「男。」

「年齡？」

「十三。」

「屬什麼的？」

怎麼還問屬相？！於是又不耐煩地答：「蛇。」

「家庭出身？」

以往填表格我最他媽煩填「家庭出身」一欄！我爸是蹬三輪兒的，自然該填「工人」。可每次交上表格，學校總說我填得不對，拐彎抹角暗示我應填「日本特務」。有次把我逼急了，就對學校「文革小組」堅持讓我填「日本特務」的那人說：「關於我家出身，還真有個故事，我還是給您講一遍這故事吧！」那孫子不明就裡，還文縐縐地跟我假客氣：「你講，你請講！」我就裝作一本正經地講：「聽我爸說啊，他小時候家裡窮，看到地主的兒子騎一匹高頭大馬，自己也想騎。可家裡窮啊，買不起，於是他就和了一堆泥，又摻進一些草，用泥和草做了一匹馬，還給這馬起了個名兒，名字就叫『草泥馬』！」不想那孫子是個書獃子，聽不明白，還直個勁兒地問：「那後來呢？後來呢？」我就臉對著他臉笑嘻嘻地對他說：「後來就是『草泥馬』，騎上『泥馬』『草泥馬』——就差朝他睖睖著眼罵一聲『操你媽』了！」

「工人。」我回答瘦張的問話。

「知道為什麼『折』進來嗎？」

以後長大讀了一些法律書籍我才知道，這種訊問句式是最愚蠢的。因為問話人先就「有罪認定」，把自己放在一個霸道地位，而不是依法明確告知被訊問者哪裡違了法。不過那時我並不懂這些，只是沒少聽衕衚流氓奔兒頭一夥兒反覆講過「坦白從寬，牢底坐穿；抗拒從嚴，回家過年」的切身體會——你若打死不招，而他又無證據，就只能審查期滿放人；你若嚇尿了全部招認，就等於將自身變成一塊案板上的肉，屆時人家想切哪塊兒、想割哪塊兒也就由不得你這塊兒「肉」說了算。所謂「坦白從寬」，那得看人家是否需要，需要樹你為典型，以你為幌子矇騙一大批人坦白時，儘可以把你「寬」得沒邊兒；不需要時，則照判不誤，你若提出疑問還可反問你：「哪條哪款說必須從寬啦」？所以，從見到瘦張那一刻起，我就打定主意打死也不招！好在我脾氣倔強，而且從小不怕打，不怕疼。於是，我就給他來了個乾脆的：「不知道！又不是我主動要來的，我怎麼會知道？！」

瘦張顯然沒料到遇見個刺頭兒，而且還是個不起眼兒的小崽子。「呼」地鼓起他那兩隻向太陽穴斜立著的牛眼，聲音大得都能挑翻屋頂地朝我咆哮：「放肆！你他媽以為這是哪兒？晉陽飯莊？聽說過分局的『拔火罐』嗎？知道小號兒是怎麼一回事兒嗎？我還明告訴你，那兒的『燈兒杵』管夠，不吃夠一屋子的『燈兒杵』，你他媽就甭打算出去！」

　　所謂分局「拔火罐」，我聽奔兒頭一夥兒說起過：剛「折」進去的人，都得一絲不掛脫成光屁溜兒，被看守押進一個只容一身、監室形狀類似一個又高又圓煙囪狀的小號裡搜身。由於監室上面「煙囪」露天，門又是鐵柵欄門，所以冷風就像「拔火罐」一樣從下面往上拔。一年四季不管什麼時候「折」進去，都會讓你感到涼風颼颼，就像是來到地窖子裡一樣窖涼窖涼的！

　　瘦張咆哮完，語氣緩和下來，又說：「『摺』吧！竹筒倒豆子，痛痛快快都給我『摺』乾淨。我喜歡爽快的！」

　　沒少聽衚衚流氓講對抗提審的經驗，憑感覺我也知道這是下馬威，先把你唬住，讓你一上來就甘拜下風，處於被動挨打的地位。所以第一回合尤其重要，關鍵是看誰能把誰壓下去。而且，經瘦張這麼一咆哮，反倒把我性格叛逆的一面給啟動了——小爺我是屬「順毛驢」的，順著毛捋怎麼都行，唯獨不能餓茬兒胡嚕。你他媽越餓茬兒我就越是犯擰，越是要跟你對著幹。所以我也朝瘦張睞睞起眼，一字一頓地說：「我也明告訴你，爺爺我什麼都沒幹過！我知道你們『提炮兒』最大的本事就是打，照死裡打。可我還是要明告訴你，爺爺我從小就不怕打，不怕疼。不信你可以打一個試試，你若能從我嘴裡打出一個字，那我就是你操的，從此姓你的姓！」我在前面說過，「誰要能怎樣怎樣，我就是誰操的」，是衚衚狠話中最狠的一句話，意即站著撒尿的主兒口吐金言，駟馬難追，絕無第二種可能。

　　本以為瘦張會更加暴跳如雷，可我萬萬沒料到，他聽了竟一

愣，愣了好一會兒，非但沒發火，反倒呵呵笑了起來，說：「我操，難道我今兒個碰上一隻熟鴨子——鴨子肉爛嘴不爛？！不過我倒樂意試試，看看你的骨頭究竟有多硬？！」說完，就一拉抽屜，從裡面拿出樣東西，「咣」地往桌上一扔，扔完就眯起眼細細打量起我。

我一看，著實吃了一驚：桌上竟然是建慧借我的那把匕首！心裡就閃電一樣想：刀子怎麼到了他手裡？是麻稈兒交給他的？麻稈兒雖心裡認定是我幹的，可也沒有真憑實據。轉而立即又想到騷子，想到他半天沒見人影兒。難道是騷子「趴櫃檯」「折」了，把我給供出來了？不管他，反正我主意已定，你就是說出大天我也不能認帳！

瘦張得意地看著我，嘴角上的笑紋一點點蕩開，笑嘻嘻地說：「怎麼著，沒想到吧？！這把刀子你是不是很熟悉？你與它是不是有過一段故事，而且還是一段挺精彩的故事？！」

精彩？聽到「精彩」二字，不知怎麼我就想起水上漂家天窗底下發生的故事，想起瘦張和水上漂兩人一聽到我們唱歌，就一邊手忙腳亂往褲筒裡蹬褲子、一邊抬頭往天窗上張望的尷尬相。於是我也甩起「片湯話」，接著他的話茬兒往下說：「怎麼著？馬蜂鑽褲襠，『秤桿兒』和『秤砣』都在它腔下，它愛怎麼蜇（著）就怎麼蜇（著）吧。反正這刀子我不認識，我什麼也沒幹過，沒幹過的事兒我就是不能滿嘴跑火車胡亂承認！」

瘦張聽了，再次一愣。顯然，他沒有料到，我是不見棺材不落

淚，見了棺材還是不落淚——刀子明明已擺在我面前，可我還是不承認。他掏出根煙叼在嘴上，劃火柴慢慢點著，一邊吹著嘴裡的煙氣一邊說：「我看你是鴨子肉爛嘴不爛。那好，我問你，大廟小學天王殿廟頂上是怎麼回事兒？是誰把那隻銅皮盒子挖出來的？盒子裡又裝著什麼東西？氣槍是拿什麼換來的？又是跟誰換的？」

瘦張說這些時，語氣很平靜，就像是拉家常。可說出的每句話，卻像是一隻隻鎚子，每句都重重地砸在我心上。我在心裡飛快地想：怎麼連刀子以外的事兒他也知道？！他是怎麼知道的？這事兒明顯已與麻稈兒無關。知道這事兒的只有騷子、建慧、麻雷子和癱子。癱子現在是不是已經「折」進來不知道，但他不知道天王殿廟頂上的事兒。建慧和麻雷子沒有「折」進來，也可排除。剩下的就只有騷子，而且，這小子一上午沒見人影兒，說不定他現在就在派出所裡⋯⋯

「說呀，這些都是怎麼一回事兒？還有，『前門樓』是誰爬上去的？用什麼當梯子爬上去的？爬上去幹嘛？從房頂上挖出了什麼東西？東西現在又藏在哪兒？」瘦張不依不饒，繼續窮追猛打。

這就完全超出了我的預料，因為我所聽說過的提審，所採用方法無非都是「蒙」「騙」「詐」三字。比如他只掌握你一隻茶碗的事，卻偏不提茶碗，而是圍著茶碗反覆說茶壺、說茶盤子，實在沒的說了，再說另外幾隻碗，目的就是要從你嘴裡套出更多的東西。可這瘦張，卻是反其道而行之，不但不圍著茶碗說事兒，反而主動說出了茶壺和茶盤子。我看著瘦張，不說話。因為我聽奔兒頭

說過：提審把你逼到無話可說時，千萬不可胡亂反駁，因為言多必失，這時最好的辦法，就是乾脆給他來個徐庶進曹營——一言不發。定罪依據口供，只要死魚不開口，神仙都難下手。此時著急的不是你，而是他，因為是他急於想從你嘴裡掏出更多的東西。

「再說說這把刀子是怎麼一回事兒，刀子是誰借給你的？你又用它幹了什麼？」瘦張不緊不慢繼續敲邊鼓。

我仍不說話，但氣勢上不能輸給他，始終拿眼在睖睖著他。

「怎麼不說話？你不是骨頭硬嗎？你不是死『扛』嗎？你不是死也不『摺』嗎？現在怎麼啞巴啦？本事都到哪兒去啦？」瘦張步步緊逼。

我不能不說話了，而且，要說，就一定要把他噎回去。不能總讓他咄咄逼人，而我總是被動防守。於是我說：「你說的這些，我都不知道是怎麼回事兒，你可讓我說什麼呢？我總不能睜著眼跟你滿嘴跑火車瞎說吧？！如果你真想聽，我倒是想交代一件事兒，但不知你想不想聽？」

「說，我當然想聽！」瘦張又點著一支煙，樣子顯得很感興趣。

「你現在坐在我面前穿著褲子，可我見過你沒穿褲子——在水上漂家天窗裡看到的，當時水上漂也沒穿褲子，而且你還光著屁股趴在她身上……」

我剛說到這兒，瘦張就急眼了，猛然打斷我的話，再一次咆哮起來：「什麼什麼？你他媽都看見什麼啦？那是我嗎？你能認定那就是我嗎？你他媽說話得負責任，不然我打你一誣告！侮辱

人民警察！」原來這老小子也有怕的，原來這老小子也會提起褲子不認帳！

接下來，誰都不說話。瘦張一根接一根抽煙；我則低頭擺弄手上那把黃銅銬子。

以前派出所逮人，都是用黑糊糊鐵棍兒做成四個半圓兒的「死銬子」，將人銬上後，銬子中間耷拉下一把小鐵鎖，以後才用上這種黃銅製作的「洋銬子」。衚衕孩子說起這種洋銬子，全都神祕兮兮，有管它叫「狗牙銬子」的，有叫「狼牙銬子」的。還說這種手銬越戴越緊，戴上你只要稍微一動，手銬就會自動往肉裡煞。其實，完全不是那麼回事兒。這種洋銬子，有雙層半圓兒那邊也是死的，可以活動的半圓兒上有一排齒兒，你用手摁，它才往裡煞；你若不用手摁，它根本就不會自動往裡煞。

瘦張許久不說話，過了好一會兒才打破沉默：「嘿嘿，今兒我還真他媽碰上一隻熟鴨子——鴨子肉爛嘴不爛啊！不過，你現在還小，畢竟嫩了點兒！我問你，知道什麼叫隔離審查嗎？隔離審查就是把你們幾個全都捏進來，分別關在不同的號兒裡，一個個兒的提審。這樣就能分化瓦解，各個擊破。等另外幾個人的口供全都對上了，再讓他們跟你當面對質，讓他們指認你，最後定你的罪！」

我不說話，仍拿眼睖睖著他，心裡卻在說：別說是把騷子、建慧、麻雷子三人找來跟我對質，你就是叫來三百人指認我，該不認帳我也還是不會認帳。如果你真要把我往死裡整，那我就把你光屁股趴水上漂身上的事兒兜出來，我就是臨死也要拉個墊背的！

瘦張接荏兒又說：「唉，你這案子可不小啊！三十塊錢就能判一年。你算算，你弄的那些金子、銀子加起來是多少？能摺合多少錢？再加上你用刀捅人的事兒，總共加起來又能判多少年？這麼著吧，現在我也不跟你廢話了，今兒夜裡你先在派出所小號兒裡蹲一宿，明兒個一早，我送你去分局拘留所！」說完，他就押著我去小號兒。

押我去小號兒的路上，瘦張不再說話，可我的心裡卻滾開了鍋。「三十塊錢就能判一年」，這話就如同夏日打雷一樣在我腦子裡反覆轟響，我不由得就在心裡計算那些金子和銀子到底值多少錢：銀圓一個一塊錢，銀元寶一兩一塊錢；金佛爺一個就有一斤，聽建慧說，銀行收金子是一兩一百塊錢，二斤是兩千塊錢。不算那些碎銀子，光是銀圓、銀元寶和金佛爺就值兩千零五十四塊錢。「三十塊錢判一年」，兩千零五十四塊除以三十就是六十八年！我操，六十八年，那就是無期徒刑啊！而且，這還沒算上用刀捅麻稈兒該判的年數！怎麼會這麼多？怎麼會這麼多呢……」

小號兒在派出所後院的那個院子里，是間很小的小西屋。原來屋子前臉兒的門窗統統拆掉，改砌成一堵很結實的水泥牆。牆的正中是一個鐵柵欄門，門上是一排比拇指還要粗的螺紋鋼鋼棍兒。鐵門上的門栓粗壯結實，上面掛著一把看上去又笨又重又結實的大鐵鎖。

來到小號兒門前，瘦張打開鐵鎖，又給我打開銬子，然後就一揉我後腦勺兒把我揉了進去。

騷、臭，還有發黴的味道立刻鑽進我鼻子。屋裡光線昏暗，光禿禿、髒兮兮的水泥地上竟然或坐或躺著十七八個人——我操，一間連屁股都轉不開的小屋子，怎麼就能圈進這麼多的人？！絕大多數人認識，都是附近衚衕的頑鬧。見我進來，就都閃著鬼魂一樣的眼睛紛紛問：「拍螞蚱了嗎？有螞蚱嗎？」我正奇怪他們為何要螞蚱，這時有人解釋：「操，就是煙頭！撿煙頭了嗎？」

我說：「沒有。」

一幫人就挺失望。其中有個小子與麻雷子住一條衚衕，比我大不了兩歲，腦袋長得就跟爛冬瓜似的。一聽說沒「螞蚱」，就走到我面前，嘴裡不乾不淨地罵，還說要給我「拿龍」。「拿龍」我懂，就是「掰刺兒」、「殺威」，進號兒先被「修理」一頓的意思。

我正窩了一肚子邪火沒處撒，又聽他張嘴罵人，居然還敢大刺刺上來要給本爺「拿龍」。渾身的血「騰」地一下就往上湧，揮起一拳狠命將他擊到，然後就撲了上去，雙拳左右開弓不歇氣地打，直到他喊「服了」才算完。

打完坐下，與號兒裡人相互鹹逼淡扯，我才知道，他們有因為偷東西「折」的，有因為打架被「猴兒」的。我雖然跟他們關押在一起，但在心裡卻看不起他們，並不認為與他們就是同一類人。至少，「小偷流氓」這四個字，安在我頭上我是不認同的！

外面天黑了，屋裡一天二十四小時都開著的長明燈發出昏暗的光。白天發生了很多事，我的腦子很亂，我需要靜下心來好好

想一想……

　　我媽最看不上衚衕裡的小偷流氓，從不讓我跟不三不四的孩子接觸。有時我在外面玩瘋了忘記回家，她就到周圍衚衕去找我；有時回家晚了，還要問我到哪兒去了，跟什麼人在一起。以前總是囑咐我要好好學習，將來要考上好中學，家裡即使再窮再難，也要供我讀高中、讀大學。母親這輩子就稀罕文化人，總說有學問的人說話文明，不像衚衕人那樣粗野，待人接物通情達理，行為做事看著就讓人舒服。運動初起，她以為學校很快會復課，不讓我貪圖外面的熱鬧，讓我在家裡靜下心來認真複習，說是臨近小升初考試，要把基礎打牢。我爸一根繩子吊上房梁，她去了街道生產組，忙著掙錢養家，管我管得不像以前那樣嚴了，尤其是看到學校遲遲不復課，越有知識的人遭受打擊越厲害，對我的學習抓得也不像以前那樣緊了。可是，她怕是做夢也沒想到，她寄予希望最大的兒子，如今卻與她最看不起的小偷流氓關押在一起……想到這兒，我的鼻子有些發酸，眼睛發漲，眼前霧濛濛有晶瑩的水珠在閃動。我抬起胳膊，狠狠擦了下眼睛。我開始後悔，後悔沒注意自己的行為，太放縱自己，竟一時犯下那樣大的錯！無期徒刑，意味著一輩子將在監獄裡度過，再也見不到母親，不能掙錢給她養老，不能孝敬她，更要命的是，從此不能跟她再在一起生活，一起相互依靠，一起度過艱難、痛苦，難熬的日子！

　　金子和銀子那樣貴重，值那麼多的錢，我以前怎麼就沒有意識到呢？我當時上房去挖這些東西，只是覺得好玩，心裡根本就沒有

想到這是偷。紅衛兵抄家，抄出那麼多的金元寶、銀圓，堆在居委會的牆角，這些我都親眼見過，堆得就像一堆煤球似的。如果我這算是偷，那麼，那些紅衛兵從別人家裡抄出東西又算什麼？如果我挖出那些東西可以判無期徒刑，那麼，紅衛兵抄出的那麼多東西又該判多少年徒刑？

我媽知道我被派出所抓走以後，是不是一直在哭？是不是哭得很傷心？我的心裡不好受，鼻子發酸，眼淚流下來。但我不吸溜鼻子，我會盡力控制不出聲，不讓別人知道我在哭……

躺在小號兒裡的地鋪上，我想了很久。困意漸漸上來，便迷迷糊糊睡去。

第二天早晨，瘦張送我去分局拘留所。他將派出所小號兒門上的鐵鎖打開，把我提出來，然後就押著我往派出所門外走。

大廟派出所坐落衚衕把角兒，共有兩個門：正門在九條北口路東，側門開在大廟北巷路南。正門衚衕窄，汽車不能通行；側門衚衕很寬，可以並排行駛兩輛汽車。派出所往分局押送被拘留的人，都是用綠色的、軍用的後開門的a車。所以，每次往分局送收審的人，都是押人出側門。瘦張押著我走出大廟派出所側門，就與我站在路邊。他掏出一根煙劃火柴點著，然後就給我一後腦勺兒，一直抻著脖子往東張望，那樣子似乎是在等a車。

一根煙抽完，吉普車還沒有來。他把煙頭扔在地上，踏上一腳碾滅。抬起頭來看我，又點著一根煙。然後扭過頭，還是一邊抽煙、一邊抻著脖子往東張望。吉普車仍然沒來，他就扭過臉似笑非

笑地再次看我。我就覺出他的眼神有些異樣，也拿眼看他。看著看著，就見他的嘴角一點點奇怪地笑起來，眼神也越發地詭秘。突然，他沖我一跺腳，說：「小兔崽子，你他媽還愣著幹嘛？你自由啦，還他媽不快跑啊！」我愣了一下，旋即明白過來，然後轉身向回家的方向跑去。邊跑邊聽瘦張在我後面喊：

「記住，往後別再給你媽惹事兒了，她這輩子不容易！」

第十四章

　　我颶風一樣穿過衚衕，跑進家裡，見到我媽，感覺竟有些不好意思起來——畢竟我已是被警察抓過、進過派出所的人了！

　　母親似乎完全沒有我這樣的想法，見到我先是一愣，接著撲過來，一把將我摟到懷裡，就那樣長時間緊緊地摟著，好像生怕一撒手就會永遠失去我一樣。她用手撫摩著我的頭，我感到她的身子一起一伏，聽到她的鼻子在抽泣，有熱熱的淚珠滴在我的頭頂上。

　　我偎在我媽懷裡問：「您是不是特擔心？以為我出不來了？」

　　母親抽泣著答：「沒，沒有。聽瘦張說，只是關你一宿，嚇唬嚇唬你，讓你長個教訓！」

　　我抬起頭看著我媽的臉，問：「瘦張怎麼會有好心眼兒？他來過咱家？」

　　母親淚眼答：「來過，都是為了你，也怕我擔心。瘦張是個好人！」

　　「好人？！瘦張也算好人？」

　　「不能把人看得都那麼壞，這世上還是好人多。瘦張確實是個好人！」

　　我就覺得很奇怪！因為瘦張在衚衕裡有很多議論，議論又多

與女人有關。難道母親就一點兒沒聽說過？我媽念瘦張是好人，許是火化我爸那天他及時托門子找來火葬場的車，另外去生產組也確實幫了忙。可我卻從來沒有把在水上漂家天窗看到的事情告訴過我媽——一個十三歲的男孩兒在這方面是羞於啟齒的，即便是對他的母親！

我媽把我拉到床邊，倆人坐下，她歎了口氣，說：「唉，怎麼說呢？瘦張以前總來咱家，這你知道。可他都說了什麼，我卻沒告訴過你。早先，他這人是不地道，和許多女人都有過關係。這些，他都原原本本跟我說了。他年輕時打了一輩子的仗，為了和女人鬼混的事兒，才越混越慘，至今也沒成個家。後來，他人老了，就明白過來了，想找個本本分分的人過日子。來咱家以後，慢慢覺出媽是個本分人，覺得就是他要找的那種可以後半輩子依靠的人，就提出來了。可我卻始終沒答應，一是我心裡總裝著你爸，總想著生是你爸的人、死是你爸的鬼；再一個就是覺著這人心裡不透亮，不像你爸那樣簡簡單單、不是那種一眼就能看透的透明人！

哦，原來是這樣，原來大人的世界是這樣！

「他來咱家都幹了什麼？」

「主要是怕我擔心，跟我說了你犯的錯誤，另外把氣槍和你在房上挖的那些東西都拿走了。」

當初換那桿氣槍，只用了一尊純金觀世音，剩下的那尊金佛爺、銀元寶、銀圓和碎銀子，被我藏在床下的老鼠洞裡。因為害怕母親發現，我還特意在老鼠洞口塞上碎磚塊兒。瘦張能夠把那麼隱

蔽的東西搜出來，應該是下了一番功夫，不但翻遍屋裡每一個角落，而且還要撅腚翹臀爬到床下才能辦到的！他既然可以悄悄把我放了，那麼，費勁巴拉好不容易搜出的東西是否也可以不上繳？留著以後換錢自己用？還有，偷偷把我放掉，難道真是為了我、為了我媽？這其中真的就沒有為自己考慮？沒有對天窗裡曾經發生過的故事一丁點兒的顧忌？

母親說：「唉，看瘦張翻出那麼多的金銀，當時真把我嚇壞了！他怕我著急，就解釋，說現在沒人拿這些當好東西，定罪判刑也沒標準。說你挖這些東西只是為了玩，與那些小偷盜竊本質不同。還說你膽子太大，脾氣忒倔，太自以為是。最讓人擔心的還是用刀捅人，萬一捅出個好歹，就是他這個管片片警怕也是捂不住了！所以，讓我等你靜下心好好跟你聊聊，以後再不能動刀動槍的，那玩藝兒動起來就沒準譜，不但能把別人傷了，一旦對方見血急了眼，鬧不好還會把對手激怒傷了自己！」

我媽說完，歎了口氣，又說：「麻稈兒來家打你，把你小便踢腫，我也聽建慧說了。唉，凡事啊，都得忍。聽識文斷字的人講，『忍』，就是『心』字頭上一把『刀』啊。你想想，人家心口窩兒都能容下尖刀，咱們這點兒委屈又有什麼不能忍？！以後不管在外受了什麼欺負，不管咱有理沒理，就都得忍！再者說，大家都是人，人心都是肉長的。欺負你的人可能一時糊塗，做了糊塗事兒，可不能總是糊塗吧？！一旦他想明白了，也會後悔，也會覺得對不住人，良心也會折磨自己。還是那句話，大家都是人，是人就要學

會忍讓，學會吃虧，要不老話怎麼說『吃虧是福』呢？！」

以前跟我媽聊天，她也總是這樣講，那時對她講的話，我還是將信將疑，可現在卻是根本不信。我越來越意識到，母親這一代人太善良，太老實，老實得近乎窩囊，近乎愚昧！遇事總把別人往好處想，認為別人與自己一樣，也是那麼善良，做了虧心事也會自責，也會內疚，也會在精神上完善自己。可她就是沒有想過，水上漂逼死我爸的當天，為何還要在街門口心安理得地咋咋呼呼，絲毫沒有自責內疚之意！

母親見我不說話，繼續開導我：「人啊，誰都不是嫦娥不能生活在月亮上，都得腳踏實地活在人堆兒裡。既在一起舀飯勺，就沒有勺子不碰鍋沿兒的時候。有了磕碰怎麼辦？就得需要相互忍讓。當然，有人個性強一些，好拔個尖兒，愛出個風頭，遇到了，你就得忍著。橫豎不能他硬你比他還硬，他橫你比他更橫，那不就成一山不容二虎啦？！」

我媽說到這兒，抬頭望向頂棚，眨了眨淚眼又說：「唉，過日子啊，表面誰看誰過得都挺好，其實卻是家家有本難念的經，鞋子夾不夾腳，也只有自己才知道。你比如說我剛去生產組那會兒吧，水上漂就處處刁難：院裡廁所歸你掃，大夥兒喝的水讓你燒，生產組衛生由你收拾。在驗活上，更是刁難得不行，明明我做的活兒完全合格，甚至是生產組裡最好的活兒之一，可她就是能雞蛋裡挑出骨頭，沒結沒完讓我返工。返工浪費的針線，還要扣我的工錢。可我呢？讓返就返，還不是得忍。不忍行嗎？咱們娘兒倆得吃飯，你

還小，我得把你拉扯成人。唉，人在矮簷下，不得不低頭啊！」

　　這是我第一次聽到我媽在生產組遭受水上漂的欺負，心裡的火又冒了起來。對於母親說的「忍」，我雖嘴上沒說什麼，但在心裡卻是根本不認同。試想，如果麻稈兒那次把我小便踢腫，我也是忍，而不是與他拚命，結果又會怎樣？只能是留給他軟弱可欺的印象，也只能招來他更加肆無忌憚的差辱和欺負。還有，對於我爸當初上吊的做法，我就更是不能認同，始終認為他這種做法過於窩囊！你既然可以自己尋死，也就說明你不怕死；既不怕死，為何就不能與麻稈兒、水上漂拚命？同樣是不要命，為何就不能先要了仇人的命，然後再送上自己已經看輕的那條命？橫人都是慫人慣的！你越慣他，他就越橫！在遭受惡人欺辱這一點上，我更認同的做法還是衚衚人常說的那句話：掐架的雙方就像彈簧的兩端，你硬他就軟，你軟他就硬。在硬和軟的相互轉換上永遠是：軟的怕硬的，硬的怕橫的，橫的怕愣的，愣的怕他媽不要命的！最關鍵一點是：在掐節兒上你得想得開，豁得出去，肯把自己的命放上去博，興許就能博出生路來！

　　母親像是突然想起什麼，說：「哦，對了，你肯定餓壞了！知道你早上要回來，我一直把飯菜給你熱著。」說著，從火爐上端下鍋，把飯菜擺桌上，讓我趁熱吃飯。

　　從昨天下午到現在，我還沒有吃過東西，這會兒確實餓了。我拿起窩頭開始狼吞虎嚥，又想起瘦張說過的那句話：「你他媽以為這是哪兒？晉陽飯莊？我還明告訴你，這裡『燈兒杵』管夠，不吃

夠一屋子的『燈兒杵』，你他媽就甭打算出去」！就想：我家「燈兒杵」摻樹葉，分局「燈兒杵」不會也摻樹葉吧？！以前總聽術術流氓說「折」進去如何、小號兒如何、銬子勒裂皮肉煞進骨頭如何、挨打多厲害，其實還真他媽沒什麼好怕的——你只要真的想開了，豁得出去，這世上就真的沒有什麼他媽好怕的！

到了下午，我媽上班前腳剛走，一直等在外面的建慧和麻雷子後腳就迫不及待進屋。一見面，倆人的眼睛就朝我一閃一閃地亮，從心裡往外透著歡喜。

建慧說：「太他媽棒啦！原來猜想必『處』無疑，萬沒料到竟是『乾上』！」

「處」和「乾上」都是頑鬧黑話，「處」是指受到刑事處理；「乾上」是指進去後忍得住各種難以想像的狠打，咬牙死扛，最終沒被「少管」、「強勞」、「勞教」或判刑，人又被放出來之意。

麻雷子說：「操，還得說是東哥骨頭硬！」說完朝屋外騷子家努努嘴，又說：「哪兒像那孫子，甭說照死了打，就是『酒瓶子蓋兒』稍微一嚇唬，丫就敢給你『撂』一底兒掉！」

我問：「騷子到底是怎麼『折』的？現在『上來』沒有？又是因為什麼把我給『點』出來的？」

建慧說：「我們不知道啊！就知道瘦張把你『猴兒』走沒多會兒，丫就打外面回來了。回來見面就發現丫眼神不對，和我們一照面老是躲躲閃閃，一猜就知道是丫把你給『點』了！怎麼，丫是

怎麼『折』的、怎麼把你『點』的，難道你也不知道？！瘦張提你
『炮兒』時你就愣沒聽出點兒什麼？！」

我說：「沒聽出來，只猜到是他把我給『點』了！我還以為你
們在外面把什麼都弄清楚了呢！」

麻雷子說：「嘿，那他媽可就瘸子的屁眼兒——斜了門兒啦！
這團亂麻裡到底是怎麼一回事兒呢？」

建慧說：「甭急，一會兒給丫升堂、再細細地過堂不就什麼
都清楚了！」說完，就讓麻雷子去叫騷子，還特意叮囑：「什麼都
別露出來，你就裝成一傻逼，就說讓丫幫著抬座櫃一塊兒上房去逮
貓。」

麻雷子站在院裡把騷子從屋裡喊出來。騷子與我一照面，眼神
果然就不對，先是躲躲閃閃，之後不自然地朝我笑笑，說：「呦，
『上來』了啊！沒事兒就好，沒事兒就好！」

麻雷子和騷子抬著座櫃，我和建慧空著手，四人一塊兒從樹臺
上了房。上房後沒走多遠，遠遠就見三十幾個弟兒已在一處後坡連
著山牆的房上等我們。這時我才隱約猜到，大概是建慧早把審騷子
的事兒安排好了。

這是一處面積很大的後坡連著山牆的「天溝」房頂。所謂後坡
連著山牆的「天溝」，就是一間起脊房頂的後半坡房簷與另外一間房
子的山牆緊緊連接在一起，前面脊頂與後面山牆形成一道「溝」。人
站在「溝」裡，前後有遮擋，兩側距離很長所以很隱蔽。

騷子心懷鬼胎和我們一起進到「溝」裡，很快就覺出氣氛明顯

不對，因為所有的人都在拿眼冷冷地盯他，建慧的兩眼更是冷得都能讓人打一冷戰。騷子就慌了，看看這個，再瞧瞧那個，但仍強裝鎮靜。

「說說吧，到底是怎麼一回事兒？」建慧坐在弟兄們用灰磚為頭領們碼起的座位上，聲音不高，但卻直奔要害地問騷子。

「什麼？什麼怎麼回事兒？」騷子裝傻充愣，環顧左右而言它，企圖矇混過關。

「嘿，我操！你丫是不是以為打點兒糨子，用紙糊一耗子，就能糊弄衚衕里的貓往上撲啊？！」建慧不緊不慢，繼續拿話拽他，可句句卻刀刀不離後腦勺兒。

「曉東曉東，這到底是怎麼回事兒啊？」騷子在建慧面前無處躲、無處藏，慌不擇路只好到處抓稻草。

我不說話，連眼皮都不夾他，只用右手握著那根釘棺材的大釘子，用左手拇指試著釘子尖兒上磨成三棱的刃口。

麻雷子可沒那麼好的脾氣，手握那把青銅古刀，過去猛一踹騷子的腿彎兒，將他踹得「咕咚」一聲雙膝跪地，然後就睖睖起兩隻黑白分明的大眼珠子罵：「跪下！臭他媽『針兒爺』，東哥的名字也是你叫的？！你丫也配站著跟東哥說話？！信不信我現在就給你丫放血？」

騷子被嚇壞了，跪在房上渾身篩糠，嘴唇亂抖慌忙求饒：「哥兒幾個手下留情，我說我說我全說！最開始是麻稈兒，真的是丫麻稈兒呀……」

　　騷子語不成句，哆哩哆嗦述說事情的全過程。遇到說得不清楚的地方，建慧就刨根問底兒，騷子再詳細說清。說到最後，大夥兒也就弄清了那天究竟發生了什麼事兒。

　　原來，那天早起，騷子發現香煙「斷頓」了，就去小鋪「趴」煙。可路過麻稈兒家時，卻被麻稈兒截住了。然後一摟脖子、一堵嘴，就把騷子拖進麻稈兒家裡。進門先是一頓暴搔，麻稈兒打得上氣不接下氣，才對著騷子「嘿嘿」冷笑，笑得騷子亂了方寸，才開始冷冷地發問：那天晚上是誰動的刀？騷子先開始還裝傻充愣，推說不知道。於是麻稈兒接荏兒再往死裡打，再問：「不知道？不知道你怎麼知道走到我們這些玩牌人旁邊突然站住，然後又猛然轉身往回走啊？！」騷子見實在瞞不住，又禁不住打，就一五一十全都招了。原想麻稈兒會把他放了，卻不料，麻稈兒早已設計好對策，暗使陰招把他扭到派出所，交到瘦張手裡。瘦張自然只掌握騷子這隻「茶碗」一件事，可卻偏不提「茶碗」，而是圍繞「茶碗」反覆說「茶壺」、說「茶盤子」，還威脅要把他送去「少管」。騷子就尿了，不但把建慧借我刀子的事兒招了，還把房頂上挖寶的事兒供了，甚至把用純金觀世音跟瘸子換氣槍的事兒也撂了個底兒掉。

　　騷子交代完，三十幾個弟兄先就吵吵嚷嚷起來，有罵他「臭他媽針兒爺」的、有罵「打小彙報小人」的，還有罵「上眼藥下三濫」的。其中，有些血性弟兄是因為騷子不仗義，瞧不起他這個骨頭軟的小人；還有的弟兄則是責怪他胡咬亂咬，氣槍才被抄走——以後別說玩槍，恐怕就連摸槍也是不可能了！

　　麻雷子聽完，更是氣炸了肺，幾次揮刀撲過去，要不是建慧和斜眼兒剛子死命攔著，非得給騷子放血才罷休。

　　面對亂哄哄的眾人，建慧伸出兩手向下壓了壓，待弟兄們平靜下來，開始訓斥一直雙膝跪在房上的騷子：「知道你犯的是哪條哪款嗎？」

　　騷子跪地趕緊答：「知道知道，是大夥兒最煩、最恨、最他媽厭惡的『針兒爺』！」

　　建慧又問：「知道大夥兒為什麼最他媽恨『針兒爺』嗎？」

　　騷子跪地趕緊再答：「知道知道，因為『紮針兒』，因為『上眼藥』，因為出賣，因為背叛了大夥兒！」

　　建慧繼續訓斥：「知道這世界是由什麼組成的嗎？簡單地說，就是由或仁義、或霸道的大大小小佔山為王的土匪絡子組成的。你可以不入夥任何一股絡子，雖不情願但也沒轍地忍受周圍絡子的欺負。但只要你入夥，從一開始到最後，就得他媽忠貞不貳，死心塌地，至死不渝地效忠你的山頭。如果中途變節，那他媽就豬八戒照鏡子——裡外不是人！自此沒人拿你當人看，甚至連狗都不如！以後你的路還長，不管到哪兒混，都要像睡覺不忘喘氣那樣牢記一輩子：『出賣』是比狗屎還要髒的詞兒，到他媽哪兒都不招人待見，到他媽哪兒都是條斷了脊樑的癩皮狗，到他媽哪兒都得受人白眼加擠兌！」

　　騷子眨著一對綠豆眼，誠惶誠恐地聽著，時不時誇張地點頭。因為衕衕的規矩他知道，皮肉受罰是躲不過的，身上留個「記號」

是肯定的，只是區別大小而已，而他的態度，多少也能決定受罰的輕重程度。

建慧又說：「還得按老規矩，給你身上留個『記號』，不然你記不住！不過我要把話給你說清楚，留『記號』也是為你好，因為你以後的路還長，還得在各種世面上混，省得你以後告出更大的密，到那時恐怕就不是留不留『記號』，而是留不留性命的問題了！」建慧說完，朝我努了努嘴，又說：「曉東，案子我都審清楚了。該怎麼留『記號』，你就看著辦吧！」

建慧所說的「留記號」，是衚衕流氓團夥對於敢向「雷子」出賣成員的一種懲罰，一般看出賣造成的後果輕重而定，有的割耳朵、有的用「飛子」在臉上像犁鏵犁田一樣留一條大疤拉，還有的乾脆就用刀挑斷後腳跟兒上的大筋。衚衕裡有的軟骨頭被人割去耳朵，腦袋一側光禿禿的，怕人看見嫌寒磣，就留很長的頭髮，將沒耳朵的地方嚴嚴實實蓋住。可即便如此，也難免衚衕頑鬧對著他冷嘲熱諷，擠兌寡婦上吊似的讓他在衚衕裡再也抬不起頭來。

麻雷子幾次揮刀撲過去，目的就是要割掉騷子的一隻耳朵。可我從開始就沒打算那樣幹……

我拿著那根釘棺材的大釘子走到騷子面前，將釘子夾在兩指之間朝他晃了晃，問：「還記得這根釘子是怎麼來的嗎？」

騷子驚恐地看著釘子，一疊聲地答：「記得記得，衚衕一戶人家死了人，請來木匠做棺材，我從那兒『順』來的。」

我又問：「還記得這釘子尖兒是誰磨的嗎？為什麼要磨成三棱

的？」

騷子更加害怕地又答：「記得，是我磨的；建慧讓磨成三棱的，說是那樣好往肉裡刺！」

「那好，你就忍一下吧！」說完，我就用左手捏住他的耳朵，右手握釘子，將釘子尖兒對準他耳朵中間一凹一凸的位置，用力一刺，就把他的耳朵刺穿了。七寸長的釘子正好刺進一半，我沒有把釘子拔出來，卻撒手了，就讓釘子在騷子耳朵上像耳墜兒那樣噹啷著——與女人戴耳墜不同的是，耳墜是噹啷在耳垂兒上，而此時的釘子卻是噹啷在騷子耳朵中間一凹一凸的位置上。

鮮血流出來，順著耳朵、釘子尖兒在慢慢往下滴……騷子齜牙咧嘴，作出很痛苦的樣子。但我猜想他不是因為疼，而是因為害怕！

「滋味兒好受嗎？」我平靜地問。

「啊、啊，疼！噢，不，好受好受！」騷子慌亂地答。

「晚上睡覺，你媽如果看見你耳朵上新紮的『耳朵眼兒』，問你，你怎麼回答？」

「不，不會看見的！我，我把有洞的耳朵壓著枕頭睡！」

「那要是萬一看見了呢？你怎麼回答？」

「那，我就說是自己走路摔一跟頭兒，自己把耳朵紮在釘子尖兒上的！」

一說到騷子媽，我就立刻想起她對我家幫過的忙，想到她對我家那麼多的好處，心就有點兒軟，就想抬手放過騷子。我抬頭看了

眼麻雷子，想徵求他的意見。可麻雷子依舊氣鼓鼓的，顯然覺得懲罰太輕。我又扭頭看建慧，建慧也不以為然地慢慢搖頭，明顯對我的處罰也不滿意。

於是我只能折中一步，對騷子說：「你聽著，這事兒還沒完，因為大夥兒心裡還有氣。這樣吧，再罰你逮五隻貓，讓大夥兒拿貓出這口惡氣。可有一樣，你要是在今天晚上以前逮不到五隻貓，那就別怪我不客氣，再給你另外一隻耳朵上也鑽個眼兒！」說完，我就讓麻雷子把他耳朵上的釘子取下來。

麻雷子依然覺得懲罰太輕，氣哼哼地走到騷子面前，沒好氣地握住釘子把手，故意橫著猛地往外一豁。就聽騷子「嗷」地一聲叫，再看那隻耳朵，居然就讓釘子尖兒上的三稜稜角給割豁了。

騷子「哎呦」「哎呦」地叫著，用手捂著耳朵，趕緊叫上兩個平日與他不錯的孩子，抬著座櫃去水上漂家天窗處逮貓。剩下我們絕大部分人，就還坐在原來的「天溝」裡，等待他把逮到的貓送過來。

騷子走了以後，建慧把我和麻雷子叫到一邊，低聲說：「騷子天生是個軟骨頭！俗話說，『江山易改、本性難移』，『生就的骨頭、長就的肉』，他慫頭日腦的本性這輩子怕是難改了。千萬別以為他今天就能接受教訓，往後永遠不會再出賣，就像麻稈兒一打他就招，瘦張一嚇唬他就軟，以後遇到比咱們更厲害的，他也一樣還會出賣我們！所以，今後對他這種人只可利用，也可使用，但絕不可重用！以後咱們再幹要緊的事兒，可千萬不能讓他知道！」

我嘴上說知道了，心裡卻想：不用囑咐我也學會了——進一次派出所就什麼都學會了——以後再幹要命的事兒，能自己一人幹的就絕不找第二人；如果萬不得已非要找幫手，也一定要找骨頭比鋼還硬的人！

建慧把臉扭向我，又說：「看出來沒有？麻稈兒是真的怵你了，明著不敢來，但也不甘心，改玩陰的了！所以，以後咱們也得改變策略，改學蘇維埃肅反委員會契卡，也給丫玩陰的，也讓丫嘗嘗『陰得厲害斯基』比狼還要無情的狡詐和殘忍！」

整個一下午，騷子用座櫃陸陸續續逮到四隻貓，每抓到一隻，就趕緊送過來讓我們盡情地毀，撒著歡兒地出氣。可是，連抓了四隻以後，他卻再也逮不到第五隻了，急得他連聲央求，讓我們放他到衚衕裡轉轉。原因是街門口經常有貓立在自家門口，這時你若表現出善意，伸出手逗逗它，也可出其不意一把將它抓住。騷子能夠想出這招，而且豁出去不怕貓撕咬他的手，看來是真的不想讓另一隻耳朵再被鑽個眼兒了！

沒有想到的是，騷子只走了一會兒，很快就抓回一隻身子又粗又獎異常肥碩的大白貓。而且，這隻貓許是因為吃得過於肥胖，性情竟是出奇地溫順、老實，懶懶的不愛活動，不但不抓不咬，甚至居然一點兒都不掙蹦就讓他輕輕鬆鬆地抱了回來。

大家就覺得很奇怪，因為貓是從來不讓生人碰的，可這隻貓卻不認生，很愛與人親近，而且可以讓眾人隨便輪流地抱，甚至把它放到房上也不跑。麻雷子見它出奇地老實，就怪罪都是因為

它的老實才讓騷子逃過一劫。所以就憋壞，將貓抱過來，出其不意將貓扔向三四步開外站立的騷子。貓在空中畫了條弧線，撲向騷子。騷子急忙躲閃，可貓還是藉助身體的重量，將原本藏在趾後面的尖尖趾甲抓撓在騷子的身上。騷子只穿了一件背心，可以想見，貓爪子將背心攘透，四隻爪子上魚鉤一樣彎彎的尖趾甲已深深撓進他的肉裡。

　　騷子嘴裡發出「嗷」地一聲叫，身子疼得縮成一團。我見了立即就想到水上漂那身豐滿得恰到好處的肉，想起她在生產組對我媽的種種刁難，想起建慧說的以後也要改變策略給他們丫的玩陰的。於是，一個絕妙的復仇計畫，便在心裡孕育而生。

第十五章

　　我把那隻肥碩的大白貓從騷子身上取下來，解散眾弟兄，然後就抱著貓與建慧和麻雷子商討當晚的行動方案。

　　水上漂每日行蹤可說「三點一線」：住家、居委會和街道生產組。

　　街道生產組在大廟衚衕東頭，院落原是「皮毛李」的私人宅第。皮毛李在中共建政前做著很大的皮毛買賣，運動初期，人就作為「資本家」被紅衛兵活活打死。拋下的老婆孩子被遣返轟回老家，留下的宅院，即被街道改造成現在的生產組。

　　生產組院落房屋很高大──這是選擇於此襲擊的理由，房屋越高，由上往下拋物墜落也就越狠。院落宅門像衚衕多數門樓一樣，臨街是一溜「人」字形起脊房，房下一端開一宅門──宅門與一般街門不同，前者是指有錢人家獨門獨戶的深宅大院，後者是指窮苦人家混居的大雜院。「皮毛李」宅院兩扇朱紅宅門又高又大，差不多比一般街門大出一倍有餘。門口兩側端坐兩隻石獅子，高高的門下是幾級青石臺階。仰望上去，兩扇門板陽文浮雕一副對聯，右扇「忠厚傳家久」、左扇「詩書繼世長」。紅衛兵大破「四舊」時，用斧子將兩側石獅子和門上的字砍毀，至今上面仍留有被砍過的道

道斧痕。走進宅門是雕樑畫棟的過道，穿過過道是古色古香的影壁，拐過影壁是一處花木扶疏寬敞的院子，迎面就是生產組所在五間大南房。

水上漂每日都要往生產組跑。去生產組的必經之路，就是進宅門穿過門道。

三人商量好行動方案，接下來就是等待——等待天黑。

人這東西，日子一日日地過，心中有期待和沒有期待是完全不同的，期待的事情是否冒險和能否帶來刺激就更是不一樣——越是冒險，就越是刺激；越是刺激，就越是能夠帶來快感；越是能夠帶來快感，心裡就越是期待。而且，也只有肯冒風險，才能讓你懂得夜的黑、夜的重要，懂得有些事情必需要在夜裡幹。進而懂得不再墨守日出而作、日落而息的成規，而要像晝伏夜出的動物那樣，學會在黑暗中靜靜地臥伏，伺機張開長有獠牙的嘴，迅猛撲上去狠狠地咬住獵物！

日頭落下去，天色暗下來，四周開始一點點地黑了。

黑暗中我和建慧抱著貓上了房，準備埋伏在生產組宅門的房頂上；讓麻雷子遠遠盯著街門口，一旦發現水上漂走來，就把兩根手指放在嘴裡打口哨報信。

可等上了房一看，才發現臨街「人」字形房頂根本藏不住人：一面傾斜的坡頂臨近衚衕，另一面正對著院裡生產組的五間南房。雖說此時天已黑，但衚衕裡總有人路過，生產組裡的人一抬頭也能發現房上有人，所以兩面坡頂都不能去。好在緊挨著它的是一間平

頂房，我和建慧就把身子放平，抱著貓靜靜地躺在平頂房上等待麻雷子報信。

生產組做的是將碎塊皮毛用針線縫合在一起的活兒，俗話叫「繚皮子」。這種皮毛多是兔毛，可以散發出很大的皮毛腥膻味兒。我們躺在平頂房上，都能聞到南房傳過來的很大氣味兒。

等待，是一件讓人心癢難熬的事。就像我們每次支起篩子或擺上座櫃焦急等待貓的到來一樣，有時，你越是著急，它就越是不來；有時，你已經等得不耐煩，甚至覺得毫無希望，它反而又會不期而至。

麻雷子的口哨聲就是在我和建慧認為今晚水上漂不會來了時響起的。猝然響起的口哨聲來得是那樣突然，以致我和建慧愣了好一會兒，還相互看了看對方，這才反應過來。然後「噌」地一下翻身坐起，慌手忙腳抱著貓爬上生產組宅門上面的房頂。

可跑到臨街房簷向下一看，已經來不及了，水上漂已走到房簷下。從房頂向下望去，俯視效果將水上漂苗條的身子壓扁，先看到的是頭臉，然後是豐滿的身子，最後才是她那兩隻交替邁動著的又白又細膩的白藕腳……

計畫永遠趕不上變化！原來設想得挺好，我們抱著貓「陰」在房簷上，等她走近，打個提前量，甩手讓貓朝她撲過去。尖尖的貓爪子有可能掛在她的狐狸臉上，也有可能掛在她豐滿的前胸。可現在已無這種可能。

怎麼辦？怎麼辦……

　　人在著急的時候都會急出辦法，就像文詞兒說的「急中生智」。眼見從水上漂身子前面把貓扔過去已無可能，我和建慧只好抱著貓向房後面跑。等我們越過房脊跑到後房簷，水上漂也正好走出門道。我趕緊用雙手握住貓的兩條前腿，將貓的身子立起來，瞄向水上漂準準地向前一悠，貓就藉助重重的身子撲下去，將鋒利的爪子狠狠地抓撓在水上漂的後背上。

　　異常肥碩的大白貓原本身子就很重，又是從高高的房頂往下扔，因此可以料想，貓的四爪兒上如同魚鉤一樣彎彎的趾甲已深深地撓進水上漂的後背裡。

　　水上漂沒有絲毫防範，背後遭到猝然襲擊，她顯然被嚇壞了，先是嘴裡發出「媽呀」一聲驚叫，緊跟著就玩命扭動身子，極力想擺脫掛在身上的不名物。可她越是拚命扭動，魚鉤一樣的貓爪子就越是緊撓不放，她也就越是害怕越是疼痛越是拚命地喊叫：「媽呀——媽呀——媽呀——」

　　我和建慧先是探頭向下看，然後相互低聲催促：「快走快走！」說完就踮起腳尖兒，順著一排起脊房悄無聲息地向西溜去……

　　大廟衚衕東西走向，生產組院落路南，與我們住的院子正好相對，因此我和建慧對這一帶房上的情況不熟。我們踏著或高或低或坡或平的房頂往回家的方向走，走著走著，忽然就發現一處後窗透出的燈光異常明亮。我和建慧就停下了，悄悄走近窗戶，往裡一看，才知這戶人家用的是日光燈管——那時住戶極少使用日光燈，絕大多數人家用的都是那種只會發出昏黃光線的燈泡。我們就覺得

很新奇，剛想扒窗仔細瞅瞅這日光燈的結構，不料，視線卻被屋內東牆上掛著的一個物件搶奪過去——槍！在雪白的牆壁上竟然掛著一桿雙筒獵槍！

「咚咚咚……」立時我就覺著我的心猛地狂跳起來，眼睛發漲，嗓子發乾，心臟似乎就要蹦出嗓眼兒外！

槍，雙筒獵槍，那可是一槍就能打出一大片鐵砂的雙筒獵槍啊！

我的眼前模糊起來，腦子裡像電影一樣映出大廟小學操場，映出水上漂對著麥克風狂呼亂叫要把我媽揪上臺，映出麻稈兒等人從講臺沖下來撲向我媽，映出會場上黑壓壓一片頭頂，以及頭頂上伸出的森林般的胳膊，耳朵裡轟鳴著排山倒海一般的「打倒」聲浪……

我張開嘴大口喘息著，呼吸驟然變得粗重。我在幻想中端起眼前這桿雙筒獵槍，毫不猶豫地向水上漂扣動了扳機，槍口噴出憤怒的火團，鐵砂裹挾的巨大衝擊力甚至讓水上漂的身子從平地微微躍起，然後騰空仰身向後栽去。批鬥會會場大亂，麻稈兒顯然被我的開槍舉動嚇壞了，他先是驚愕地看著我，然後就轉身不顧一切地逃竄。我迅速掉轉槍口，瞄向麻稈兒扣動扳機，麻稈兒在獵槍爆響聲中像狗一樣跌倒了。整個會場秩序大亂，所有的人像退潮的潮水一樣離我而去。而我則挺直胸膛，手握獵槍，傲然挺立在空曠的講臺上仰天大笑……

娘的，有槍與沒槍就是不一樣！男人，一個有尊嚴的男人，尤其是一個不願遭受別人肆意侮辱的血性男人，槍，才是守住尊嚴的

最後一道屏障！

　　我回過神來，扭臉去看建慧，建慧同時也扭過臉看我。我能覺出建慧也很緊張，不用問，他也想得到這桿槍，不然他不會平白無故如此緊張！

　　將這桿槍據為己有的念頭一出現，我們趴在窗上的頭就不敢再動，更不敢低聲說話，因為害怕頭的晃動或唧唧喳喳的聲音驚動屋裡的人。

　　屋裡的人是一對中年夫妻，倆人正臉對臉坐在一張小地桌旁吃飯。以前聽衚衕人管這家的男人叫「老徐」，無兒無女，只兩口子過活。男的平日好玩槍，冬天時常從野外打回獾、狐狸或幾隻野兔什麼的。老徐住在大廟衚衕南面的那條衚衕裡，現在從他的住房位置看，他家肯定是路北──衚衕與衚衕之間的房屋格局都是院落最後一間房緊挨身後另一條衚衕院落的最後一間房，兩條衚衕之間的平房連接在一起。我和建慧往水上漂身上扔貓，因為害怕被同一條衚衕的人發現，所以回家走在房頂上就儘量靠南走。誰知，由此就發現了老徐的住處，更重要的是，竟然發現他家屋裡掛著的雙筒獵槍。

　　此地不宜久留。我和建慧踮起腳尖兒，躡手躡腳離開這扇後窗。等走出老遠，建慧才壓低嗓音但口氣很堅決地對我說：「明天，等他們上班走了以後，我們就跳進後窗，把槍『順』走！」

　　第二天上午，建慧和麻雷子早早來到我家。三人仔細研究從哪兒上房，怎樣跳窗取槍，槍拿到手後用什麼東西包裹遮人眼目，又

怎樣橫跨衚衕把槍帶回家等諸多細節。

經過分析，哥兒幾個慢慢理出頭緒：把槍拿到手容易，怎樣把它帶回家卻很難，因為，槍不是一個小物件，拿著它在房頂上走，站在院裡的人一抬頭就能發現。更要命的是，從房上爬下來以後，還要拿著槍橫跨衚衕，穿過我們院街門才能回到我家──而衚衕裡卻人來人往，很難找到完全沒人時搬運槍支！

最開始，我提出用我爸的一條褲子包裹獵槍──因為我爸個兒高，他穿的褲子褲腿很長，完全可以包裹住獵槍。但馬上就被建慧否定：「欲蓋彌彰，反而讓人懷疑──褲子裡包藏的東西肯定見不得人，不然你不會套上褲子！更何況，老徐報警，瘦張肯定挨家挨戶走訪排查，見過『褲子』的人馬上就會醒過夢來，向瘦張反映這一情況！」

「那就包上雨衣！」我仍沒有跳出包裹東西遮人眼目的思維模式。

「雨衣和褲子有什麼區別？還不是同樣給人一種不想讓人看出裡面是什麼東西的感覺？」建慧再次否定。

「那可怎麼辦啊？橫豎不能把槍吞進肚子裡帶回家吧？！」麻雷子一籌莫展。

「別急！辦法都是人想出來的，只要肯動腦子，就能琢磨出對付的辦法！」建慧說完，開始低頭在屋裡來回走溜兒，邊走邊自言自語：「槍外面要包裹東西是肯定的，但包的東西卻不能引起別人的懷疑。什麼東西才能不讓人懷疑呢？那一定是不能讓人感到反常

的東西！不反常也就是正常，正常也就是讓人感到自然，自然也就是讓人覺得合情合理的東西……那麼，什麼東西才能讓人覺得合情合理呢？」建慧自言自語嘀咕到這兒，愣住了，眼鏡片後面的眼睛突然一亮，說：「有了！曉東，你不是每年這個時候都要爬樹采槐樹豆嗎？！街坊鄰居不是都知道你爬樹采槐樹豆嗎？！咱們就先爬槐樹摳一捆帶有槐樹豆的細樹枝，要那種樹葉濃密的，然後把槍放在中間捆成一捆兒，不是讓人看著就覺得合情合理了嗎？！」

我和麻雷子聽了，眼睛猛然睜大，齊聲喊：「妙！」我在心裡不由就想，建慧怎麼那麼聰明呢？！明明我和麻雷子認為即使想破腦瓜子也不會想出好辦法，可建慧腦瓜兒一轉，生生就在我們認為不可能的事兒上想出令人叫絕的妙招！

我們三人走出家門，跨過衚衕，選擇一處距離老徐家近、又很隱蔽的地方上了房。先來到一處有槐樹的房頂上，動作很輕地摳了一堆帶有槐樹豆的細樹枝，然後就抱著樹枝向老徐家的後窗摸去。我們三人走在房頂上全都很小心，盡量不讓院子裡的人看到。不多時，我們就來到距老徐家後窗不遠的一間房上。

我們三人都沒有偷過東西，一想到是翻窗跳進人家裡去偷東西，尤其是偷一桿雙筒獵槍，心裡就不免有些害怕，全都暗自緊張起來。麻雷子的臉色都有些變了，看看我，又看看建慧，壓低聲音說：「操，騷子要不是軟骨頭就好了，丫幹這事兒膽大，也有經驗！」

建慧聽了，狠狠瞪了麻雷子一眼，聲音同樣壓得很低地說：

「你連想都不該這樣想！槍寧可不『順』，也不能用他；即使咱們把槍『順』回來，也絕不能讓他看見，更不能讓他知道！」

老徐家的後窗，窗口四框繃著一塊綠色塑料窗紗，兩扇窗門向裡打開。我的心裡像揣著隻兔子，怦怦亂跳，但還是夆勢起膽子，獨自一人慢慢湊到窗下，把頭一點點往上移，察看屋裡是否有人。當確認屋內空無一人時，我才招手叫過麻雷子和建慧，讓麻雷子用那把青銅古刀割窗紗。窗紗被割掉，我就扒著窗框上了窗檯。向下一望，正對著窗下是一張八仙桌。我慌慌地跳到桌上，震得桌上茶盤子、茶壺和茶碗叮噹直響。我不顧這些，趕緊跳到地上，幾步搶到東牆下，摘下獵槍返身躍上桌，然後就把槍遞給守在窗外的建慧和麻雷子。

建慧和麻雷子慌手忙腳把長有濃密樹葉的細樹枝攤開，著急地把獵槍裹在細樹枝中間，又手忙腳亂用繩子打成一捆兒。然後我們就拎著輕手輕腳貓一樣原路返回，悄悄溜回我家。

進家別上門掛上窗簾門簾，解開繩子，扒拉開細樹枝，一桿實實在在的雙筒獵槍就明明白白地擺在我們面前。

這是一桿德國老式雙筒獵槍，一桿利用火力可以噴射出眾多彈丸、可以打死豺狼虎豹、可以將活生生的人打成馬蜂窩狀的火槍。

剛剛還只存在腦子裡的影像變成現實，成為我們可以實際控制的東西，三個人就都覺出事情的重大。低頭看看地上的獵槍，又抬頭相互看了看對方，臉上就都有些凝重，甚至可以感覺呼吸也比平時有些粗重。

我雙手拿起獵槍，第一個感覺是很沉，分量要比氣槍重得多。仔細端量，才發現它比氣槍粗壯得多，用材用料厚實得多。如果把氣槍比喻成一英俊瀟灑的帥小夥兒，那麼，傻大黑粗的雙筒獵槍就是一高大粗壯的威猛漢子，渾身不但充滿力量、陽剛，而且顯露出凜然不可侵犯的威嚴。

老式獵槍黑黝黝的槍管管壁很厚，水平排列的槍管與槍管之間呈現一排魚鱗一樣漂亮的焊口。槍管上沒準星，後面也沒瞄準的缺口。槍握手右側上方，斜伸出一圓形按鍵，試著向下一摁，槍管猛然向下一沉，槍身就像氣槍那樣撅彎呈一胳膊彎兒，後屁股露出兩個裝填子彈的黑洞。順著黑洞透過槍膛迎光望去，亮亮的膛裡沒有來複線。槍身後面有兩隻像小鎚子一樣的機件，向後下方向一搬，「咔噠」一聲，就上好了弦。與兩隻小鎚子對應的槍機後面，有兩個可以活動的圓形鋼針，一看就知道是用來撞擊子彈底火的。

建慧和麻雷子倆人眼睛一閃一閃的，用異常喜愛的目光打量著，用雙手撫摸著，恨不得把這桿獵槍摟在懷裡親上一口才過癮。

麻雷子問：「放槍的響聲有多大？是不是比放麻雷子的響聲還要大？」許是他自己說到自己的外號，說完還不好意思的笑了笑。

建慧說：「響聲肯定小不了！後坐力肯定也很大！」

說到「響聲」和「後坐力」，三人這才猛然想起：光顧手忙腳亂摘獵槍，竟然就忘記拿子彈，而且還忘得死死的！

「媽的，當時怎麼就沒想起順手拿子彈呢？！」我懊悔地罵著，同時腦子裡在飛快地回憶：從牆上摘獵槍時，牆上是不是也掛

著插滿子彈的皮帶？實在回憶不起來，扭臉問建慧，可建慧也說記不清了。

沒辦法，只能再殺一趟。可時間已到中午，三人就猜測老徐在哪兒上班，離家是不是很近，因為大雜院人上班若離家近，中午都會回家吃午飯。如果老徐每天中午回家吃飯，此時他應該已經到家，也必然發現獵槍丟失。那麼，再想到他家去偷子彈，顯然已沒有可能！

我和麻雷子全都後悔得不行，一邊懊悔當時沒拿子彈，一邊又滿心期盼老徐上班距家很遠，此時不會回家吃飯。

建慧說：「不管他中午會不會回家吃飯，再『順』子彈都得趕在他天黑下班之前。不然，如果錯過今天，那以後我們就再沒有機會了！」

我們趕緊將獵槍藏到床下，鎖上屋門，返身來到衚衕，再次選擇那處距離老徐家近又很隱蔽的地方上了房。

三人慢慢向老徐家後窗摸去，但這一次相比上一次就更加緊張，心臟「怦怦」跳著，眼睛慌亂地向四外張望，腳下也有些不聽使喚——畢竟是二次翻窗進入人家，心裡就總覺著已被人家發現！

慢慢接近老徐家後窗，我就更加謹慎，伸出一根手指點了點建慧和麻雷子的腳下，示意他們不要再靠近。然後一人摸到窗下，先把頭一點點往上移，等到視線越過窗檯，心就猛然一驚：老徐的後背正對著我，就坐在前窗寫字檯後面，手裡拿著一面鏡子，似乎是正對著鏡子裡的臉在端詳！

　　我隱隱覺出有哪兒不對頭，可還沒容細想，就見老徐吹著口哨已站起身，拿起桌上的鐵鎖，邊輕鬆吹著口哨邊走出屋，鎖上屋門就去上班了。

　　我心裡一陣狂喜，幾乎就要叫出聲來：哈哈，他竟然沒有發現獵槍丟失，沒有發現後窗窗紗被人割掉！居然就這樣大大咧咧去上班了，真真是天助我也啊！

　　我回過頭趕緊向建慧和麻雷子招手，二人湊上來，六隻眼睛就一齊望向屋內東牆：原來掛獵槍的牆上光禿禿的，沒有那種插滿子彈的皮帶！

　　「子彈肯定在屋裡，不是在櫃子裡、抽屜裡，就是藏在更隱蔽的地方！抓緊時間，我們全都跳進去，分頭去找！」建慧說。

　　三個人全都翻進窗，進屋後建慧奔立櫃，麻雷子奔櫥櫃，我奔向寫字檯。我拉開抽屜，手眼迅速地翻找。正在低頭扒拉著抽屜裡的東西，忽然就覺屋裡光線驟然暗了下來。猛一回頭，就見後窗窗口蹲著一人，再一看：啊！是老徐……腦子裡就飛快地想：他不是上班走了嗎？！怎麼又回來了？哦，明白了，剛才他根本就不是在照什麼鏡子，而是通過鏡子光線的反射在觀察後窗的情況！

　　再狡猾的狐狸也鬥不過好獵手，更別說是三個屁大的孩子，面對的還是研究了一輩子怎樣捕捉、怎樣將各種動物置於圈套內的老徐。

　　許是打獵時爬山涉水慣了，老徐的身手異常矯健，他從窗口向下縱身一躍，就越過八仙桌直接跳到屋地上。我甚至注意到，他是腳尖兒先落地，腰身藉助慣性向下一塌，很瀟洒地就挺直身子。然

後笑呵呵地對我們說：「幾位小爺兒是在找這個吧？！」說著向我們揚起一隻手，食指和中指夾著的竟是一顆黃澄澄、鋥亮銅皮製作的獵槍子彈！

出於本能反應，「唰」地一下，我就把那根釘棺材的大釘子拔了出來。幾乎與此同時，麻雷子也把那把青銅古刀握在手裡，而建慧則在左右踅摸傢伙。

「呵呵，三位小爺兒用不著害怕，我老徐壓根兒就沒打算把你們怎麼樣！不然，我早就通知派出所了！」說完，老徐笑了笑，又說：「既來了，就是客。坐，都請坐下，有什麼事兒咱們坐下慢慢商量！」

我們哪裡敢坐下，依然保持很高的警惕。因為這是在陌生人的家裡，而且是未經允許、偷偷進入的陌生人家裡。

「說說看，幾位小爺兒要槍幹什麼？」老徐問。

「打貓。」我答。

「喔——，打貓。我信，我信！」老徐拉長聲「喔」了一聲，接著又說：「除了打貓，是不是對槍也很著迷啊？！這我能理解，因為我老徐也不是一出娘胎就四十歲，也從你們那個時候經歷過。可你們現在還小，還不能玩槍。這樣吧，我把我逮黃鼠狼的捕籠送給你們——一樣能逮貓。你們把槍還給我，今天這事兒就哪兒說哪兒了，我也不會對任何人再提起，咱們就算兩清了！你們看怎麼樣？」說完，他就彎腰從床下拉出一鋼筋棍兒焊的籠子，還說回去取槍的人可以先把籠子帶走。

　　老徐的意思再明白不過：有人「回去取槍」，還須有人「留下做人質」。三個人都搶著留下來，但建慧和麻雷子還是被我趕走了。建慧臨走不忘讓麻雷子把刀留給我，順手還拎走那隻捕黃鼠狼的籠子。

　　屋裡只剩下我和老徐，我就問他槍是從哪兒買的，多少錢？老徐說二百八十多塊錢，體育用品商店都賣，不過須向區公安分局申請，只要沒受過刑事處分就都能批准。我就想：等我上了班，就要狠狠攢錢，一定也要買一桿。不為別的，就為沒人再敢用剪子剪我媽的頭髮，就為沒人再敢往我媽的臉上吐痰！

　　不多時，建慧和麻雷子把槍送回來。建慧依然不放心，趴在後窗口對老徐說：「我把槍伸過去一半，你握住，先讓我哥們兒翻出窗，然後我再撒手！」

　　老徐聽了「呵呵」一樂，坐在椅子上連身子都沒動，說：「用不著！先讓你這小哥們兒翻出去，你再把槍放在窗檯上。這下你總該放心了吧？！」

　　我翻出窗，建慧把槍放下。這時我就想：老徐是好人，辦事可真他媽仗義。如果早知道他人這樣好，我是一定不會偷他的心愛之物的！

第十六章

　　三人垂頭喪氣回到院裡，開始有一搭無一搭擺弄那隻捕籠。最初，我們誰都沒心情——雙筒獵槍這只煮熟的鴨子都飛了，更別說是一隻不起眼的破籠子。可是，支起自拍機關試了一下，這才覺出這隻籠子的機關設置極其精巧，而且越看越喜歡，越擺弄越是讚歎設計這隻籠子的人真是絕頂的聰明！

　　老徐的這隻捕籠，原是為捕黃鼠狼量身打造。傳說中的黃鼠狼會「縮骨」，遇很窄的縫隙也會縮骨鑽過去。所以籠子周身用小指粗鋼筋焊就，鋼筋間距半寸。籠長尺五、寬逾尺、高七寸。趴虎造型著地面積大，抓地牢固，加上自身重量使得被俘獵物不會將其傾翻，只能老老實實束手就擒。籠門自拍機關設計尤其巧妙，一側門軸纏繞強力彈簧，籠門由下向上掀起，機關置放誘餌，獵物進入用嘴稍一觸碰，籠門就「啪」地一下驟然閉合——最妙的是籠門上有暗鎖，暗鎖會將籠門自動鎖死，獵物再無出逃可能。如果用來逮貓，相比以前我們使用的座櫃，不單省去鋪設繩子拽繩兒的麻煩，更重要的是可以與貓拉開距離，遠遠哨在一邊讓貓失去警惕。

　　「操，要不把弟兄們都集合起來，上房去試試？」建慧兩眼躲在眼鏡片兒後面，眯成一條窄縫壞笑著。

「試試就他媽試試，正好拿貓出出氣！」我也來了興致。

麻雷子就由樹臺躥上房，將兩根手指放到嘴裡，長長地打了個尖厲的口哨。不多時，一大幫孩子就亂哄哄匯聚到我們院的房上，由房上跳到樹臺，再由樹臺跳到院裡地上。

跳到院裡地上的弟兄們，眼睛一下就被那隻捕籠所吸引。建慧就因勢利導，指著捕籠對弟兄們說：「看見沒有？山姆大叔剛剛派飛機空投過來的，這可是他媽美利堅最好的捕籠啊！想不想現在就上房去試試？」

一大幫孩子就叫喊著雀躍起來，有飛快跑向衚衕垃圾站撿魚頭的，有按吩咐翻我爸工具箱找老虎鉗的，然後就狼群一樣揮舞著火通條躥上樹臺，又狼群一樣躥上房。

捕籠被放置在貓經常出沒的一處房頂上，我們這群人則拉開距離，遠遠站在一邊等待獵物上當。這情景不由就讓我想起老徐，手拿一面鏡子，貌似在端詳自己的臉，表面看去屁事兒沒有，實則已支上籠門，暗設機關，就等著我們這些沒經驗的傻孩子往套兒裡鑽……

很快就有上當的，是隻花貓：開始還自己抖機靈，謹慎觀察，走走停停，停停走走，當確信四下無人，絕無危險時，才一頭鑽進了捕籠。「啪」的一聲，籠門驟然拍下，貓才醒過夢來——就像我們猛然發現後窗口堵著的老徐，這才驚慌失措，一下傻了眼！

騷子和斜眼兒剛子早已沖過去，一人手握火通條給貓來了個透心涼，將它死死釘在房頂上，另一人則手握老虎鉗卡住貓脖子，將

它提溜出來。然後倆人又打開籠門，將機關支起，拎著貓向我們這邊走來。

可是，當騷子和斜眼兒剛子剛走到我們面前，遠處又是「啪」的一響，第二隻貓又被牢牢地拍進籠子。建慧見了，就興奮地對斜眼兒剛子說：「嘿，美國佬這籠子可真他媽地道，今兒這貓少逮不了！今兒個你什麼都別幹，帶幾個弟兄就在這兒負責逮貓，逮到就送回院裡！」然後又對著我們大聲喊：「其他人都跟我回院，咱們變著花樣毀貓。誰能想出又損、又壞、又毒的毀法，就他媽讓誰親自操刀，讓丫過足毀貓的癮！」

一群小狼「噭」的一聲，全都興奮地大叫起來，然後就雜遝著腳步跟我們回到院裡。

院子西頭靠後簷牆是那座半人多高、小半個院子大小的樹臺，樹臺下是多半個院子大小的空地。我、建慧，還有麻雷子站在高高的樹臺上，剩下的三十幾個弟兄就站在樹臺下的院子裡。建慧向下掃了一眼眾弟兄大聲問：「有想出損招的沒有？」

麻雷子在一旁搶先應道：「我，我想出來啦！開批鬥會時不是老說『砸爛他的狗頭』，『再踏上一萬隻腳，讓他永世不得翻身』嗎？！那咱們就先把貓腦袋砸爛，每人再踏上一百腳，也讓丫永世不得翻身！」

「俗，真他媽俗！曉東至少已經拍扁七八十隻貓的腦袋了，你再拍還能拍出狗腦子來？再琢磨別的，要毀就要毀出以前沒玩過的新花樣！」建慧說。

「那，就給丫來個千刀萬剮，先在丫渾身上下割上一千刀，然後再往傷口裡撒鹽、撒城麵！批鬥會不是老說『觸及靈魂』嗎？那就讓丫也好好觸及觸及靈魂！」麻雷子不甘心，朝著建慧又說出新招。

「好，這主意妙！請麻雷子親自來操刀！」建慧說到這兒，清了清嗓子，然後就學著批鬥會主持人那樣屬聲地喊：「現在，把，現行反革命分子，貓丫的，押上來！」

騷子就手握老虎鉗卡住貓脖子，另兩個孩子一邊一個將貓的倆前爪兒向後擰彎，再向上撅起，三人就捯著小碎步將那隻花貓押上樹臺來。

麻雷子先是學著講臺上發言批判人的樣子，對著虛擬麥克風屬聲訴說貓的種種罪行，然後抽出那把青銅古刀，就開始在貓的身上割。可剛割了一刀，貓就拚命扭動身子嚎叫起來。騷子和另兩個孩子使勁將貓摁在樹臺上，可貓還是玩命扭動身子，使得麻雷子很難下手。

我見了，就跳下樹臺跑回家，從我爸工具箱翻出榔頭和幾個釘子。又跳上樹臺，讓騷子把卡在貓脖子上的老虎鉗貼在樹皮上，然後就想用榔頭和釘子把貓的四隻爪子釘在樹幹上。

沒有親手用釘子將貓爪子釘在樹幹上的人絕難想到，要想將貓爪子釘在樹幹上，其實是說起來容易做起來難：一是貓爪子雖已被人用手握住，但爪子卻在拚命往回抽動；二是釘子尖兒並不尖，如果放在眼前仔細看，每一個釘子尖兒的表面都是一個禿禿的圓，而貓的爪子卻是圓滾滾的，有時將釘子尖兒放到爪子上，揮起榔頭一

砸，釘子尖兒卻滑到一邊。幾次失敗後我就總結出經驗，要想將釘子釘進去，就要先把釘子尖兒死死摁在貓爪子的正中間，然後握著鎚子猛地一砸，釘子才可藉助猛勁瞬間穿過爪子。但這時的釘子並沒釘在樹幹上，還要摁住穿透釘子的貓爪子，揮起榔頭繼續往樹幹上釘。

我先把貓的左爪兒釘好，然後握住右爪兒儘量往右側方向拉，等拉出倆爪兒之間最大的距離，也就是讓貓水平伸展開兩臂時，才左手握釘、右手揮鎚去釘貓的右爪兒。

貓疼得拚命地嚎叫：「嗷──嗷──嗷──」

建慧見我把兩隻前爪兒釘好，就在一邊用蓋過貓嚎叫的聲音喊：「對，就像把耶穌的兩隻手釘在十字架上一樣，也讓貓的兩隻爪子平行分開，但後腿就別分開了，讓它雙腿向下並齊，從腳心上往裡釘！」

原本我是想把貓的身體釘成一個「大」字，聽了建慧的話，才按他的意思，將貓的兩條後腿並齊，儘量往下拉，然後從腳心往樹幹上釘。等釘完一看，貓的樣子還真就跟受苦受難的耶穌一個模樣了──不同的只是耶穌背靠十字架，而這隻貓卻是伸展兩臂像是在摟媳婦一樣擁抱樹幹。

麻雷子握著那把青銅古刀開始在貓身上割。建慧在一旁邊看邊作技術性指導：「刀子要水平橫著割，讓它的傷口都朝上，等會兒好從上往下撒鹽、撒鹼麵！」

麻雷子像使用手鋸鋸木頭那樣來回錯動著刀子在貓身上割。每

割一刀，貓就顫抖著身子、張嘴扭頭向後慘叫一嗓子：「嗷——」再割，又是顫抖著身子張嘴扭頭向後慘叫一嗓子：「嗷——」麻雷子一刀又一刀地割，貓也就一聲接一聲地發出慘叫。

等全部割完一看，在貓身上割出的刀口，就像廚師在魚身上切出的花刀，一排又一排，遍佈全身，只不過魚身上切出的花刀是刀口向下，而貓身上的傷口卻是全部朝上。貓的渾身上下至少被割出幾十道血口子，殷紅的鮮血流出來，染遍全身，讓人都分辨不出貓毛原來的顏色。

騷子看著貓身上全部向上裂開的傷口，說了聲「等著」，就跳下樹臺飛快跑回家；再跑出屋時，一手攥鹹鹽，一手攥城麵，然後就躥上樹臺把手裡攥著的鹹鹽和城麵往貓身上的傷口裡面撒。貓疼得像殺豬一般拚命地嚎叫：「嗷——嗷——嗷——」騷子聽貓慘叫聽得一時興奮，乾脆就把雙手放在貓身上，上上下下反覆胡嚕：向下一胡嚕，貓身上的傷口就像雛鳥待哺朝上張開的嘴一樣全部張開，往上一胡嚕，傷口又全都閉合，貓就被鹹鹽和城麵殺得拚命慘叫：

「嗷——嗷——嗷——」

此時騷子奶奶拐著兩隻粽子一樣的小腳偏巧從外面回到院裡，一見這陣勢，嚇得滿是皺褶的臉就縱縱呈一難看的老桃核兒，趕緊閉上眼，瘋咕著沒牙的嘴反覆叨咕：「造孽呦，造孽呦！好歹也是條小性命，哪能說毀死就毀死呢？！」

騷子就朝我們犯壞地擠擠眼，然後瞪起兩隻耗子眼嚇唬他奶

奶：「什麼『造孽』『造孽』的？！我們這兒開批鬥會吶！你要是再敢散布封建迷信，我們現在就敢把你擴上臺，連你這老頑固一起鬥！」

嚇得騷子奶奶趕緊就閉嘴躲到屋裡去了。

這隻貓毀完，建慧看了看另外一隻待毀的貓，又朝著臺下問：「還有誰想出更絕的毀法？」

騷子站在樹臺上搶著答：「我有，也把下一隻貓釘在樹幹上，我給丫來個活扒皮，活活扒下丫整張的皮！」

建慧說：「好，這主意不錯！下面，就把另一個階級敵人也釘在樹幹上，請鼓上蚤騷子上臺來給咱們表演一個更精彩的節目——活扒貓皮！」

這一次把貓釘在樹上相比上一次難度更大，上次是像耶穌那樣讓貓的倆前爪兒水平伸開，兩條後腿耷拉著，而這一次為了騷子能方便下刀，卻是讓貓像平時站立那樣四條腿「站在」樹幹上。所以，在釘前後腿上的爪子時，用老虎鉗卡脖子和抱著貓的人，就得先把貓爪兒摁在樹幹上，再讓貓的身體向一側閃開，給我留出掄鎚子的空間。可也正是因為這樣，貓就掙蹦得格外厲害，讓我費了很大勁兒才將它釘了上去。

這時再看這隻貓，就讓我們忍不住從心裡往嘴犄角上樂，樣子實在是格外有意思——它就像平時攀爬一樣，四爪「抓撓」在樹幹上，儘管身子有時也像平時那樣躥跳，向上一聳一聳地做出躍躍動作，卻再也不能脫身而出，而只能是徒勞地原地掙蹦。

騷子手握一把上學時削鉛筆的小刀，開始扒貓皮……

騷子想到要給貓扒皮，大約是受到大雜院人給兔扒皮的啟發。那時衚衕裡許多人家養雞餵兔，過年過節宰兔改善伙食。兔被宰殺後，上下門齒緊緊咬合，穿條細繩過去，再釘顆釘子或掛牆上或掛樹幹上收拾。給兔剝皮是從嘴部開始的，可騷子給貓剝皮卻是從貓的後脖頸子下刀：先用左手捏住後脖頸子上的皮，右手握刀往裡一切，接著就沿著開口一點點往下豁，一直豁到尾巴根兒。然後再把皮向兩側掀，之後就像脫後背系扣的上衣那樣，將貓身上的皮扒到四隻爪子的根部……

原來我想像場面一定血淋淋，因為兔是死的，貓是活的，剛才麻雷子給貓千刀萬剮就弄出很多的血。可是我錯了，這隻貓並沒流出太多的血，原因是麻雷子每一刀都切到肌肉上，而騷子卻只割貓皮，不碰肉，所以流出的血只限於皮上的部分。

等貓身上的皮整個被扒掉，這時再看，在視覺上就與我們平日見到的貓完全不同：身體軀幹和四肢上的皮已被全部除去，袒露出如剛孵化未長毛小鳥一般濕漉漉的鮮嫩裸肉，條條肌腱血管遍佈全身，甚至可以清晰見到骨骼。讓人見了不由就聯想到生命，聯想到生命初始，聯想到創造出生命的大自然什麼的！

只剩下貓的頭皮還沒有被扒掉，騷子在繼續地扒……

騷子性格屬於見硬就軟的那種，但是，卻不能讓他遇見更軟的，一旦遇到比他還軟的，他就會立即由軟變硬，睒睒起兩隻耗子眼變得窮橫無比，而且下起狠手相比橫人更甚。衚衕裡形容這種人

叫做「見了慫人壓不住火」、「逮著蛤蟆能攥出尿來」。也許是因平日受橫人欺負慣了，壓抑得太久，所以一經爆發就顯得格外殘忍，且在殘忍中又表現得出奇地冷靜。

騷子握刀一點點剝貓腦袋上的皮。貓腦袋上的皮與軀幹上的皮不同，原因是有口、鼻、耳等七竅，這些部位與內側皮層相連，不能像軀幹上的皮那樣一下扒下來。騷子很有耐心，剝得很仔細、很認真，儘管貓疼得一次次揚起頭，一聲接一聲地慘叫，可騷子卻是聽而不聞，視而不見，只顧低頭握刀慢慢在貓的眼睛、嘴巴周圍，專心致志一點點地割、一點點地扒，直到將貓身上的皮割得寸甲不存，直到將貓割得就像一個剛剛出生的嬰兒那樣裸露出渾身的鮮肉……

老徐的捕籠很好用，在騷子給貓扒皮時，斜眼兒剛子也將逮到的貓一隻又一隻源源不斷地往回送。這時我就隱隱感到，四蹄踏雪已在冥冥之中向我走來，距離逮到它的日子已經不遠了！

建慧見逮到的貓越來越多，也顧不上看誰想出的招損，乾脆就讓弟兄們隨便毀。一群小狼一樣的孩子就幾個人圍著一隻貓，發揮自己的想像盡情地毀：有的把火通條插進火爐裡燒紅，像嚴刑拷打用燒紅的烙鐵在人身上烙肉那樣去烙貓，烙到最後再把燒紅的火通條一下插進貓的肛門裡；有的乾脆把貓直接摁在火爐爐口上燒，燒得滿院子都是皮毛被燎焦的難聞氣味；還有的則與「火刑」正好相反，打上滿滿一洗衣盆的水，將貓摁在水裡活活沁死。

建慧用老虎鉗卡起一隻白貓，翻轉手腕將它的肚皮轉向自己，

一看是隻公貓，就想為它做個外科手術，劁掉它的倆蛋子。建慧把卡著貓的老虎鉗遞給騷子，騷子握著老虎鉗讓貓四腳朝天仰躺在院地上。建慧捏著一片刮鬍子刀片要動手，可貓的四爪兒卻亂蹬亂踹，讓建慧根本沒法下手。

我見了，就馬上想到我家那隻廢棄不用的火爐，想到與貓腰身粗細差不多的火爐爐口。大雜院使用的火爐，爐肚比水桶略粗，上面爐盤正方形，正中鑲嵌一圓形鑄鐵爐口。如果把貓的前半身塞進爐口，讓它只露出兩條後腿和屁股，不是就等於上了手術檯，只能乖乖地等著為它做手術？！於是，我把窗檯下不用的那隻破火爐上的雜物挪開，讓騷子把貓的前半身塞進了火爐爐口。

貓的兩條後腿和屁股在火爐爐口外掙蹦著，建慧伸手用拇指和食指掐住它的陰囊根部，兩個睪丸就隔著陰囊被擠得凸顯出來。建慧捏著刀片只在陰囊上一劃，陰囊表皮被割破，兩個如同蠶豆粒大小的蛋子就隨著鮮紅的鮮血迫不及待地拱了出來。睪丸與陰囊有輸精管撕撕拽拽相連，建慧用手掐住倆蛋子，狠命往後一揪，貓的睪丸就被建慧揪了下來。

建慧將倆血糊糊的蛋子攤在手上，幾個孩子圍過來巴頭探腦地看。麻雷子說：「操，以前我想像貓的蛋子只有黃豆粒大，頂多像花生米那樣大，可誰知竟有蠶豆那麼大！」騷子聽了驚奇地說：「你怎麼跟我想的一樣？我以前也以為只有黃豆粒大，再大也大不過花生米，可怎麼也沒想到居然就有蠶豆那樣大！」我聽了麻雷子和騷子的話，就更是感到驚奇，因為我以前的想法和他們倆完全一

樣，也以為貓的蛋子很小，根本就沒料到會有蠶豆那麼大！

建慧總結性地道：「所以說吶，凡事必須實踐，不能想當然！你若沒有親手劁過貓，就跟人家胡吹亂哨，一旦人家問你貓蛋究竟有多大，你就必然回答不上來。不過現在好了，以後完全可以跟別人吹吹牛逼，誰他媽若是不信，就可以讓他親手劁一隻貓，看看公貓的蛋子是不是像蠶豆粒一樣大？！」

那隻白貓的兩條後腿和屁股還在火爐爐口外掙蹦著，鮮紅的鮮血已將它的白毛染紅。晃眼望去，抖動的貓毛就像爐口冒出的紅色火苗。這讓我想起我家那口每天用來蒸窩頭的蒸鍋，由蒸鍋又聯想到我爸熬瀝青的那口鐵鍋——衚衕人管瀝青叫「臭油漆」，大雜院人家每年臨到雨季之前都要用鐵鍋熔化臭油漆，將熬化成稀粥樣的臭油漆鋪在房頂上用來防雨。剛鋪上去的臭油漆黑油油的一片，腳踩上去可以把鞋粘住，用力拔腳鞋底會發出「嚓拉」「嚓拉」粘連的聲響……突然，由此我就猛然想到四蹄踏雪、想到四蹄踏雪那四隻雪一樣的白爪兒，由雪一樣的白爪又跳躍性地想到核桃……我為這一發現激動不已，心「突突」地跳了起來，當下就把騷子拽到一邊，兩眼直直地盯著他的眼睛問：「你吃過核桃嗎？」

騷子顯然被我這沒頭沒腦的問話弄蒙了，「吧嗒」「吧嗒」眨了好一會兒那對耗子眼，才懵懵懂懂地答：「沒，沒吃過核桃！」

「能想辦法給我『順』倆核桃嗎？」

「你要核桃幹嘛用？」

「幹什麼用你先別管！我問你的是能不能給我『順』來？」

「永吉祥果品店要是有賣，我就能給你『順』來！」

「走，現在就跟我去永吉祥！」

我拉著騷子出了院門，沿衚衕向西走。最西邊那條衚衕是大廟頭條，出頭條南口是東珠市口大街，再往西一走就是珠市口的十字路口。

永吉祥果品店在十字路口東北角，由於把著路角，所以店面呈半圓形。店裡主要賣兩種食品，靠東牆櫃檯和貨架上是糕點；北面櫃檯後面，靠牆傾斜支起的是一排如同大笸籮那麼大的木盒子，盒子裡常年擺放著蘋果、鴨梨等水果。

我和騷子走進店裡，眼睛沿著那排木盒挨個兒找，沒有核桃。問售貨員，售貨員竟一愣，說從來就沒有賣過核桃。

我不甘心，拉著騷子往北走，沿路逛每一家果品店，一直走到前門樓下，沿途果品店竟無一家賣核桃。心情就悶悶的，但也只能原路返回，打道回府。

我心裡想著核桃，拐過十字路口往東走，走到大廟頭條南口，忽然就發現騷子並沒有跟上。扭頭一看，才見這小子正歪著頭在看人家手裡展開的報紙……

這大廟頭條南口，由於臨街，便道又寬闊，所以每天總有幾個老人在此消磨時間。老頭兒們聚此閒來無事，除去閒聊，就是讀報。

騷子歪頭看著人家手裡展開的報紙，伸出手指著大標題的一個字問：「爺爺，這字念什麼呀？」

正在讀報的老頭兒戴一副老式圓形黑框眼鏡，此時半抬起頭，眼睛越過眼鏡上框看了看騷子，就不滿地訓斥道：「看你也上五六年級了，怎麼連個雷鳴般掌聲的『鳴』字都不認得？！你這書到底是怎麼讀的？！」

騷子朝老頭兒吐了吐舌頭，笑了笑，連聲說：「謝謝爺爺，謝謝爺爺！」然後就朝我這邊走。

等進了衚衕，我就罵他：「你丫也忒他媽丟人了，你媽花錢供你讀書都讀進屁眼兒裡去啦！怎麼連麻雷子馬雷鳴的『鳴』字都不認識？！」

萬沒想到，這小子聽了我的話，竟然少見地梗梗起脖子，一臉不屑地對我說：「操，馬雷鳴的『鳴』字我能不認識？不就是那個電閃雷鳴的『鳴』字嘛！」

我說：「認識，認識你還裝什麼大瓣蒜？！」

騷子聽了就更加得意洋洋：「嘁，我要是不裝成不認識那個字，我的胳膊能伸出去當『托兒』嗎？我要是不拿胳膊擋住那老逼的視線，我的手能伸進他上衣的『平臺』嗎？我要是不爺爺、爺爺地把那老逼叫暈嘍，我能給你『順』來這個嗎？」說完，他就猛地朝我攤開一隻手，細長細長的小手上竟然是兩枚老人用來舒筋活血的核桃！

我一下睜大了眼，愣了好一會兒才把核桃接過來。然後拿在手裡細細地看：這是兩個質地堅硬的山核桃，核桃周身已被老人揉得十分光滑，呈暗紅色隱隱地發亮；兩半核桃銜接處有一圈兒凸起的

埂，埂中間暗含一道不易察覺的縫隙。

　　回到家裡，我從我爸工具箱找出鋼鋸，沿著那條縫隙把核桃鋸成兩半。然後又用改錐，將裡面的果仁和隔膜掏乾淨。

　　騷子見了就又問：「你到底拿這核桃幹嘛用？」

　　我說：「甭問，到時候你就知道了。肯定讓你看一出好戲，而且是一出特他媽精彩的好戲！」

第十七章

　　以後一連幾天，依舊由斜眼兒剛子負責在房上逮貓，逮到用老虎鉗卡著脖子送回來，再由我和建慧帶著一幫弟兄在院裡盡情地毀。這一片住戶養的貓已被我們毀死不少，能夠逮到的貓也就越來越少。因此，好不容易逮到一隻，我們就開始珍惜發洩的機會，採用更多人參與的集體虐殺方法毀死它。

　　這天斜眼兒剛子又從房上送回一隻貓，是一隻長相很奇怪的貓：兩隻耳朵中間有一個大大的凸起，用手摸上去硬硬的，像是腦袋後面長了反叛的「反骨」。建慧想了想就說：「給丫來個五馬分屍吧！古時候的皇上，最恨的就是後腦勺兒長『反骨』的人，遇到這些謀反的叛臣賊子，最能解恨的處死方式就是五馬分屍！」

　　我聽了，就趕緊跑回家，拿出我爸蹬三輪兒捆綁貨物用的繩子，讓哥兒幾個用繩子分別去綁貓的四肢和腦袋。綁完以後，我們就繃緊繩子，想像著一下就能給貓的身子來個四分五裂。

　　可是，當我們五個人拽著繩子剛一繃緊，還沒等用力，捆在貓四肢上的繩子卻脫離開了。綁得不緊，那就重新綁，再狠狠地往四肢的肉裡煞，煞得貓「嗷嗷」亂叫喚。可試驗了幾次，不管綁得有多緊，只要用力一拽，捆綁的地方還是會脫開——因為繩子太粗

了，貓腿相對又太細了，無論怎樣綁，用力一拽還是會脫離開！

「找鐵絲，找鐵絲！用鐵絲綁，綁完再用鉗子夾著鐵絲狠狠往裡撐！」我吩咐著院裡的弟兄。一大幫孩子就滿院找鐵絲，找到就七手八腳用力往貓的四肢上纏，纏完又用鉗子夾著鐵絲狠狠往裡煞，直到煞進肉裡，將鐵絲直接勒到骨骼上。

五個人圍著貓四散開，站在院裡地上，開始把鐵絲繃緊，然後就叫齊了號子，同時用力使勁往後拽：

「一、二、三……」

「一、二、三……」

…………

貓被鐵絲拽得呈一「大」字，四爪兒懸空，身體在五根鐵絲間忽上忽下。我們同時用力一拽，它的身子就猛地向上騰空，甚至躍過被我們拽成一條直線的鐵絲；在拉拽停頓中，它的身體則自然下落，低於我們手中鐵絲水平線以下。最開始，它還拚命地嚎叫，但很快關節就被拽得脫臼，四肢和脖子被拽得很長。鐵絲捆綁的地方皮肉開裂，甚至整個身子都被拽得脫了原形。可是貓的身體卻始終沒有被拽得散了架，更別說是分成五塊兒的「五馬分屍」了！

怎麼回事？怎麼會拽不開？！弟兄們紛紛議論。

麻雷子說：「大概是人沒有馬的力氣大，所以才不能給丫分屍！」

騷子說：「也許是貓身上有貓皮，人身上沒有貓那麼結實的厚皮，所以人能分開，貓卻分不開！」

建慧說：「還有一種可能，或許古人用馬也拽不開，只是留下『五馬分屍』這個詞兒！」

哥兒幾個正討論著，忽然就見斜眼兒剛子從房上走回來，彎腰站在房簷上急三火四地朝我喊：「東哥東哥東哥……」

我心裡就一驚，以為他抓到四蹄踏雪了，趕緊問：「是抓到四蹄踏雪啦？」

斜眼兒剛子斜睞著眼睛答：「沒，沒抓到。但跟抓到差不多！」

我原本以為他抓到了，最初一陣狂喜，轉瞬又見他二二乎乎，心裡不免忽地火起，瞪起眼珠子就罵：「什麼他媽『沒抓到』又『差不多』！到底是抓到了？還是沒抓到？」

斜眼兒剛子見我急了眼，就囉哩囉嗦更加說不清楚：「看到了……沒抓到……就等於抓到……哎呀，我也說不清楚！你還是趕緊上房來吧，上來我連說帶比畫就能說清楚！」

我的心「咚咚」跳了起來，隱隱感到四蹄踏雪即將被抓住，就什麼都不顧了，飛快躥上樹臺，又躥上房。身後的弟兄們也都跟著我，「呼啦啦」全都上了房，雜遝著腳步一路隨著斜眼兒剛子往遠處擺放捕籠的地方走。

等走到要去的地方，斜眼兒剛子就站住了，伸出一根手指豎在雙唇中間，示意我們不要鬧出大的響動，然後就抬起胳膊指向西面四十米開外的一處後房簷。

我順著他的手指一看，心就「咚咚」地跳了起來：四蹄踏雪

就臥在那間房子的後房簷下！周身純黑色，無一根雜毛，黝黑黝黑的，黑得就像宣紙上的一團墨；它的四蹄卻是雪一樣地白，白得鮮明，尤其與它那一身烏黑油亮的黑對比起來，真就像是四蹄踏在白雪上！

「人」字形起脊房後房簷有兩種：一種有簷沒廈，後簷牆的磚一砌到頂，瓦壟瓦溝只探出一溜很短的後簷；另一種就是常說的前廊後廈，這種後廈雖然探出的後簷也很短，但有椽子，椽子下面有後簷檁，檁下有托著檁的木方，木方下才是後簷牆，可托著後簷檁的牆外沿不是直棱直角，而是一個用青灰抹成的半圓。四蹄踏雪就臥在後簷下、半圓的後簷牆上面。

此時，它的兩眼睜得溜圓，正不錯眼珠地與我們對望著⋯⋯

記得今年開春的那天夜裡，四蹄踏雪偷吃我家的雛雞，被我驚動以後，它也是這樣趴在院裡那棵槐樹樹臺邊沿與我長時間地對視。以後經常在房上逮貓，慢慢發現貓都有這種特有的習性：遠遠發現人以後，不是立即逃竄，而是原地很警覺地臥在那裡，人不動，它也不動，就那樣長時間地與人對視。就像衕衕孩子常玩的那種遊戲——兩個人的眼睛相互對視著，看誰先笑或先眨眼。

自從發誓要把四蹄踏雪逮到手以後，我在房上也多次見到過它，每一次它都是這樣與我四目相對。可我卻拿它沒有辦法，雖然近在眼前，雖然可觀可感，但也只能是眼睜睜地看著，而不能立即將它擒獲在手，立即消解心中的積恨，立即將它親手碎屍萬段！

此時，望著四蹄踏雪臥在後房簷下，我已明白斜眼兒剛子的意

思，並斷定他也注意到貓與人長時間對視這一特有現象。於是，我趕緊對身邊的建慧說：「我兜一大圈兒繞過去，悄悄爬上那間房，慢慢趴在後房簷上，然後猛地伸手向下一掏，就能把它抓住！可我爬到那間房頂以後，看不見它在房簷下的位置，你得站在這兒伸出左右手給我指揮。記住，一定要給我指揮得準準的。位置指揮準確以後，你就把雙手舉過頭頂，我見到後就開始下手去掏！」

建慧知道我心裡一直念念不忘四蹄踏雪，鐵心要報這個仇，此時也認真起來，神情嚴肅地說：「放心吧，我一定給你指揮得準準的！」

我重重點了點頭，然後兜了一個很大的圈子，輕手輕腳繞到那間房頂。我彎著腰半蹲在房脊上，眼前是一排排呈斜坡狀向下延伸的瓦壟和瓦溝，雖然知道四蹄踏雪就臥在這間房的後房簷下，可我卻不能估出它的準確位置。抬頭向對面望去，四十米開外站著的是我那三十幾個弟兄，建慧就站在這些人中間。此時，他正伸出左胳膊輕輕向左邊擺著手，我就半蹲在房脊上一點點輕手輕腳往他指的那個方向挪……

建慧的胳膊不動了，改為兩臂向上伸舉，我就明白順著腳下這條瓦壟延伸的房簷下，就是四蹄踏雪所在的位置。一想到即將要抓住它，我的心不由就「怦怦」地跳了起來，呼吸也開始變得粗重……

我強忍著劇烈的心跳，手腳並用悄無聲息從房脊挪到後房簷，張開嘴儘量不讓呼吸發出聲響，俯下身來動作極輕地一點點頭下腳

上傾斜趴在房簷上。之後向上揚起一隻手臂，抬眼看了看建慧，目的是想最後確認一下位置是否準確。建慧的兩臂還在向上伸著，並且為了表示我的手正好與四蹄踏雪位置吻合，還將雙手像從高處夠東西那樣一夠一夠地努力向上伸著。我就知道位置已非常準確，然後猛地揮手向房簷下掏去。最先觸到的是貓的腹部，它往前一竄，我的手正好握住了它的後腿。然後就一把將它掏了出來，興奮異常地舉到眼前，心花怒放地對著它狂呼亂喊起來：

「哈哈，我那親爺啊，我那親親的親爺啊，我總算抓到你啦！小爺兒我可總算抓到你啦！抓——到——你——啦——」

四蹄踏雪猝然遭到襲擊，一下驚慌失措，開始「嗷嗷」嚎叫著，用嘴狠命地咬，用爪子拚命抓撓我的手。鮮血很快流出來，留在手上的是尖銳的痛。可我已全然不顧這些，反而更加用力地將它牢牢攥在手裡，甚至我都能夠感到因過於用力雙手在微微地顫抖！

對面的弟兄們歡呼起來，一起向我這邊跑，我也向他們那邊奔。我們很快匯合到一起，然後就狼群一樣回到院裡的房上，蛤蟆跳坑一樣跳到樹臺，再亂亂哄哄跳到院裡的地上。

「建慧，快快！把我家那口熬臭油漆的鐵鍋坐到火爐上——臭油漆不要熬得太稀，也別太稠，不稀不稠正好。快，快點把鐵鍋坐到火爐上！」我催促著建慧。

「騷子，趕緊去我睡覺的床頭，褥子底下有四個半拉的核桃。趕緊給我拿來！」我吩咐著騷子。

「麻雷子，我家碗櫥抽屜裡有菜刀，趕緊遞給我！」我命令著

麻雷子。

麻雷子很快把菜刀遞給我。我就一手攥著貓的前腿，一手拎著菜刀四下踅摸板凳。斜眼兒剛子很有眼力勁兒，趕緊把一隻板凳放在我面前的地上。

我把四蹄踏雪的前腿摁在板凳上，想揮起菜刀剁去它的爪子。可它卻在我手上和板凳上拚命掙紮，一邊玩命「嗷嗷」嚎叫著，一邊將嘴和另一隻爪子撲咬在我的手上，使得我根本無法下刀。麻雷子見了，就趕緊用老虎鉗子卡住貓脖子，將貓腦袋拉到一邊。我握著四蹄踏雪的一隻前腿，將它穩穩地摁在板凳上，然後揮起菜刀，狠狠地剁了下去。隨著貓的一聲淒厲的慘叫，「哐」的一聲，四蹄踏雪的一隻爪子被齊齊斬斷。爪子滾落到地上，五個腳趾似乎還在微微地動。我把斷腿扭過來，看到骨頭斷茬兒白白的、齊刷刷的；鮮血很快湧出來，立時就把白花花的、齊刷刷的橫斷面骨茬兒給染紅了。

四蹄踏雪開始緊一聲、慢一聲發出瘆人的嚎叫：「嗷——嗷——嗷——」

建慧已把熬化的臭油漆灌到一破兩開的核桃皮裡。此時，他一邊把半拉核桃遞給我，一邊對著四蹄踏雪柔聲安慰：「來來來，穿上『小皮鞋』！小皮鞋裡的臭油漆可暖和了，正好給你的斷腿殺殺菌、消消毒，也省得你的傷口化膿感染嘍！」

「嗷——嗷——嗷——」四蹄踏雪用瘆人的慘叫聲回應著。

我接過灌滿臭油漆的核桃皮，握著貓的斷腿杵進去。「吱」的

一聲，滾燙的臭油漆裡冒出一縷淡藍色的煙。四蹄踏雪被燙得又一次聲音高八度地哀嚎起來：「噢——」

騷子平日怕挨打，可看到別人挨打，不管打得有多慘、多凶殘卻從來不害怕。這會兒，他站在我身邊也開始安慰四蹄踏雪：「乖乖，我的小乖乖，程大夫這是在給你穿『小皮鞋』吶！這會兒剛剛給你穿上一隻，你就迫不及待要穿另外三隻。穿鞋總得容個工夫吧？！別著急，你得容程大夫慢慢地、一點點地給你穿啊！」

脾氣火爆的麻雷子可沒那麼多耐心，聽到四蹄踏雪一聲又一聲的哀嚎，就不耐煩地罵：「操，不就是剁去四爪兒嗎！「咣當」一刀給你丫來個痛快的，你他媽不但不感恩，反倒窮嚎起來沒完。那要是用鋸一點點給你丫鋸掉，你他媽還不得把這兒院的房給嚎塌了呀？！」

建慧聽了受到啟發，趕緊說：「對對對，麻雷子說得對！騷子你快點兒去拿鋼鋸，讓程大夫一點點給它鋸，也讓四蹄踏雪好好享受享受鋼鋸鋸爪兒的快樂！」

騷子跑著拿來鋼鋸，用鯉魚鉗子夾住貓的另一條前腿，摁在板凳上。我就接過鋼鋸，死死摁住貓腿開始鋸它的爪子。

鋼鋸鋸條在貓爪子上來回錯動著，只鋸了幾下，鋸條就在爪子上鋸出一道溝。鮮血從鋸條兩邊的溝裡冒出來，將鋸條染紅。四蹄踏雪也就疼得拚命抽搐並發出更加瘮人的哀嚎：「噢——噢——噢——」

爪子被鋸掉，依舊是給它穿上「小皮鞋」。後腿上的爪子也依

次辦理，直至給它的四條斷腿全部用半圓的核桃皮武裝起來。

這時再看四蹄踏雪，就格外的讓人賞心悅目：失去四蹄的身子側臥在院地上，原本引以驕傲的雪白的四蹄，此時已散落一旁。前後斷掉的腳脖子上穿著四隻半圓的「小皮鞋」，卻已是欲站不能，欲動還疼。如同虎豹一樣的頭顱高高揚起，露出四顆尖牙的嘴儘量大張，歌喉裡則發出類似性感女歌星般的天籟之音。說實在的，自從我家被抄、我爸上吊死去至今，我還真沒有像今天這樣快樂過——那感覺像什麼呢？大概就像一個累了一天的糙老爺們兒晚飯時喝上半斤白酒，或是一個愛美的女人得到她久已想得到的化妝品一樣，心情都是十分愉快而又發自內心地歡暢吧！

此時，四蹄踏雪依舊自我陶醉般盡情展示著歌喉。我找了塊破布，把它的嘴塞上。又用那根釘棺材的大釘子在它的每個斷爪兒上鑽了個眼兒，然後用四根一尺多長的細鐵絲分別穿過這四隻腳爪兒——以備天黑後派上更大的用場。幹完這些，我就扭身進家去取我上學時用的書包，想用書包暫時把四蹄踏雪裝起來。

書包就掛在靠床頭的牆上。

這書包是我剛入學時我媽親手給我縫製的，至今已整整用了六年。布料用的是半截面口袋，原本白顏色的面口袋用藍色染料染藍。剪子剪斷的斷茬兒折彎回來形成一個布邊，又用密密的針腳鎖了一圈兒。書包敞口處縫了兩根布帶做拎手，我每天或拎著拎手或把它挎在肩上去上學。書包雖然不好，可我卻很珍惜，因為畢竟是我媽親手給我縫製的。

運動以前，我媽對我的功課一直抓得很緊，總是囑咐我要好好學習。麻稈兒和建慧剛去中學報到時，她就拿兩所不同的中學給我舉例子，說倆人原來都讀大廟小學，可畢業後一個去了一一七，另一個卻上了匯文中學，就像原本走在一條道上，可走著走著路就分岔兒了——建慧以後讀大學，前程只會越來越好；而麻稈兒只能讀到初中，今後再無大的發展。還說人這一輩子看起來時間過得挺漫長，但關鍵幾步就在幾次重要的「分岔兒」上。「分岔兒」時的路走對了，以後就能成為受人尊敬的文化人。

我從書包裡掏出課本和練習本，發現上面已落了一層薄薄的塵土。學校已經停課好幾個月，以往每年的九月一日，都是新生入校、六年級升入中學、學校召開開學和畢業典禮的日子。可今年卻沒有招入新生，六年級的學生也沒能升入中學；學校各年級學生也早已放羊，複課更是遙遙無期。

書包已經沒用了，可書我卻捨不得扔掉，摞齊把它們壓在床頭褥子下。然後我就拿著書包來到院裡，把四蹄踏雪裝進去，再把穿著四根鐵絲的貓爪子裝進書包，暫時藏在房簷下的一堆雜物裡。

建慧走過來悄悄問：「打算什麼時候行動？」

我答：「天黑以後——天黑比白天更讓人感到害怕！」

建慧慢慢搖頭，躲在眼鏡片兒後面的眼睛詭異地笑。

我就有些不懂，問：「那你說什麼時候更好？」

建慧說：「天黑與天黑可不一樣！同是天黑，睡覺時受到驚嚇與沒睡覺時受到的驚嚇也不一樣。即使同是睡覺受到驚嚇，可讓

人感到害怕的程度差別也大了去啦！這麼說吧，人的睡眠分不同階段，有淺層次睡眠和深層次睡眠之分，真正的深層次睡眠只有兩個小時，這個時候人睡得最香、最沉迷，也能得到最好的休息。如果在這個時候突然受到驚嚇，那才是真能把魂兒都嚇出來的最好時段！」

「什麼時候是深層次睡眠？」我趕緊問。

「子時，換算成現在的時間就是深夜二十三點至凌晨一點！」建慧說。

家裡可以上鬧鈴的馬蹄錶，在紅衛兵抄家時被麻稈兒摔碎了。我爸死後，我媽去生產組上班，每月只掙七八塊錢，我和我媽幾乎頓頓窩頭就鹹菜，根本撙不出錢添置新的鬧鐘。不過我不怕，因為夜裡為了贏得更多時間逮到四蹄踏雪，我已發明出「人體鬧鐘」——院裡人還沒睡覺時我先睡，可又怕睡到院裡人全都睡下後我又醒不來，所以就逼出辦法：臨睡前大量喝水，夜裡讓尿把我憋醒。由此慢慢總結出經驗，臨睡喝一杯水，夜裡讓尿憋醒大約是兩個小時以後。

處置四蹄踏雪的當天夜裡，我就是被尿憋醒的。醒來就因即將實施的復仇而感到興奮，先是痛痛快快撒了一泡尿，然後輕輕推開屋門，從雜物堆裡拿出裝著四蹄踏雪的書包，將書包背帶挎在脖子上，之後就輕手輕腳爬上樹臺，又由樹臺悄悄上了房。

我像貓一樣手腳並用爬在房頂上，慢慢向水上漂家天窗摸去。夜空幽遠而深邃，天上繁星點點，四周黑黢黢的，或高或矮或坡或

平的房頂顯出不同輪廓。途中經過一處院落，不知哪間房裡傳出一個男人打雷一樣的鼾聲。這讓我立即想起我爸睡覺時的呼嚕聲。父親離開已經幾個月了，他最初死的時候，我總不能相信那是真實的，總是想像那是一場夢，想像著他哪天會突然回到家裡，還會像以前那樣大聲說笑，那樣與我和母親圍在桌邊吃飯。以後知道死亡已成事實，就陷入深深的自責，後悔那天纏著我媽去動物園——如果那天不去，我爸突然想開了，也許就不會走上絕路。夜間睡覺做夢，有時會夢見他，我總是在夢中潛意識裡設法將夢延長。有時一旦醒來，睡夢中斷，我又拚命想返回到夢裡去，再與他在夢中相會。我爸睡覺時的呼嚕聲很響，像打雷一樣，以前我和我媽總是嗔怪，說吵得人無法睡覺；後來我爸死去，我和我媽竟長時間失眠。直到那時我才知道，原來我們早已習慣我爸的呼嚕聲，突然沒有，反倒不習慣了。可是現在，這呼嚕聲卻沒有了，再也聽不到了。原來一個人的死亡，就意味著消失，肉體的消失，音容笑貌的消失，甚至睡覺時的呼嚕聲也永遠地、不可能再出現地消失了……

想到這兒，我的鼻子發酸，眼睛發漲，眼眶裡有潮湧的感覺，終於有淚出來。可四周卻是漫漫長夜，沒有人知道，沒有人安慰，甚至身邊沒有一個人！我感到很孤單，尤其在這靜靜的、漫漫的長夜裡……胸前有物在拱動，是書包裡的四蹄踏雪在掙蹦。我抬起袖子狠狠擦了下淚，又向水上漂家天窗爬去。

來到水上漂家房上，我先在房山一側掀下四塊老式灰磚，將穿著貓爪子的四根鐵絲分別纏繞在每一塊磚上，再把四塊磚豎起等

距離擺放在天窗前。八仙桌桌面大的天窗，中間用窗櫺打一「十」字，上面有四塊兒玻璃。我站在天窗前，雙手拿起一塊磚，運足力氣，對準一塊玻璃狠狠地砸去。「哐」的一聲，聲音在夜深人靜時是那樣響亮。緊跟著，隨著「稀裡嘩啦」玻璃破碎的聲音，又傳來整塊灰磚落進屋地的聲響：「咚」。再接著，就響起水上漂猝然受到驚嚇發出的慌亂叫喊：「媽呀……媽呀……媽呀……」

我又依次拿起另外三塊磚，一次次惡狠狠地向窗玻璃砸去……

窗內更是傳出麻稈兒和他爸的驚慌喊叫。然後，我就從書包裡掏出四蹄踏雪，拔掉它嘴裡塞著的破布。四蹄踏雪大概是被憋悶久了，剛一拔掉嘴裡的布，立時就迫不及待地拚命嚎叫起來：「嗷——嗷——嗷——」夜空中聲音是那樣的淒厲、瘮人，甚至都能讓人聽得汗毛根根豎立。我掄著它的身子一揚手，「咕咚」的一聲，貓就順著天窗被扔進水上漂家的屋地上。貓的慘叫和水上漂全家人更加驚恐的叫聲也就由屋內傳到天窗外。

我站在天窗前很享受地聽了一會兒，然後就貓著腰沿來路輕手輕腳向回家的方向走去。走在黑駿駿的房頂上，我突然冒出一個奇怪的想法：其實水上漂與我媽、麻稈兒與我，不是都住在衚衕，不都是苦呵呵的大雜院的人嗎？！今天你打我一拳，明天我再打你一拳，不是等於自己打自己一拳嗎？！既然是自己打自己，那又何必自相殘害呢？！想到這兒，我回過頭又看了一眼水上漂家房頂上的天窗，恍惚覺得那就是自己家的天窗——儘管我家房頂上沒有天窗。

我不知道我為何會突然冒出這樣一個奇怪的想法。

我只知道那年我十三歲。

操，十三歲！

…………

國家圖書館出版品預行編目

虐的快感 / 傅振川著. -- 臺北市：獵海人，
　2019.07
　　面；　公分
　　ISBN 978-986-97963-0-9(平裝)

874.57　　　　　　　　　　108009887

虐的快感

作　　者／傅振川
出版策劃／獵海人
製作銷售／秀威資訊科技股份有限公司
　　　　　114 台北市內湖區瑞光路76巷69號2樓
　　　　　電話：+886-2-2796-3638
　　　　　傳真：+886-2-2796-1377
網路訂購／秀威書店：https://store.showwe.tw
　　　　　博客來網路書店：http://www.books.com.tw
　　　　　三民網路書店：http://www.m.sanmin.com.tw
　　　　　金石堂網路書店：http://www.kingstone.com.tw
　　　　　讀冊生活：http://www.taaze.tw

出版日期／2019年7月
定　　價／350元